集英社文庫

日付変更線《ひづけへんこうせん》 下《げ》

2018年7月25日 第1刷　　定価はカバーに表示してあります。

著　者　辻《つじ》　仁成《ひとなり》

発行者　村田登志江

発行所　株式会社 集英社
東京都千代田区一ツ橋2-5-10　〒101-8050
電話　【編集部】03-3230-6095
【読者係】03-3230-6080
【販売部】03-3230-6393（書店専用）

印　刷　大日本印刷株式会社

製　本　大日本印刷株式会社

フォーマットデザイン　アリヤマデザインストア　　マークデザイン　居山浩二

ISBN978-4-08-745764-3 C0193

である。同時に大切なことは、どんなに壮絶な日々を送ってきても命には限界があり、その経験や、それを経た知識は、次の世代へと受け継がれるべきものである、ということ。最終章ではその命のバトンが静かに渡される宿命や美しさを強烈に感じ、涙無しには読めなかった。その一方で、僕らが知るべきこと、今後取り組むべき様々なヒントがこの〝旅〟には内包されていて、しかし最も重要な問いはやはり解決されていないまま。創造主である辻さんは、その後の答えの探求という使命を我々受け手に投げ掛けている。

時間の幅もロケーションも壮大で、この厚い上下巻を手にした人は、最初は少々怯むかもしれない。でも一度読み進めれば、視点人物が章ごとに切り替わる手法に導かれて、時間と場所を超越した感動と、祝福の〝旅〟が読者を待っている。僕自身、大好きな場所、美しい場所、無残な場所、凍り付くような残酷な場所、あらゆる地をこれほどリアルに旅させてくれる小説は初めてだった。本作品を強く、全霊でお勧めしたい。

いつかこの作品が世界的なスケールで映画化されることを心待ちにしている。例えば二〇二五年、終戦八十年記念映画として、どうだろうか。きっと非常に重要なメッセージを世界に投げ掛ける素晴らしい作品になるはずだ。完全なる形で映画化される時、音楽家としてその作品に存在することが、僕の一つの大きな夢である。

（ミュージシャン）

日付変更線　下

辻　仁成

集英社文庫

日付変更線　下

The Date Line

目次

日付変更線

下

The Date Line

本書は、二〇〇八年十月、集英社より刊行されました。
文庫化にあたり、最終話を加筆いたしました。

31

2012年6月3日

ケイン・オザキ、29歳

一人暮らしを始めて二か月ほどが過ぎた。カラカウア大通りまで徒歩十分ほどのマッカリー地区に、手ごろな一軒家を見つけた。知り合いの若い日系人夫婦が仕事の関係で一年間アメリカ本土に渡ることになり、その間、住んでくれる安全な人を探していたのだった。彼らは高く貸して利益をあげたい、と考えているわけではなかった。安全な人というのが重要な条件であった。

父と母が離婚したと聞き、そろそろ家を出る潮時かな、と考え始めていたこともあり、渡りに船の話であった。安全な人、と思われたことも嬉《うれ》しかった。寝室とリビングルームがあるだけの、本当に小さな一軒家だったが、夫婦が置いて行ったトヨタのワゴン車付き、ぼく一人が生活するには十分過ぎる物件であった。

となりに豪華なリゾートマンションがあり、地上階のプールとは薄い塀で隔てられていた。昼間から夕刻にかけて、子供たちの叫び声や笑い声が途切れることがなかった。休みの日は、長椅子《ながいす》に寝転がって、その声をBGM代わりに孤独を紛らわした。

朝の九時、レナードのオフィスに出社し、まず日本からのメールなどをチェックした。次の週末は通常より二組多い、一日三組、計六家族の葬儀が予定されていた。提携する旅行代理店に電話をかけ、日本人客の送迎時間や送迎運転手について細かく確認をした。ぼくの仕事は昼食前にほぼ終わった。

午後、レナードたちが散骨のためにバタバタと出発し、静かなオフィスに一人となった。ここからがぼくの自由時間である。小型のハードディスクをパソコンに繫《つな》ぎ、ワープロソフトを開き、書きかけの小説と向かい合う。

祖父をモデルに書き進めてきた小説だったが、筆は思うように進んでいなかった。タイトルも二転三転し、最初は『二世部隊』だったが、今はロバートがカオルのために作ったという曲名にヒントを得て『ナウパカの花』へと改題した。タイトルの変更によって、モチーフや物語の主軸までもがずれてしまい、細部の書き直しを迫られることになる。

一番の問題はヒロインの言動や性格がマナと重なり過ぎている点。感情移入すればするほど、ヒロインがどうしてもマナとかぶっていく。そして、ヘンリーから聞いた二世部隊の欧州戦線での活躍が作品に少なからず影響を与え始めていた。図書館に出かけて資料などを探してみるも、ヴォージュ山脈の奥深い森で繰り広げられた壮絶な戦闘シーンの文章化は、実戦の経験がないせいもあって、思った以上に難航した。とくに人を殺す生々しい感覚というものを想像することは容易なことではなかった。

長閑《のどか》なホノルルの光りの中で、二世兵士たちが味わった恐怖や苦しみや絶望をリアルなものとして思い描くことは物書きの卵であるぼくにはちょっと難しい作業でもあった。しかも、主戦場となったイタリアやフランスにはこれまで一度も足を踏み入れたことがない。ネットなどで当時の風景写真を探し出しては、ああでもない、こうでもない、とイメージを膨らませ、書いては消し、消しては書くことの繰り返しであった。

電話が鳴ったので、急《せ》かされるような感じで慌てて立ち上がる。うとうとしていたせいもあり、起立した途端貧血となり、立ち眩《くら》みを覚えた。ふらふらデスクまで歩き、目頭を指で押さえながら、受話器を摑《つか》んだ。もしもし、と遠くから聞き覚えのある日本語が届く。記憶が揺さぶられた。はて、誰だったか？　ぼくは眉間《みけん》に力を込めた。

「もしもし」

不意に現実の世界に連れ戻される。

「マナ？」

「すごい！」

押し付けた受話器の向こう側で笑い声が弾《はじ》ける。

「ケイン？　すごい、よく分かったね？」

「あたりまえじゃん。分かるよ。でも、驚いた。どうしたの？」

二か月ぶりに聞くマナの懐かしい声であった。いったい、どういう風の吹き回し？　とぼくはもう一度訊《き》き直した。

「君の声が聞きたかったから」

笑いながら、マナがぬけぬけと告げた。

「マジ？　じゃ、携帯にかけてくれればいいじゃない」

「あ、そうだね。携帯にかければよかった」

屈託なく、マナは言った。

「本当のこと言ってよ。なんかあるんでしょ？」

「ホノルルに着いたからよ」

「今？」

「いいえ、正確には昨日から入ってる。ごめんね、バタバタしてたから、連絡、今日になっちゃった。その、もし、時間があればだけど、今夜、ごはんでもどうかな、と思って。急過ぎる？」

なに言ってんの？　と呟《つぶや》いた後、ぼくは混乱してしまい、言葉を継げなくなってしまった。ほんの二日ほど前、メールで、フランスに行く日程について調整をしあったところであった。そのメールの中で、ホノルルに来ることなど一切触れられてはいなかった。ぼくは嘆息を漏らした。でも、マナだったらあり得ることだ。

「で、何しに来た？」

嬉しいのと驚いたのが交互に入り乱れた。何しに？　ともう一度訊いてみる。

「だから、会いに来たのよ」

「ぼくに？」

「ええ、そうよ。あ、でも、ヘンリー・サカモトにも会う」

「ヘンリー？　約束したの？」

「した。秘書さんとやり取りして、明後日《あさって》のランチを一緒にすることになった。ケインも来る？　いいよ。おいでよ」

ぼくは背後を振り返った。窓の方へ身体《からだ》を傾け、カラカウア大通りを睨《にら》みつけた。すぐ近くに彼女がいそうな気がしてならなかった。室内は薄暗く、外は照明が焚《た》かれているのかと思うほどに明るい。そのコントラストの強さにもう一度眩暈《めまい》を覚えた。本当はヘンリーに会いに来たのかもしれない、と憶測した。そうだ、そうに決まっている。

「行くよ。でも、今日は十七時に仕事が終わるから、まず、君と会いたい。どこに行けばいい？　どこに泊まってる？」

マナは再び笑った。無邪気な笑い声が耳から離れなかった。まるで、眩《まばゆ》い日差しのようだ。気が遠くなる。

レナードたちが十六時に戻って来た。ぼくがそわそわ落ち着きなくしているのを星野《ほしの》さんが勘づき、するどく指摘してきた。

「どうした？　ケイン、なんか、目が血走ってるぞ」

「いや、その、ええと、彼女が来たんです」

「なにが来たって？」

「マナですよ」

レナードが荷物を自分の机の上に下ろし、あのマナさんかい？　と言った。

「あのロングブーツの子か」と星野さんが言った。

スタッフ全員がぼくの方を振り返り、笑みを浮かべるのだった。続けて、星野さんが、

「まさか、交際してんの？　君たち」

と興味津々な顔つきで訊いてきた。レナードがぼくの顔を覗《のぞ》き込んできた。

「本当かい？」

「いや、まだ、交際ってほどじゃないです」

「ありゃ、でも、恋心はありそうだね」と星野さん。

他のスタッフも作業の手を止め、ぼくの方をじっと見てくる。ぼくは思わず後ずさり

した。

「ケイン、はっきりと言おう」

星野さんが言った。

「なんでしょう？」

「君が恋するだなんて、それは奇跡、いや、素晴らしいことだ。恋とか愛に無縁な感じだと思って、その、心配してた。でも、君も普通の男の子だったってことが分かったから、本気で、ちょっと安心したよ」

「なんですか、その言い方」

びっくりしたけど、いい話だね、とレナードが微笑《ほほえ》みながら、割り込んできた。

「ケイン、じゃあ、今日はもう帰っていいよ。待ち合わせしてるんだろ？　一刻も早く会いたいだろ？」

レナードが優しい目になる。ぼくは微笑み、頭を掻《か》いた。

「もしも、その時が来たら、つまり、交際が決定したらということだけど、その時はぜひ、みんなでディナーでもしようじゃないか」

とレナードが付け足した。全員の相好《そうごう》が崩れた。ぼくは自分が嘘《うそ》をついてしまったような後ろめたさを持った。何か今一つ割り切れないというのか、腑《ふ》に落ちないくぐもった気持ちを抱えながら、強張《こわば》ってしまう。マナのことが好きだ。でも、彼女はぼくのことをどう思っているのだろう。はぐらかされてばかりだった。この機会に、はっきりさせなければならない。

彼女が宿泊していると告げたホテルに十六時半に着いたが、不在だった。約束は十七時半だったので、散歩でもしているのであろう。風がよく通る日陰の静かな場所を占有する、広々としたラウンジのソファ席に腰を落ち着け、彼女を待つことにした。相変わらず外は蕩《とろ》けるような眩さであった。長閑な時間がそこかしこで流れている。小鳥がぼくの足元にやって来て、餌《えさ》をねだるように、地面を啄《ついば》み始める。なのに、落ち着かなかった。

この二か月間、マナのことを考えない夜はなかった。東京を離れる日、ぼくはマナに求愛した。真剣に、好きなんだけど、付き合ってもらえないか、と日本語で告白した。彼女は羽田《はねだ》の国際線ターミナルまでぼくを送ってくれたというのに、返事を貰《もら》うことは出来なかった。意味深な微笑みを口元に浮かべるばかり。ＬＩＮＥのＩＤを交換し、毎日のようにメッセージとスタンプを送りあった。無料通話も利用したが、出てもらえなかった。

電話は嫌いなのよ、とマナは言い訳した。なので、週に一度、ぼくは便箋《びんせん》で十枚ほどに及ぶ恋文を認《したた》め、国際郵便で彼女の元へと送り続けた。

十七時半を過ぎても彼女は戻って来なかった。携帯に電話をかけてみたが、やはり、出ない。留守番電話にメッセージを残し、さらに待つこと二時間、十九時半にやっと彼女はホテルに戻って来た。ぼくを見つけるなり、呑気《のんき》な口調で、早いじゃん、と言った。

「ちっとも早くないよ、十七時半に待ち合わせた」

「嘘よ。十九時半って約束した！」

ぼくは思わず嘆息を零《こぼ》してしまう。とてもじゃないけど、十六時半からここで待っているとは言えなかった。まるでストーカーみたいだ。

「ちょっと待ってて、着替えて来てもいい？　汗掻いたし、歩き疲れちゃったから」

駄目とは言えなかった。彼女は走って部屋に戻っていったが、着替えて帰ってきた時、ぼくの腕時計の短針は二十時を指していた。お待たせ、と言ってマナは悪びれず微笑むだけであった。

　何が食べたいか、と訊いたら、和食、とマナが言ったので、ぼくらはマッキンレー高校の近くに出来たばかりの日系人で賑《にぎ》わう焼き鳥レストランへ向かうことにした。カウンター席の端っこに陣取り、名物のつくねとビールを注文した。今、この瞬間、隣にマナがいるのが信じられなかった。昨日、「明日はどうなるだろう」と寝る前に考えたが、まさか、今日がこのような展開になるなどと想像することさえ出来なかった。横に、マナが、いる……。

「ぼくに会いに来た？　それは嘘だろ？」

なんで、そう思うの？　とマナが微笑みながら言った。

「なんとなく。君はいつも確信や目的があって行動するじゃない」

マナは、やれやれ、と呟き、俯《うつむ》いてみせてから、頭を軽く左右に振った。

「白状しろよ」

「だから、会いに来た。それは少しも嘘じゃない」

ぼくはマナの目を見つめ返した。マナはぼくを睨んでいた。でも、ぼくは逸《そ》らさなかった。すると、まもなく、マナが、嘆息を零した後に、逃げるように正面を向いてしまう。

「ほら、やっぱり」

「信用ないのね」

「嘘じゃないかもしれないけど、ここまで来たのには、何か他に理由があるんじゃないか、と思うの、自然でしょ？」

はいはい、降参、とマナが英語で言った。英語？　都合が悪くなると言語を変える。

「カナカナマイカラニから連絡があったのよ」

ぼくは一瞬何のことか分からず、視線が宙を彷徨《さまよ》ってしまう。数秒後、ハワイ島のガイドの顔が脳裏を過《よぎ》った。ハワイの先住民ガイド、カナカナマイカラニ……。

「ああ、なんだって？」

「マウナ・ケアの中腹に、『ペレの民』を名乗る人たちによる自給自足の集落があるという噂《うわさ》を耳にしたって」

「ほら！　やっぱり本当の理由があった！」

ぼくらはお互いの顔を覗き合った。やはり、ぼくに会いに来たのではなかった。そのことがぼくを落胆させた。昔の恋人の行方を追いかけてハワイまでやって来たのだった。長いため息が口から漏れる。

「やれやれ」

「なに？」とマナが言った。

「別に」とぼく。

「がっかりしてるの？」

「見りゃ、分かるだろ？」

「分かり易《やす》過ぎるのよ。もう少し大人になりなさいよ」

ぼくは慌ててマナを振り返った。笑っている。ちぇ、と思わず舌打ちをしてしまった。

「君こそ、大人にならないと」

「わたしたち二人とも子供だから、たとえ付き合ったとしても、絶対にうまくいかない」

「清春《きよはる》さんは大人だったかもしれない。でも、君の前から消えた。ぼくはそういうい加減な大人にはならない。君の傍《そば》にずっといる」

　マナが緩めていた口元を引き締め、再びぼくを睨んだ。ぼくたちは数秒睨み合った。ウエイターがつくねの串焼《くしや》きが載ったプレートを運んできて、ぼくらの前にどんと置いた。マナが嘆息を零した後、つくねを摑んだ。そして、食べ始めた。

「美味《おい》しい。食べようよ」

　そして、誤魔化した。仕方なく、ぼくもつくねを食べることにした。

　食事の後、ぼくらはワイキキビーチを並んで歩いた。中心地から随分と離れた、ダイヤモンドヘッドにほど近い、観光客の少ない浜辺に並んで腰を下ろし、月光に輝く夜の海を見つめた。淡い光りが海面に降り注いでいた。その光りは昼間の眩い、溶かすような強い光りではなく、儚《はかな》く美しい月の光線であった。海から吹いてくる柔らかい風がぼくらの熱を冷ましていく。シャツの中に風が潜り込んでは、ぼくの心を宥《なだ》めるのである。会えただけでもよかった。会いたかった。その願いが叶《かな》ったのだ。ふて腐れる時間が勿《もっ》体《たい》ない。

「ねえ、カオルとニックも、七十年ほど前、こうやってワイキキビーチに並んで座ってさ、今、わたしたちが見ているような、穏やかな夜の海を、きっと見つめていたのよね」

　マナの声が静かにぼくの心に降り注ぐ。カオルの声と重なる。ぼくの脳裏のスクリーンに、七十年前のニックとカオルの月光で縁取られた柔らかい横顔が浮かび上がった。彼らはその時、この浜辺で抱き合い、一つになった。ぼくの心臓が激しく脈打ち始めた。若い時のカオルと今のマナが重なる。すると、マナが同じことを口にした。

「ケイン、君とニックが重なる」

マナの横顔を凝視した。マナがぼくを振り返った。二人の視線がぶつかる。

「君はカオルさんの孫、そして、わたしはニックの孫。わたしたちの祖父母は昔、愛し合ったのよ、このような浜辺で」

「かつて」

ぼくが言うと、マナが、頷《うなず》いてみせるのだった。

「七十億もの人間がいるというのに、こんな風に巡り会うだなんて、とっても不思議じゃない？ 不思議という言葉で片付けられる？ これは紛れもなく運命だわ」

マナの言葉が耳に残り、離れなくなった。打ち寄せる波の音だけが聞こえる世界であった。耳を擽《くすぐ》るものは波の音だったが、同時に、この宇宙の波動のようでもあった。同時に、マナの心音のようでもあった。吉祥寺《きちじょうじ》の、井《い》の頭《かしら》公園で彼女をぎゅっと抱き寄せた時に、激しく感じた彼女の鼓動であった。

「だから、ぼくは君のことを当然のこととして、好きになった。でも、それは、ぼくらの祖父、祖母の関係を知る、それよりも前のこと。ぼくに関して言えば、君を見かけたその瞬間に、気持ちは決まっていた」

　マナが微笑んだ。

「そうだね、君はずっと、そうだった」

「でも、マナ、君には忘れられない人がいる」

「ええ、そうよ。それが厄介なの。正直になれない。君のことを容易に受け入れることが出来ないのはきっとそのせいで……。たくさんお手紙を貰った。でも返事が書けなかった。次々恋愛が出来るタイプじゃないの、分かってくれる？」

　ぼくはもう一度ため息を零した。

「しょうがないね、恋愛は両方が好きにならなければ、結ばれることはない。そうでしょ」

　とマナが付け足した。ぼくはマナの手を掴んだ。砂の上で行き場を失っていた彼女の右手を、救出するような恰好《かっこう》で……。強がりな彼女の手を掴まえた。マナの身体がびくっと震えた。この子は、きっといつも仮面をかぶって生きているのだ、と思った。ずっと、自分を見せないように見せないようにして、生きてきた人なのであろう。本当は怖いのかもしれない。心をさらけ出すことに臆病《おくびよう》なのかもしれない。そういう正直者もいる。清春さんには、心を全て見せたのだろうか？　彼とぼくの違いはなんだろう。

　ぼくはマナの横顔を見つめた。ニックはあの日、七十年前のあの日、こうやってカオルを見つめたのだろうか？　ぼくはカオルの遺伝子を受け継いでいる。マナはニックの遺伝子を受け継いでいる。ぼくらの中の記憶にない記憶が呼び覚まされる。カオルがゆっくりとぼくを振り返る。ぼくらの視線は一直線になる。少しずつ少しずつ、確かめるように、手繰《たぐ》り寄せるようにして、ぼくはマナに近づいて行った。

マナの瞳《ひとみ》の中にこの世界のすべてが存在する。彼女の二つの瞳の中にこの宇宙が吸い込まれていく。銀河が広がっている。オリーブグレーの広大な銀河。ぼくは彼女の宇宙に接続したかった。

見開いたマナの二つの瞳の中へとぼくは飛び込む。ぼくの唇がマナのそれに重なった。触れた瞬間、生温かい湿度を覚えた。彼女は拒絶しなかった。ぼくを受けとめ、目を閉じた。ぼくも瞼《まぶた》を下ろす。お互いの宇宙がその時、一つに混ざり合った。時間が止まった。呼吸が止まる。あらゆるものが従順になった。ぼくらの精神と魂はぼくたちの宇宙で浮遊した。

数分後、マナの手がぼくの胸を軽く押した。彼女がぼくからゆっくりと離れた。そして、目を大きく見開いて、そのオリーブグレーの瞳でぼくの暗い目の中心を見つめてきた。あなたは誰ですか？　とでも言いたげな驚きの瞳でぼくのことを見つめてきた。ぼくは彼女が逃げ出さないよう、彼女の左手を自分の右手で摑まえ、握りしめるのだった。マナは驚きを隠さなかった。自分がぼくを受け入れてしまった理由は何だろうと考えているのに違いなかった。二人の間に起きた異変の原因を追究しているような顔つきであった。キスの前と後では何が変わって、何が失われ、何が加わったのだろう。今すぐ何か告げなければ、と思ったが、言葉がまとまらない。だから、ぼくはもう一度キスをしようとした。するとマナは残った右手でぼくを押し返してきた。ぼくは、

「君が拒んでも、君の心はぼくを受け入れた」

と脅迫した。マナは顎《あご》を引き、ぼくを深く見つめ返してくる。

「何が起こったの?」

マナが訊いた。

「始まったんじゃない?」

「何が?」

「終わらないものが」

「気障《きざ》。そういう台詞《せりふ》、嫌だ」

マナが数度瞬《まばた》きをし、それから、よろよろと立ち上がると、ぼくをしばらく見下ろした後、踵《きびす》を返して歩き出してしまった。

「マナ!」

呼び止めた。マナは立ち止まりぼくを振り返った。そして、明日ね、と言い残した。

不意に波の音がぼくを包み込んだ。現実の世界にぼくらは戻ってしまった。ぼくはマナ

の唇の感触を思い出していた。二人の間で、終わらないものが、今、始まったのだ、と思った。

32

2012年6月4日

マナ・サカウエ、27歳

昨日、ケインとしてしまったキスのことを、朝からずっと思い返しては、ため息を漏らしている。昨夜はそのせいで眠れず、もがくようにして這《は》い上がるようにして今日を迎えることとなり、今朝《けさ》はそれを引きずって、ずっと停滞したまま浅い眠りを繰り返し、結局、迷いを振り切るようにして、強引に起き上がらなければならなかった。

結局のところ、わたしは自分自身に問いかけなければならなくなった。ケインのことをどう思っているのか、と。会うとイライラするというのに、気が付くと彼のことを考えているのも事実。毎晩見る夢の中で、気配というのか、わたしのすぐ横にいるのは、どうやらケインであった。はっきり、ケインだと決めつけることは出来ないが、ケイン以外あてはまらない。優しそうな表情を崩さない、猫背ののっぽさん。とくに何か大事な場面で活躍するわけではないけれど、夢の始まりから終わりまで、わたしの傍《かたわ》らに存在し続ける。わたしは敢《あ》えて彼に話を振らない。彼も何も絡んでこないのだけど、ずっと夢が醒《さ》めるまで横にいる。

清春さんがかつてはそのポジションにいたような気がする。ケインとキスをしてしまったせいで、昨夜から今朝にかけての浅い眠りの中で、彼の存在が不意に強く立ち上がってしまった。脇役が主役になって、わたしを混乱させる。それまで陰の存在だった人物が突然わたしを占拠してしまったのだから。

でも、その兆しはもっと前からあったのじゃないか。井の頭公園で彼に抱きしめられた直後、その存在を認めないわけにはいかなくなった。清春さんがよくいた場所にずうずうしく割り込んできたケインを、どこかで、煙たがってもいたわたし。でも、その不快感は同時に彼に対する特別な気持ちへと変化しはじめていて、それが苦しみを連れてくるようになった。

嫌いな人を好きになる。なんだか、とっても苦手な展開だった。清春さんのことを忘れることが出来ないわたしの、閉じた心の殻を、強引にこじ開けようとしてくるケイン。ほっといてよ、と心の片隅で思う一方、同時に、こじ開けられるのをじっと待っているような、そういう自分もいて、嫌で仕方がなかった。

清春さんをまだ過去に出来ないわたし。ケインをまだ自分の未来に置くことが出来ないでいるわたし。今日を必死で生きる自分なのだった。

三週間前、カナカナマイカラニからメールが届いた。

『いつ、ハワイ島に来ますかね？　もし来るのでありゃ、スケジュールを調整しないとならねぇでさ。さらに、前もって、ペレの民の集落がある場所を特定しておく必要がある。指示いただけりゃ、もろもろ調査し調整しときますでさァ』

と書かれてあった。

しかし、すぐに返信することは出来なかった。その後、ペレの民の集落の所在をほぼ特定出来た、とカナカナマイカラニから連絡があった。だから、わたしはハワイにやって来た。でも、なぜだろう？　ケインに会った後、わたしの腰は重くなった。

ケインとキスをしてしまったからに違いない。過去を掘り起こすことが怖くなってしまった。清春さんも、ペレの民も、一度掘り起こしてしまったら、二度と閉じることの出来ないパンドラの箱のような存在であった。

もし、清春さんが生きていたら、わたしは再び、過去へ向かって走り出さないとならない。そんな体力、精神力が今の自分にあるだろうか？　そうなると、きっと、ケインのことを一度忘れる必要がある。そんなことが出来るだろうか？　わたしの唇は、熱を持っている。鏡に映る自分の顔の真ん中で、重ね合わせたこの唇だけが腫《は》れぼったい。指先で触れてみる。唇の芯《しん》の部分がジンジンする。これを何と表現していいのか分からない。

清春さんに抱《いだ》いた恋心のほとんどは大人への憧《あこが》れで出来上がっていた。ケインへと向かう自分の気持ちはもっと同時代的な、若々しい、幼いということも出来るが、淡い恋情によるものだ。二人を比べることは出来ないけれど、根本からそれらは異なっている。どっちかを選ぶというのではなく、わたしは愛を選択しなければならない。

カオルさんは、ニックに憧れた。でも、彼女は結局、現実的な愛を直截《ちよくせつ》に与えてくれる、ロバートを選んだ。それにはたくさんの後悔が伴った。けれども、今、わたしはカオルさんの気持ちを理解することが出来る。きっとニックからロバートに一気に乗り替えたわけではない。苦悩と逡巡《しゆんじゆん》を繰り返した挙句の決断であったはずだ。

カオルさんとニックが結婚していたら、わたしもケインもこの星には存在していなかった。そういうことを運命というのではないか……。

わたしの方からケインに電話をかけた。

「かかってこないと思っていた」

ケインが言った。

「なんで？」

「だって、君は結局、清春さんを選択したんじゃないのか？」

「分からないの。自分でも、自分のことが。だから、試したい」

「何を？」

「それも分からない。でも、ペレの民を探しに、ハワイ島に行くの、やめる。いえ、今回はやめておきます」

自分の発言に、まず、自分自身がびっくりした。心の中で、もう一人のわたしが、え？　行かないんだ？　じゃあ、何しに来たのよ、と文句を言った。

「だから、ケイン、わたしはあなたに会いに来たのよ！」

ケインが電話口で噴き出した。

「嘘だ！」

「ええ、嘘よ。でも、気持ちってコロコロ変わるもんでしょ？」

「やだよ、そんなにコロコロ変わられたらついていけなくなる。よく考えて」

「分かった。よく、考える」

ケインの顔が見えない。でも、彼は微笑んでいるような気がした。

「今日、ケインは、何してる？」

「今は会社。午後はレナードたちと久しぶりに沖に出る」

沖という響きがわたしを救う。海原を見たい。今はそういう気分だ。

「ほんと？　いいな」

「でも、仕事じゃない。通訳の星野さんの愛犬が半年ほど前に死んだ。忙しくて今日まで葬儀が出来なかったんだ。今日、たまたま、葬儀の予約がなくて、だから、みんなでそのワンちゃんの骨を海に撒《ま》きに行くんだ」

「ほんと？　じゃあ、わたしもついていっていい？」

「マジ？」

「お願い！　レナードにも会いたいし」

結局、ケインがレナードに話を通し、わたしは犬の散骨に同席、いや、同船することとなった。

昼過ぎ、ホテルまでケインが迎えに来てくれ、わたしたちはタクシーを拾ってクルーザーが停泊するホノルル・ハーバーへと向かった。おじいちゃんの散骨の時と同じ船、同じデヴィッド船長である。レナードとデヴィッドが笑顔でわたしを出迎えてくれた。横に星野さんがいた。その他に、肌の色がそれぞれ異なる、白人、ポリネシア系、日系などの若いスタッフが数人いた。ケインがみんなにわたしのことをまるで恋人のように紹介する。わたしは彼の横で、日本式のお辞儀をした。全員、屈託のない笑みを浮かべている。笑顔に慣れていないわたしは目のやり場に困った。ハワイの男性たちのこの健康的な笑顔はずるいと思った。

「よし、じゃあ、出発しよう！」

デヴィッド船長が太い声を張り上げた。若いスタッフが段ボール箱を積み込んだ。ワインと軽食だよ、とケインが囁《ささや》く。わたしはレナードのところに行き、お礼を述べた。

「急なお願いなのに参加させて頂き、ありがとうございます」

　レナードは頷いてみせた。

「君はいつだって、急だからね」

　全員が笑う。わたしもつられて笑ってしまった。

　船はホノルル・ハーバーを出発して、まもなく、太平洋の大海原へと出た。ここでも太陽は眩《まぶ》しく、金波銀波の水平線が目を細めさせた。

　ケインを除き、男たちは全員、日焼けし真っ黒な顔だった。彼らは勇ましく船上を移動した。すぐにワインが開けられ、プラスティックのコップに注《つ》がれ、その一つがわたしの元にも回ってきた。

「今日は、マエストロの葬儀という名目だけど、でも、同時に、スタッフの親睦会《しんぼくかい》も兼ねてる。みんなの日頃の労苦に応《こた》えたいと思ってる」

　ワインをわたしに差し出しながら、レナードが言った。自然にわたしの顔も綻《ほころ》ぶ。偽りのない太陽の下、真面目《まじめ》に働いている彼らは汚れを知らない希少種の人類だ、と思った。一緒にいるだけで、自分の心も洗われていく。わたしたちはプラスティックのコップを傾け合った。海風が心地よい。閉ざされていた心も疲れ切った命も、ものの五分もしないうちに開き切ってしまう。

去年、祖父の骨を撒いた時とは何かが違う。あの時のわたしは警戒心の塊《かたま》りであった。今は、彼らを信頼し、心を開いている。ケインと目があった。彼がわたしに微笑みかける。わたしも自然に頬《ほお》が緩んでしまった。

出港して、二十分、わたしたちを乗せたクルーザーがホノルルを一望出来る海域で停泊した。サンドイッチやクラッカーやフライドチキンが折り畳み式テーブルの上に並ぶ。ワインの栓が次々に抜かれていく。みんな、酔っていた。星野さんが、骨壺《こつつぼ》を持ってやって来て、船尾に立つと、小さく、頭を下げた。スタッフが彼の周りを囲む。わたしも立ち上がり、海の彼方《かなた》を見つめた。

星野さんが愛犬、マエストロの骨を海に撒き始めた。細粒状の骨が海面に落下し、広がる。人間とは量も異なり、散骨は一瞬で終わってしまう。祖父の散骨を思い出した。祖父の骨は海面に何かに似た模様を作った。人形《ひとがた》のようでもあり、世界地図のようでもあり、留《とど》まらない雲の形のようでもあった。それがまもなく、波と同化し、消えていった。魂が地球と一つになった瞬間のようでもあった。

わたしは手を合わせた。会ったこともない犬のために祈った。でも、その犬は星野さんの日々に意味を与えてきたのだろう。彼とある年月を生きた。星野さんはレナードやケインの友達だった。

すべては繋がっている。わたしがここで手を合わせることにも繋がっている。不意に、戦争で命を落とした日系兵、アメリカ兵、日本兵のことを思い浮かべた。戦争で命を落とした青年たちのために祈りを捧《ささ》げたい、と思った。今の自分は奇跡的な人類の繋がりや連鎖の中で存在出来ている。多くの不条理を乗り越えて、生き残った奇跡の産物と言える。この命に感謝をしなければ、と思った。

　星野さんが目元に涙を浮かべている。わたしは、星野さんのことをまったくといっていいほど、名前以外、そのがっしりとした風貌《ふうぼう》以外、知らない。会うのも二回目。彼がどのような人生を生きてきたのか、想像すら出来ない。でも、どんなに幸せそうに見える人でも、他人に言えない孤独や悲しみを持っている。太陽の下で、自然葬という仕事に関わっている星野さんやレナードやデヴィッド船長、彼らひとりひとりに、それぞれ異なった人生の荒波があったはず。人生における日付変更線があったはず。

　マエストロという名の犬は、ある期間、星野さんを支えた彼のかけがえのない友達であった。その思い出によって、彼の涙は流れる。そして彼の今が形成されている。それはとっても人間らしいことだと思った。わたしもそういう繋がりが欲しい。

　ケインと目があった。少し離れた場所からケインがわたしを見つめていた。この人はずっとわたしのことを見ている。そして、微笑んでいる。まるで祖父のように。

　ケインに対する自分の気持ちがまだ分からない。どうしたい、というのであろう。どうするべきなのだろう。戦時中だったら、きっと、こんなこと、考える余裕すらなかったはず。考えたところで、どうにもならない。恵まれている分、どうしていいのか分からないのである。わたしは、すぐ横に立つレナードに自分の疑問をぶつけてみることにした。

「レナード」

彼はゆっくりとわたしを振り返った。

「変なこと訊きますけど、運命ってなんですか？」

「それは難しい質問だな」

彼は穏やかな声で返してきた。

「運命というのは、ぼくは結果のことだと思っている。人は、とかく、運命に支配されていると思いがちだけど、そうじゃない。人が生きた結果が運命なんじゃないか。これは運命だった、最初から決まっていた、と誰かが口にする。でも、実際は、ただの結果に過ぎない。最初から決まっていたかどうかなんて誰にも分からない。人はそういうことを認めたがらないので、運命、という言葉を使ってしまう。だから、ぼくは、運命は変えられるといつも信じているよ」

わたしは嬉しくなった。何か、体内から空気が抜ける不思議な感覚を覚えた。

「運命は変えられるんですね？」

「たぶんね。その変えられる、変えよう、とする過程がとっても大事なんじゃないかな」

　わたしは頷いた。

「運命の出会い、と人は自慢する。最初からぼくらは出会うことが決まっていたんだって、目を輝かせて言う。でも、そうじゃない。出会った結果に、運命が後付けされて、さも、その出会いが、あらかじめ神によって定められていたかと思うような、神々しさを生み出す。卵が先か、鶏が先か、ってのに似てる。運命は言わば、出会った結果を、より神秘的に見せる後付けの装飾品に過ぎない。人間は出会うために日々を生きてきた。その努力が二人を出会わせた、と思うのが正しい。違うかな？」

　わたしは、即座に、運命はどうやって変えられるんですか？　と訊いてみた。

「もっとも簡単な方法は、自分は運命を信じない、と思うことじゃないだろうか？」

　レナードが笑った。横にいた星野さんも笑った。わたしもつられた。

「この結果では納得をしない、まだ違う未来があるはずだ、と立ち向かう時に、その時点での運命は終わり、あらゆることは、変わる方向へと動き始める。これは運命だった、と人が言う時、その人間は、つまり、諦《あきら》めたんだ。人が諦める時、物事は決定してしまう。つまり、運命になってしまう。運命というものは、本来、人間の意志を超越して起こる幸福や不幸のことを指すとされている。だけど実際には、結果を受け入れるために作られた陳腐な造語なんだと思う。受け入れざるを得ない時に、人間が思いついた言葉ということも出来る。誰かがそこで死んだ。それを人は運命だった、と決めつける。確かに、その方が簡単だからね。死のような免れ得ないものの場合、運命という言葉はとくに活《い》き活《い》きと輝き出す。どうしようもないことだからだ。これは、人間が納得するために必要な言葉なんだ。けれども、全部を全部、納得させられていたら、人間はみんな運命論者になってしまい、もう何も出来なくなってしまう。運命は変えられると思うことが、運命を変えるために一番大事なことなんじゃないか、とぼくは考えて生きてきた。もちろん、これはぼくの個人的な意見に過ぎないけど」

同感だな、と星野さんが言った。

「結果は死ぬまで分からないし、死んだって分からないことがきっといっぱいあるよね。運命に囚《とら》われて生きるのって、今日現在を、或《あ》るいはこの瞬間を少しなおざりにしているようなとこがあるんじゃないか。それが運命なら、変えてみせる、と思って僕も生きてきた。でも、きっと、お仕舞いのところで、僕も、たぶん、レナードも運命に降伏するんだと思う。それがとっても人間的な行為じゃないかと思う。『運命には勝てませんでした』って、最期《さいご》の最期に、おてんとうさまに向かって言えるのって、素晴らしいことだと思う。運命に抗《あらが》いつつ、最期はそれを受け入れる、それが少なくとも僕の生き方だよ」

光り溢《あふ》れる海の上だから出来る話かもしれない、とわたしは考えた。

「運命に翻弄《ほんろう》されるよね、人間は」

レナードは呟き、残っていたワインを一気に呑《の》み干した。しわくちゃの顔をもっとしわくちゃにして、笑いながら。星野さんは白い髭《ひげ》をこすりながら、言えてるね、と相槌《あいづち》を打った。『運命に降伏する』って素敵な響きだな、と思った。

ケインが近づいてきて、なんの話ですか、と割り込んできた。

「ケイン、君たちはどういう運命を持っているのだろうね」

とレナードが言った。

「君たち？　ぼくとマナのことですか？」とケイン。

「ぼくらは結婚をし、可愛《かわい》らしい子供を授かるはずです」

ケインが迷うことなく言ってのけたので、わたしたち三人は二の句が継げなくなってしまった。

「それがぼくとマナの運命です。そのうちに分かりますよ。ぼくは運命を信じていますから」

ケインがはっきりとした口調で締めくくった。わたしはなぜかケインから視線を逸らせなくなってしまう。こういう運命という言葉の使い方もあるのだ、と思いながら。すると、レナードが笑い出した。星野さんも続いた。

「素晴らしい。それは本当に素晴らしい考え方だ。そこには運命を変えようとする人間の意地があるね」

レナードが空を見上げ、笑いながら言った。光りが優しく、強く、わたしたちに降り注いでいた。

その夜、わたしはケインの家に招かれた。バス通りに面した車止めに立派な車が停《と》めてあった。その背後に小さなデッキがあった。竹製の長椅子が一つぽんと置かれ、二人は並んで腰掛けていた。

「レナードはああ言ったけど、わたしには分からない。わたしはケインと結婚するとはどうしても思えないし、人前で、あんな風に勝手に交際宣言みたいなことされると、ちょっとむかつく。わたしの意思を無視してるよ」

ケインが拵《こしら》えた謎《なぞ》のカクテルを呑み、すっかり暗くなったホノルルの景色を眺めながら、言った。横に座るケインに自分の気持ちをぶつけてみた。人通りはほとんどなく、隣のマンションのプールで遊ぶ子供たちの声だけが賑やかに響き渡っていた。

「でも、君はぼくの話をちゃんと聞いてくれない。真剣に、何度も打ち明けたけど、ちゃんと返事をしてくれたためしがない。みんなのいる前で言うのが一番効果的なんだと思う。それに、レナードも星野さんも応援してくれたじゃないか」

「困るわ。何度も言うけど、わたしはまだ迷ってるし」

「そうかな、そうじゃない気がする」

「君はほんとびっくりするくらい勝手な人」

仕方なく、ケインを振り返った。待ち受けるように彼はわたしのことを見つめていた。

「マナ、君は、もう清春さんから心が離れている。そして、ぼくのことを好きになり始めている。ぼくらは昨日、キスをした」

「ちょっと、やめてよ！　そういう直接的で無礼な言い方。キスくらいするし、だからって、心まで奪ったと思わないでよ」

「そんな簡単に君は誰とでもキスをするのか？」

ケインがそこだけ、英語で言った。

「あのね、清春さんとだって、滅多にキスしたことないのよ」

わたしも英語で返した。

「じゃあ、なんでキスした？　昨日」

今度は日本語で言った。何か言語を変えるたび、ギアチェンジが行われているようになり、わたしは辛《つら》くなる。

「煩《うるさ》い！　しつこい！　君が強引だったからでしょ？」

日本語なのか英語なのか分からない感じになった。

「強引じゃないよ。逃げ出す時間は十分にあった。でも、君は逃げなかったし、拒絶もしなかった。ぼくを受け入れたじゃないか」

わたしは怒りで言葉を失った。ケインを睨みつけたが、彼は穏やかな顔でわたしを見つめ返している。二の句がまた継げなくなる。英語で言うべきか、日本語にするべきか分からなくなったせいもある。唇が自分の意志とは無関係に、震え始めた。どうしてこの人はわたしを不愉快にさせるのだろう。こんなに傲慢《ごうまん》な人とやっていけるはずもない。無理だわ、とわたしは自分の心の中で何度も毒づくのだった。

「無理」

「なにが？」

「君と交際すること。結婚なんか絶対に無理。横にいるだけで、拒絶反応、アレルギーが出る。とにかく、君とはお付き合い出来ません」

「嘘だ！」とケインが英語で。

「嘘じゃない！」とわたしは日本語で告げた。

「ねぇ、じゃあ、訊くけど、なんで、そんなに自信があるのよ？」とわたし。

「自信なんかないよ」とケイン。

「漲《みなぎ》ってるじゃない。根拠のない自信が。だから、そんな風に、上から目線で言えるんじゃないの？　わたしの気持ちを無視して」

「無視じゃない。君の気持ちを汲《く》み取って、君が心を開きやすいようにしてる」

「ちょっとちょっと、ふざけないで。わたしの気持ちはわたしのものよ」

ケインが先にため息を零した。

「どうして君がため息つくの？　困ってるのはわたしなんだからね」

「自分勝手な人だ」

「どっちがよ！　君は自分を中心に世界が回ってるとでも思ってるでしょ？　わたしが好きにならなければ、二人は愛し合うことは出来ないし、結婚もないのよ！」

前半を日本語で、後半を英語で返した。

「カッカするなよ」

英語だった。

「ちょっと！」

心臓が止まりそうになった。思わず、呑んでいたカクテルを芝生の上に振り撒いてしまう。飛んだ氷がアスファルトの路面に落下した。何すんだよ、とケインが穏やかな声で、もちろん英語で、咎《とが》めてきた。

「せっかく作ったのに」

「こんな不味《まず》いカクテル、かつて一度も呑んだことがないわ」

もちろん、わたしは日本語で言った。

「ぼくだって、生まれてはじめてカクテルを作ったんだ。なのに、そういう言い方は酷《ひど》過ぎないか？　不味くても我慢して呑むべきだし、感謝くらいしてほしいものだ。だいたい、ぼくはプロのバーテンダーじゃない」

わたしは呆《あき》れ果てて何も言えなくなっていた。どうして、立ち上がってここを去らないのか不思議でならなかった。目を閉じ、自分の怒りが鎮まるのを待った。お願いだから、少しの間、黙っていて頂戴《ちょうだい》、とケインを窘《たしな》めた。ケインは従い、黙った。隣のプールで遊ぶ子供たちの声が届く。日本語であった。

「ともちゃん、それ、ぼくのビート板だからね」

「やだ。おにいちゃん、それ、あたしのだもん。返してよ」

「ねぇ、ママ！　ママー！　またともちゃんがわがまま言ってる！」

「わがままじゃないよ。おにいちゃんが意地悪なんだもの。ママ！」

兄妹喧嘩《きょうだいげんか》が始まり、いっそう賑やかになった。兄妹のやりとりはしばらく続き、妹の方が泣き出した。兄妹の父親らしき人物がやって来て、息子の名前を呼び、窘めた。どうやら、父親が兄からビート板を奪い取り、妹に渡したことで、今度は兄の方が泣き出してしまったようだ。平和な世界だな、と思った。

ここには平和しかない。ホノルルは、留学先だったニューヨークや、現在住んでいる東京、何度も足を運んだパリとは空気感がまるで違う。人生における終着駅のような桃源郷。一年中変わらぬ穏やかな気候の中、ここを目指して世界中のお金持ちが集まってくる。この日本人家族のように、プール付きのリゾートマンションで暮らす人々も大勢いる。ハワイの先住民の人たちとも案外うまく共存出来ている。日系人たちもアメリカ国籍を勝ち取り、しっかりと根を生やしてこの地で生きている。天国に一番近いシティだとわたしは思った。

そこで生まれ、育ったからこそ、ケインはこんなにピュアで天真爛漫《てんしんらんまん》なのであろう。逼迫《ひっぱく》したものが何もない。汚れたものがどこにも見えない。けれど、たぶん、わたしはホノルルでは生きていけない。ケインとここで結婚し、子供を作って生きていくことなんか絶対に出来ない。

「マナ、君はぼくに会いに来たんだよね」

ケインがいっそう穏やかな声音《こわね》で言った。

「ええ、会いたいと思ったから来たのよ。それは本当」

「その気持ちが本当なら、今はそれだけでいいよ。君が過去を乗り越えて、ぼくがいる未来へ来るのを静かに待つ。急ぐことじゃないから」

彼はわたしに寄り添う時、日本語になる。わたしはケインを見ることが出来ずにいた。もう、何も話すことはなかった。あとは時間が解決してくれるような気がした。プールサイドの子供たちは両親に連れられて部屋に戻って行ったようだ。夕食の時間なのであろう。不意に辺りが静かになった。

「ねぇ、お願いがあるの」

「なに」とケイン。

「もう一度、あの不味いカクテルを作ってもらえないかな」

ケインが笑った。

「OK、同じものは二度と出来ないけど、もっと不味いカクテル作ってくるよ」

そう言い残して彼はデッキから離れた。わたしは一人きりになった。苦手だな、と心の中で呟いた。幸福は苦手なの……。

静かで穏やかな夜の気配がわたしを包み込む。街の灯《あか》りが視界の先で星屑《ほしくず》のように明滅している。ゆっくりと深呼吸してみる。胸が、痛み、限りなく、切ない。愛がわたしを包囲しはじめている。わたしはどうしていいのか分からなかった。

その時、ふっと瞬きをした次の瞬間、どことは言えない場所で携帯が鳴った。バッグの中に手を入れ、携帯を探しているうちに着信音は切れてしまった。見つけた携帯を取り出し、液晶画面を覗き込んだ。見覚えのない番号である。しかも、アメリカからであった。誰だろう、と思った。その次の瞬間、携帯が目の前で再び鳴りだした。反射的に電話に出てしまう。携帯を耳に押し当て、とりあえず、英語で、ハロー、と言ってみた。しかし、繋がっているというのに、相手は黙っていた。切れたのかな、と思い画面をもう一度見る。しかし、切れてはいないようだった。携帯を再び耳に押し付け、耳を澄ました。不意に、わたしは強張った。清春さんからだ、と思った。以前、ミニーと名乗った女が、キヨハルは生きている、と言った。

「清春さん？　もしもし、清春さんでしょ？」

わたしは声を潜めて問いかける。でも、返事は戻って来ない。

「あの、清春さんですよね？　どうしたの？　どこにいるの？」

わたしは一方的に訊《たず》ねた。でも、返事はない。相手は黙っている。清春さんじゃないかもしれない。もしかするとミニーというあのチューイングガムの女かもしれなかった。わたしの番号を清春さんから聞きだした、ということも考えられる。もしくは彼女の仲間、ペレの民と名乗る誰か？　でも、何のために？　或いは携帯が壊れてわたしの声が聞こえていないのかもしれない、とも考えた。耳を澄ました。すると、微《かす》かに、音が聞こえる。何か、機械のような音であった。少し離れた場所で、規則的な機械音が鳴っている。

「わたしは今、ホノルルにいます。会いに来ました。あなたがいるであろう自給自足の集落の場所もだいたいだけど特定出来た。そこに行こうと思って、今、ホノルルにいるの。あなたが来いと言うなら、明日にでも飛んで行けます。……清春さん」

次の瞬間、電話が切れてしまった。

「清春さん？」

切れた携帯をわたしは見つめた。その電話が彼からのものだろうとわたしは確信した。

でも、なぜか、腰が上がらなかった。長い不在のせいである。ケインのせいもあった。ぼんやりと携帯を眺めた。どうしたいのか、分からなかった。

ケインとキスをしたことを思い出した。その唇の感触、止まった時間を思い出していた。着信のあった番号へ電話を掛け直そうとしていた。でも、わたしはやはり動けなかった。誰かの悪戯《いたずら》電話かもしれない、と自分に無理やり言い聞かせた。そこにケインが戻って来た。間違えて、美味しいカクテルを作ってしまったよ、と冗談を言いながら……。

わたしは嘆息を零し、携帯をバッグの中へとこっそり戻した。

33

2012年6月5日

ケイン・オザキ、29歳

朝、マナに内緒で、カナカナマイカラニに電話した。彼がマナに伝えたペレの民についての情報を共有したい、と告げると、

「まだ、はっきりとした情報じゃないでさァ」

と返って来た。

「けれど、どうやらマウナ・ケア山の中腹のどこかに、ペレの民を名乗る自給自足形態の農場集落があるようで、彼らに週に一度、魚を届けている漁師がいて、そこから得た情報なんでさァ。その漁師に来週会うんで、もう少し詳しいことが分かると思いまさァ」

「もし、分かったら、ぼくに連絡してもらえないかな?」

告げるとカナカナマイカラニは、

「サカウエさんではなく、オザキさんに、ですか?」

と言った。

「もちろん彼女にも伝えてほしいけど、ぼくにも伝えてもらえないか、という意味です。あなたに仕事を依頼したのはぼくだし、この件に関する責任もある。ぼくも情報を共有したいという意味」

マナが一人で行動を起こすことを恐れていた。マナの行動を妨害するつもりはなかった。でも、心配だった。出来ればマナが持つのと同じだけの情報をぼくも摑んでおきたかった。なんとなく、彼女を一人でハワイ島に行かせてはならない、と考えてもいた。焼き餅《もち》からだろうか? 分からない。ただ、なんとなく、彼女はハワイ島に近づかない方がいいような気がして仕方なかった。

昼少し前、ぼくはマナを彼女のホテルでピックアップし、トヨタのワゴン車に乗せてヘンリーの家へと向かった。ホノルルを一望することが出来る小高い丘の中腹にあるヘンリー・サカモト邸に到着したのは十二時をほんの少し回った時刻であった。秘書官がぼくらを出迎え、奥の間へと案内した。まず、現れたのはヘンリーの妻、キャサリンであった。知的な目を持つ美しい人だった。スタイルもよく、背筋もしゃんと伸びている。ヘンリーよりも随分と年下で、確か六十代半ばだったはずだ。

「ようこそ。あなたがマナね。ヘンリーからいろいろと聞いています。ヘンリーはプールサイドにいるわ。ケイン、マナさんを案内してくれる？　わたしはなにか飲み物を用意するから」

おかまいなく、とぼくは言ったのだけれど、

「カクテルにしましょう。決まり。こういう日はカクテルよ」

とキャサリンが言った。間髪《かんはつ》を容《い》れずにマナが、ちょうど美味しいカクテルが呑みたかったんです。ハワイに来て、まだろくなカクテルを呑んでいなくて、と告げた。ぼくは慌ててマナを振り返る。彼女は屈託のない笑みを浮かべてみせた。

「OK、任せて。ケインは残念だけど、車だからジュースね」

キャサリンがキッチンに消える。ぼくはマナを連れてプールサイドのデッキへと向かう。プールの青々とした水面に光りが反射し、ゆらゆらと眩かった。日陰のリクライニ

ングチェアにラフな恰好をしたヘンリーが座って、片方の手で器用に、本のページを捲《めく》っている。ぼくらを見つけるなり、

「おお、堅苦しい挨拶《あいさつ》はなし。まあ、座って楽にしなさい」

と言った。勧められた籐《とう》の椅子にぼくらは腰を落ち着けた。

「君たちはすっかりセットだな」

ヘンリーが言った。ぼくは嬉しかったが、マナははぐらかすように、

「お元気でしたか？」

と言った。

ヘンリーは顔を僅《わず》かに歪《ゆが》めてみせて、

「いや、実はちょっとよくない。不整脈が酷くてね。でも、ま、大丈夫。なるようになる」

と微笑みながら返した。

ヘンリー・サカモト上院議員は、本をサイドテーブルの上に置き、ゆっくりと上体を起こしてみせ、ぼくらと向かい合う恰好で座り直した。

「それにしても不思議な縁だね。ニックとカオルとロバートの血を継いでいる二人。しかも、ケインは生まれた頃からよく知る、私の可愛い孫のような存在でもある。二人がこうやってセットで目の前に現れることを、私は本当に喜んでいる。再会を楽しみにし

ていた。マナ、来てくれてありがとう」

「わたしも一緒です。ヘンリーに会うのを楽しみにしていました。わたしの知らない若き日の祖父の話をもう一度聞けるのが楽しみでなりません」

「分かるよ。私も君たちを前にして、過去を思い出せることが嬉しくてしょうがない。人間は年を取るとね、過去が意味を持って立ち上がってくる。過去しかない、と言っても過言じゃない。合衆国の上院議員だからね、未来はこの国の子孫のために、しかし、個人的には過去のために生きている」

ヘンリーの顔色がよくない。長い付き合いだからこそ分かる。今までにないくらい疲労が滲《にじ》んでいる。八十八歳なのだから、しょうがない。高齢なのに、激務が続いている。本土とハワイを頻繁に往復している。頭は誰よりも聡明《そうめい》だったが、けれども、老いに勝てる人間はいない。泰然としてはいるが、一方で顔や身体のむくみも酷く、気力だけでそこにいる、という印象を受けた。

「ロバートが死んだ時、あんなに悲しかったことはない。私をずっと支えてきてくれた本当の親友だった。私の最初の政策秘書だった。同級生だったし、戦友でもあった」

ロバートの最期を思い出す。七十六歳で亡くなったロバートは晩年癌《がん》に苦しんだ。ぼくは高校が終わると、祖父が入院する病院へ足繁《あししげ》く通ったものであった。十二年も前のことになる。

「そろそろ、私にも迎えが来る。分かるんだ。もう、そろそろだなって。けれども、その前に、もう一人の友人、ニックのその後を知ってから逝《い》きたい。君たちが現れたのは、そのためだろうと思う。君ら二人は、私たちの青春を一本の線に結び直す役割を担っているんだ。あの日々を一日にする役割もある。分かるかい、マナ、ケイン」

ぼくは頷いた。

「ええ、分かります。ヘンリー」とマナ。

「ありがとう。君たちの報告を私は待っている。で、いつ、フランスに行くんだね？」

「今の予定では、たぶん、八月には……」

「八月か、それまでは死ぬわけにはいかないな。マナ、ケイン、すぐに知らせてくれるかね？　ニックのその後が分かったら」

「はい、すぐにお知らせします」とぼく。

ヘンリー・サカモトは小さく、しかし、力強く頷いてみせるのだった。キャサリンがカクテルを運んできた。スタッフにはやらせず、彼女は自分でカクテルを作ったようだった。砕いた氷を入れたゴブレットに存在感の強い青いカクテルが満ちている。フルーツやハワイの花が飾りつけられている。浜辺に聳《そび》えるヤシの木のようなストローが挿さっていた。

「ブルー・ハワイよ。間違いなく、ハワイで一番美味しいカクテルのはず」

ブルー・キュラソーの青が映える美しいカクテルであった。乾杯をした。マナが、一口含むなり、

「わ、本当に美味しい。間違いなく世界一です」

と大げさに言ってのけた。ぼくへのあてつけであった。

「素敵なカクテルですね」

「六〇年代に上映されたエルビス・プレスリーの『ブルー・ハワイ』という映画が由来とも言われているけれど、でも、このカクテルが流行《はや》ったのは八〇年代。本当のことは分からない。けど、ハワイと言えばこの青いカクテルを想像する人が多くいるのも事実です。喜んでもらえて嬉しいわ。今日はゆっくり楽しんでいってください。お昼も用意してありますからね」

キャサリンはヘンリーのおでこにキスをして、そこを離れた。ヘンリーは妻が消えるまで穏やかに見送り、それから空気を変えるような感じで、

「さて、今日はどんな話をしようか？」

と言った。

「ヘンリー、この間の続きをお願いします」

「続き？　どこまで話したかな？」

「イタリア戦線。四四二部隊が一四〇高地を奪還するところまで」とマナ。

ああ、とヘンリーは呟き、頷いた。目を細め、しばらく何かを思い出すような感じで、遠くの青空を見上げていた。それから、あの日、と静かに話し始めた。あの日がぼくらの目の前にすっくと立ち上がってくるのだった。巨大な一日であった。

「あの日、そうだ、一九四四年の、あれは九月後半のことだった。我々、第四四二部隊はフランス戦線で苦戦を強いられていた第七軍の要請を受け、イタリアの第五軍を離れ、海路、フランスの港町マルセイユを目指すことになる。フランスへ向かう前に、私たちは一度、ナポリに戻った。ここで、思いがけぬ人物が合流することになる。ケイン、誰だと思う？」

ぼくはマナを見た。それからヘンリーを見つめた。ヘンリーが笑い出した。

「お前の祖父のロバート・オザキだ。イオラニ宮殿前広場での壮行会以降、我々はずっと離れ離れになっていた。彼がどこで何をやっていたのか、まったく分からなかった。しかし、ロバートは生きていた。不意に私やニックの前に現れた。びっくりしたよ。そして、共にまだ生きていたことを喜びあったものだ。でも、その喜びは束《つか》の間《ま》の喜びでもあった」

34

1944年9月18日

ヘンリー・サカモト、21歳

僕たちはナポリの宿舎でマルセイユへ向かう準備に追われていた。多くの二世兵士が死傷し、兵員が激減したため、新たに六百七十二名の補充兵士がアメリカ本土から送り込まれ、各中隊に割り当てられた。その中にロバートがいた。彼は僕らの中隊に補充された兵士の中の一人であった。

「おい！　驚いた。いったい、どこで何していた？　どういうことだ？」

不意に目の前に現れたロバートに僕の興奮は収まらなかった。

「ヘンリー」

と彼は笑顔で僕の名を呼んだ。僕はまるで生き別れた兄弟と再会したような興奮に包み込まれ、彼に抱き着いてしまう。

「なんだよ。ロバート。今まで何してた？」

「秘密部隊に配属されててね……。その、秘密なので、どういう任務だったかはここじゃ言えないけど」

ロバートが苦笑しながら言った。ハワイ出身の二世兵士たちの中には僕とニック以外にもロバートのことを知っている者が数名いた。彼らがロバートを取り囲む。

「秘密部隊だって？　かっこいいな」

誰かが野次って、笑った。

「でも、その部隊では活躍出来なかった。上の連中が俺には向いてないと判断して、ま、部隊をクビになったというわけだ。で、君らと同じヨーロッパ戦線に回された」

ロバートは口を固く閉ざしたが、その夜、ナポリの酒場で、僕にだけ、どのような任務であったのかを漏らした。日常会話に困らないレベルの日本語力を持っていたロバートは、情報部の目に留まり、陸軍情報部日本語語学兵部隊に配属された。情報語学兵として機密扱いの部隊に配属され、一年間、日本語の猛勉強をやったのだそうだ。陸軍情報部は暗号解読と捕虜から情報を得るために語学兵の養成に力を入れた。ところが、ロバートの日本語は陸軍が期待するほど上達しなかった。それがわざとだったのか、実力だったのかは分からない。ロバートは一言、俺には向かなかった、暗号解読は好きじゃなかった、とだけ告げた。

「その後、キャンプ・シェルビーで、みっちりと訓練を積んできたというわけだ。で、今ここにいる」

僕たちは再会とお互いの無事を祝って乾杯を繰り返した。店内はアメリカ兵で満席であった。日系二世兵と白人兵士たちが入り交じって賑わっている。イタリアのモンテカッシーノの戦いで生死を賭《か》けて共闘したこともあり、両者がいがみ合うことはなかった。

「実戦の経験はないんだな？」

僕が問うと、ロバートは、まだない、と言った。

「脅すつもりはないけど、戦場は想像を絶するよ。大勢の二世兵士が死傷し、戦線から消えた」

「知ってる」

僕の目頭が熱くなる。様々なことが脳裏を過った。口元に複雑な笑みが浮かぶ。

「でも、こうやって再会出来てよかった。この瞬間を祝いたい」

「ああ。全力を尽くすだけだ」

「我々、第四四二部隊のモットーは Go for Broke!　だ」

「当たって砕けろ！」

ロバートは未来を案じながらも不敵に笑ってみせた。パリッと糊《のり》の利いた真新しい軍服を着ていた。僕らが着ているよれよれの湿った軍服とは違う。まるで新入生のそれ。その時、バーのドアを押し開けて、よろよろとニックが入って来た。酒場で見かけるのは珍しい。僕の視線を辿《たど》るようにしてロバートが振り返り、ニックを見つけるなり手を振った。ニックは店の中央で立ち止まって考え込んでいたが、辺りに空いている席がなかったこともあり、ふらふらと僕らの元へとやって来た。珍しいね、と僕が告げると、眠れなくてね、と彼はぼそっと呟いた。

「ニック、何を呑む？」とロバートが訊いた。

「バーボン」とニックが言った。

「どうしたんだよ、ニック。本当に呑むのか？」と僕。

「ああ。僕だって、呑みたい時はあるよ」

ロバートがバーテンダーに手を振り、バーボンのロックを三杯、と注文した。

「こんなとこで乾杯出来るだなんて思いもしなかった」

ロバートが嬉しそうに告げ、僕らは同時に微笑んだが、ニックだけが硬い表情を崩さなかった。

「よく無事だったな、ニック」とロバート。

「無事なものか」とニック。

ニックはロバートの目を見ない。その視線は濡《ぬ》れたテーブルの上を彷徨った。

酔ったテキサス兵が酔った日系兵と肩を組んでバーの奥で歌い出した。彼らの胴間声《どうまごえ》が兵士たちの笑いを誘う。真珠湾が攻撃された直後には想像も出来ない絵であった。二世兵士の多くの犠牲の上にこの和やかな雰囲気は成り立っていた。今この瞬間の平和であった。

ロバートが残っていたグラスのワインを呑み干した。そこにバーテンダーがバーボンの入ったグラスを三つ持ってやって来て、テーブルの上に並べた。僕とロバートはグラスを摑み、高く翳《かざ》した。ニックが遅れて、グラスを持ち上げた。ニックが初めてロバートの顔を見る。ロバートがそのニックの肩を力強く叩《たた》く。

「再会に乾杯！」

僕が告げると、ロバートがニックのグラスに自分のを軽く押し付けた。続いて僕がそこに自分のグラスをぶつけた。グラスがかち合う音が鳴る。ニックが一気にバーボンを呑み干してしまう。僕もロバートも驚いた。呑み干すと、ニックは空になったグラスをテーブルの上に叩きつけた。ドンと派手な音が響き渡った。周囲の兵士がニックを振り返る。ニックの真後ろで酩酊《めいてい》していたパラシュート部隊の白人兵士が、ニックを振り返るなり、うるさい、ジャップ、と怒鳴った。ニックが反射的に席から立ち上がり、その兵士の胸倉を摑んで殴り掛かりそうになった。僕とロバートが慌ててニックの腕を摑んだ。店内が騒然となる。ニックは暴れ、足で、白人兵士を蹴《け》った。僕らは揉《も》みあう恰好となったが、ドア付近にいた二世兵が大きな声で、憲兵だ、憲兵が来たぞ、と叫び声を張り上げた。僕らは慌てて取り繕い、ニックを強引に席に座らせた。けれども、憲兵などやって来なかった。酩酊していた兵士が笑い出した。僕らは興奮するニックが再び暴れ出さぬよう二人がかりで彼の脇を固め、結局、外に連れ出すことにした。

　このような攻撃的なニックを見たことはない。その目は見開き、血走っていた。「糞《くそ》野郎！」。感情が高ぶるたび、汚い言葉が彼の口を突いて出た。口はだらしなく半開きになり、肩で呼吸を繰り返していた。ニックの中で小さな異変が起きている。それはいつから始まったのだろう。イタリアの森でドイツ兵を彼が撃ち殺した直後からかもしれない。とにかく、今までのニックではない、もう一人のニックが出現した。

　広場まで連れて行くと、ニックはまず僕の腕を振り払った。それから、ロバートをど突き、強引に腕を引き抜いた。ほっといてくれ、と捨て台詞を吐くと、マロニエの下の石のベンチに横たわってしまう。やれやれ、とロバートが吐き捨てた。

「いったい、どうしちゃったんだ？　ニックに何があった？」

「ここは戦場だ。まともな奴なんかいない。みんな病んでる」

　ロバートは鼻で笑い、何度もかぶりを振った。

「病んでないと戦えない。まともじゃ、やっていけない。壊れない人間なんかいないさ。目の前で仲間がばたばたと死んでいく。言葉なんかじゃ説明出来ない。ロバート、君も、明日になれば分かる。ひと月後には、思い知る。これが戦争だって」

「分かってるさ」

「いや、まだ、何も分かってない。でも、分かってないくらいでちょうどいいんだ。どうせ、無理やり理解しないとならない時が来る」

「俺もニックみたいになるのか？」

ニックがベンチの上でぐったりしている。ニックが掌《てのひら》で顔を覆った。肩が震え始める。泣いているのだろうか？　押し込めた彼の感情が外に噴き出そうとしている。けれども、僕は衛生兵を呼ぶことが出来ない。心が壊れたくらいで、軍医は我々を国に帰してはくれない。銃で撃たれ夥《おびただ》しく血を流さない限り、衛生兵はやって来ない。

「僕だって、大声を張り上げたい。明日、死ぬかもしれないからだ。ナポリに上陸してから今日までに第四四二部隊の五人に一人が死傷した。実に五人に一人という確率だよ。無傷で国に帰れると思う奴なんか一人もいない。ここが戦場だってことをみんな知っている。逃れられない場所であることを」

「じたばたして何になる。生きて帰れるなんて最初から思ってないさ」

「ならいい。そのくらいの覚悟は必要だ」

「ありがとう。君の忠告には感謝する。でも、やるべきことを俺はやる。忠誠を示す絶好のチャンスだ。白人の連中は生きて帰りたいだろう。でも、俺は命を捧げる覚悟がある。語学兵なんかまっぴらごめんだった。日本軍の暗号を解読する仕事は向かない。俺は正々堂々と戦いたかった」

ロバートが歩き出した。そして、寝ているニックの傍まで行くと、その腕を引っ張った。抱きかかえようというのである。

「ほっといてくれ！　ほっといてくれよ！」とニック。

「さ、帰ろう。ニック」とロバートが優しく宥めた。

ロバートがニックを担ぎ上げた。僕も急いで駆け寄った。反対側の腕をとり、ニックを抱き上げげた。僅か三年前のホノルルが脳裏を過る。そこは楽園、別世界であった。僕らは青春の真っただ中にいた。恐れることも、不安も、恐ろしい未来も、その時のそこには何もなかった。ただ、青空だけが、無邪気に広がっていた。

35

1944年10月4日

ヘンリー・サカモト、21歳

風の強い日であった。四四二部隊は第五軍を離れ、第七軍に配属されることになった。フランスのマルセイユに上陸後、僕らはすぐ列車で移動し、マルセイユ市内から十五キロほど北上したアメリカ軍中継集合地点へと向かう。遮《さえぎ》るものが何もない、丘の上の広場と呼ぶにはあまりに広い一帯が我々の当面の宿営地となった。

見晴らしは抜群だったが、その分、風が強かった。不穏な雲がみるみる近づいてきて、太陽の光りを遮った。僕らは穴を掘り、テントを建てた。中には新型の二人用テントもあった。僕はニックと同じテントで寝ることになった。テントの設営が終わると、支給された新しい銃器の点検をした。広場の端から端まで野戦用テントがびっしりと並んでいる。この広場で宿営する兵士の数は四千超。まるで一つの村がそこに存在しているかのような賑わいである。

ロバートがやって来て以来、中隊の雰囲気に変化が起きた。ナポリからマルセイユへ向かう輸送船の中ですでにその異変は始まっていた。ウクレレ奏者のバーニー・エモトは高校生の頃に、ラジオでロバートの歌を聴いたことがあった。二人は意気投合し、輸送船の上でコンサートをやった。

ハワイ出身であるなしに拘《かか》わらず、彼らの歌と演奏は心に染み入った。まるで毎夜、慰問演奏会が開かれているような賑やかさとなった。ロバートが歌えば、あっという間に多くの人垣が出来た。丘の上の宿営地にはロバートのためのステージが出来上がる。誰かが空の木箱を幾つか組み合わせ簡易舞台を作った。仕舞いには工兵隊員がマイクをどこからか調達して来て、彼の声をスピーカーで流し始めてしまう。楽しいイベントなど何一つない戦地で、ロバート・オザキの名前は瞬《また》く間に広まった。その横でバーニーがウクレレを弾いた。

四四二部隊はイタリア戦線でアメリカ軍一多くの犠牲を払い、アメリカ軍一勲章を授与された部隊でもある。白人将校たちはこの直後に始まる苛烈《かれつ》な戦闘のことを隠しているようであった。だからか、多少の馬鹿騒ぎは容認した。ロバートの歌声は疲れ切った兵士たちの心を慰めた。しかし、それが束の間の休息であることを兵士たち全員が知っていた。この後向かう場所が自分の死に場所になるかもしれない、と考えない者など一人もいなかった。

その日、コンサートが始まり三十分ほどが過ぎた頃、ロバートはバーニーからウクレレを奪うと、カオルのために作曲した『ひとつのナウパカ』を歌い出した。さらに風が強くなり、テントがバタバタと音を立てた。その不穏な音の間を、ロバートの甘くセクシーな歌声が漂うのだった。兵士たちは毛布で自分の身体を包み、風ではためくテントを押さえながら、ロバートの歌に耳を傾けるのだった。

ふたりでひとつの
ひとつでふたりのナウパカ。
花びら半分ずつ分け合って、
足りない自分の闇を照らす。
愛を半分、お互い隠し、

人知れぬ恋が咲き誇る時、
片割れのあなたを想《おも》って、わたしは泣くのです。
ふたりでひとつのナウパカ。
あなたの悲しみを半分わたしにください。
ぼくの幸せ半分あげる。
ふたりでひとつの
ひとつでふたりのナウパカ。

僕の横で日記をつけていたニックがスケッチブックを地面に叩きつけた。立ち上がり、くそっ、と大きく舌打ちをした。彼はそのまま目の前の鉄バケツを蹴飛ばした。ロバートが歌いながら、目でニックを追いかけた。苛立《いらだ》つニックは転がったバケツをもう一度力任せに蹴飛ばしてしまう。ガラガラという不快な音が一帯に響き渡る。バケツがテッド・イワマツのテントにぶつかった。なにすんだよ、とテッドが怒鳴りだし、ニックの行く手を塞《ふさ》ぎ、その胸をど突いた。ニックはテッドを睨んだが、すぐに視線を逸らし、その場を去った。

「ちぇ、なんだ、あいつ」

テッドが吐き捨てた。周りにいた兵士たちが鼻で笑う。僕は心配になり、ニックの後を追いかけた。

ニックは宿営地を抜け、枯れ草が覆う丘の斜面に腰を下ろした。見晴らしのいい丘陵地帯である。眼下に黄色く紅葉した木々がスカートの裾《すそ》のように広がっている。でも、風が強く、木々が傾いていた。強い風が斜面に吹き付けてきた。不意に雲が動き、太陽が隠されてしまう。ニックの横に腰を下ろす。

「ほっといてくれないか？」

ニックが僕を一瞥《いちべつ》するなり言った。穏やかで、仏のように物静かだったニック。僕が知っているニックはつねに微笑みを絶やすことのない泰然とした男だった。ホノルルの眩い太陽の下、口元に穏やかな笑みを湛《たた》え、優しげな眼差《まなざ》しで、優雅に闊歩《かっぽ》していたニック。なんとも美しく、清らかで、清楚《せいそ》な青年だった。眉間に皺《しわ》を寄せ、苦しそうに呼吸を繰り返すニックなど見たことがなかった。戦争が、自然を愛し生きとし生けるものを慈しみ尊んできた彼の心を変貌《へんぼう》させた。ここにいる限り、ニックはとめどなく壊れていく。

しかし、彼が普通ではないことを誰も理解出来ない。軍医も将校たちも彼本来の姿を知らない。だから、心や精神が壊れようが、ニックはあっさりと戦場に連れ戻されてしまうのである。慰める言葉はなかった。慰めたとして、彼を救えるはずもない。死ぬことよりも辛いことがある。自分を失うことだ。

「もう少ししたら、ホノルルに戻ることが出来る。戻ったら、またみんなでワイキキビーチに行こうな」

「ヘンリー。僕ならば大丈夫だ」

「知ってるさ。みんな大丈夫だ。何も心配することはないよ」

「そうじゃない！　うるさいんだよ。あっち行けって。一人になりたいんだ！」

ニックが僕の肩を突いた。目をひん剝《む》き、血走った目で睨みつけてくる。僕は立ち上がり、彼を見下ろした。狂犬のようだった。彼はニックじゃなかった。

「失《う》せろ！」

ニックが怒鳴った。そこにロバートがやって来た。ニックがよろよろと立ち上がった。風がものすごい勢いで麓《ふもと》の方から吹き上がってきて、僕らを吹き飛ばそうとした。

「嵐《あらし》になるみたいだ。テントに戻るように、命令だ！」

ニックが宿営地とは反対側へと斜面を下り始めた。

「ニック、そっちに行っちゃだめだ。脱走と見なされるぞ！」

呼び止めたが彼は従わなかった。僕は走って斜面を下り、ニックの腕を摑んだ。ニックは僕の腕を振り払い、邪魔するなよ、一人になることも出来ないのか、と怒鳴った。

「いいから、戻るんだ！　嵐が来てる。ここは危険だ」

「ほっといてくれ。僕はもうここが嫌でしょうがない」

ロバートが下りてきて、ニックの腕を摑んだ。ニックが暴れたので、僕はニックの頰《ほお》を握り拳《こぶし》で思いっきり殴りつけてしまった。ニックがよろけた。脳震盪《のうしんとう》を起こしたようである。顎を押さえながらニックが倒れ込んだ。手荒い真似《まね》はしたくなかったが、他に方法がなかった。

ロバートがニックの左腕を摑み、僕が右側を固め、斜面から引きずり上げた。こんな状態で戦場に連れて行くことは出来ない。みすみす仲間を見殺しにすることになる。もう十分、重症だった。彼が心の病にあることを指揮官であるカニンガム少尉と軍医に信じてもらうしかなかった。

ニックをテントに放り込んだが、その夜、風はいっそう強まり、宿営地のテントを次々吹き飛ばしていった。多くの兵士がテントを身体に巻きつけて穴の中でまるまった。夜半、雨まで降り始め、僕らは全員びしょ濡れとなった。

36

1944年10月5日

ヘンリー・サカモト、21歳

一晩中降り続いた雨は朝方少し弱まった。僕はロバートと一緒に第二大隊G中隊を指揮するリチャード・カニンガム少尉に会いに行った。兵士たちのテントは昨夜の暴風雨のせいでほとんどが吹き飛んでいたが、本部の大型テントはぬかるむ広場の中心で持ちこたえていた。カニンガム少尉に、ニックの精神状態が普通ではないことを説明し、本国に帰してやってもらえないか、と直訴した。

「しかし、軍医の報告では、戦闘能力、判断能力はあるとのことだったが」とカニンガム少尉が首を傾《かし》げながら告げた。

「自分が知るニックとは別人です。非常に凶暴になっていますし、目付きが変わっています。戦闘能力があるようには思えません」

ロバートが説明した。

「なるほど」

「自分はニックとずっと、つまり、高校時代から親友で、そしてキャンプ・シェルビー、このフランス戦線までずっと一緒ですが、日に日に変貌しています。このままでは敵に撃ち殺されるのを待つ状態です」

カニンガム少尉は考え込んでしまった。

「しかし、異常な精神状態であるかのように見せて、軍役を免れようとする者もいる。君たちを信じないわけじゃないが、少なくとも、私が彼と接する限り、受け答えもしっかりしているし、意志も感じる。私にも軍医にも、彼が変だとは思えないんだが」

「少尉、お言葉ですが、我々二世兵は全員志願してここにいます。逃げ出そうと思っている者など一人もいません」と僕。

「分かってる。君たちがどんなに優秀な兵隊か、私が一番知っている。ともかく、もう少し、様子を見させてもらえないか？　ニックのことは、私がちゃんとこの目で見て判断する」

分かりました、とロバート。僕らは敬礼をした。

「そうだ。ヘンリー、君は軍曹に昇進することになった。マーク・タナカ軍曹も昇進し、別の部隊に異動となった。後で本部に顔を出すように」

僕は、はい、と最敬礼した。カニンガム少尉が素早く右手を振り上げ、額にあてた。僕らはその場を後にした。その時、遠くで、大変だ、と声がした。兵士たちが広場の中心に集まり始めた。僕とロバートは嫌な予感がして急いで人垣の方へと走った。兵士の輪の中心でニックとテッドが取っ組み合いの喧嘩をしている。僕とロバートは人を掻き分け中に飛び込み、二人を力ずくで引き離した。

「この野郎、お前みたいな奴《やつ》がいるから、俺たちはいつまでも差別されちまうんだ！」

テッドが叫んだ。ニックは鼻血を手の甲で拭《ふ》きながら笑っている。

「何があった？」

僕が両者に訊ねた。二人に代わってバーニーが、

「ニックが、アメリカはこの戦争に負けりゃいいんだ、と言い出して」

と告げた。

「なんだって！」とロバート。

するとニックが僕の腕を力任せに振り払い、

「アメリカだけじゃない。日本も負けりゃいい。戦争してる連中はみんな自分のことしか考えてない。この星の敵だ！」

と大きな声を張り上げた。兵士たちの人垣から、どよめきが上がる。

「そんなこと憲兵隊に聞かれたら、軍法会議にかけられるぞ」とバーニー。

「構わないさ。本当のことを言ったまでだ。そしたら、テッドが、アメリカへの忠誠心を示すために頑張ってる俺たちの道を閉ざす気か、と怒鳴り出した！」

「当たり前だろ。お前のような裏切り者のせいで、日系人全員が同罪になる。邪魔する奴は俺が許さない。死んでいった仲間たちの名誉のためにも、お前のような奴は許すわけにはいかないんだ。俺たちはこの戦争に勝ち、功績を残し、アメリカ人として生きる権利を手に入れなければならない。お前が無責任に言い放った言葉が、日系人を代表する発言だとみなされたら、これまでの血と汗の努力が一瞬で無になる。そうだろ？　みんな？」

テッドの発言に、多くの二世兵士たちが同意した。中にはニックに罵声《ばせい》を浴びせる者もいた。

「撤回しろ。撤回しないなら、俺が今この場で、お前を殺してやる。アメリカに忠誠を示すチャンスをお前が奪うというのなら、全日系人のために俺は犯罪者になる」

ふん、とニックが鼻で笑った。

「どうせ、僕たちはみんな殺人犯じゃないか？　敵のドイツ兵だって普通の人間じゃないか。あいつら殺して勲章貰ってる。それが戦争の真実の姿だ！」

「世界の民主主義を守るために俺たちは戦ってる。殺人なんかじゃない。平和を取り戻すための戦いだ！」

「人を殺せば殺人だよ」

ロバートが二人の間に割って入った。

「待て。そうじゃない。ニックは今、精神状態がおかしいんだ。少尉にも説明してきたところだ。だから、彼の発言が日系人を代表する発言だとは誰も信じない。それは安心してほしい。その上で、俺とヘンリーはニックの幼馴染《おさななじ》みでもある。俺たちに彼を任せてもらえないか。俺たちでちゃんと彼を見張るし、問題が起きないようにする」

「くそ、ロバート、しゃしゃり出るな！」

ニックが手を振り上げて悪態をついた。僕は慌ててニックを後ろから羽交い絞めにした。

「ロバート、いいか、僕は気がおかしくなったんじゃない。僕は頭に来てるだけだ。四四二部隊から何人死人を出せば、僕らはアメリカ人として認められるのさ？　なのに、みんな忠誠心を示すことばかり口にする。もっと、遠くからこの星を見つめるべきだ。戦争は人間を殺すための言い訳に過ぎない。正義という言葉をみんなが利用し過ぎる。ドイツも、アメリカも、日本も、世界中の権力者に騙《だま》されてるんだ。この星のことを誰が考えてる？　人間はこの星の寄生虫だ。癌細胞だ。そのうちに、人類はこの星を破滅させるだろう。人間は愚かだ。忠誠心が聞いて呆れる！」

テッドが笑い出した。

「ちぇ、こいつ、そうとう頭がおかしい。こんなバカと一緒に戦うことなんか出来ない。地球のことなんか、今、話すことじゃない。俺たちの両親や兄弟のことで誰もが今は精一杯だ。こいつのせいで、日系人が非国民になるのは我慢ならない。ロバート、ヘンリー、お前らこいつの仲間なんだろ？　こいつを黙らせろ！」

「分かった。なんとかする」

僕は言った。ロバートが僕を振り返った。

「なんとかするって、どうする？」

「分からないけど、なんとかする。きっと乗り越えることが出来る。今までもそう信じてやって来たし、これからも自分を信じる」

ニックが不意に笑い出した。素っ頓狂《すっとんきょう》な笑い声であった。

「馬鹿な、どうにか出来るわけがない。ヘンリー、君は神様か？」

僕は次の瞬間、ニックの腹部を思いっきり殴りつけていた。みぞおちに命中した。本能が理性や知性を追い越した行動だった。笑っていたニックが目をひん剝いて倒れ込んだ。地面で身体を捩《よじ》って苦しそうにもがきだした。

「おい、もういい！」

ロバートが僕の腕を摑んだ。

「みんな、解散だ。憲兵隊に見つかってしまう。黙ってろよ。ほら、解散だ！」

バーニーが両手を叩いて、人垣を払いのけた。二世兵士たちがニックに対する文句を呟きながら四散した。中には地面に唾《つば》を吐きかける者さえいた。テッドは転げまわるニ

ックを見下ろし、

「糞野郎」

と吐き捨てた。

力のある風が吹き抜けていった。広場のテントが再び、バタバタと音を張り上げた。ニックは腹部を押さえて倒れたままであった。僕とロバートは少し離れた場所で今後のことを相談した。ニックを救うためには一刻の猶予も許されなかった。味方から見放されたニックを、心が壊れたニックをこのまま戦場に送り出せば、彼は間違いなく死ぬ。目に見えている。幼馴染みとして、彼をほったらかしにすることは出来なかった。ニックが仰向《あおむ》けになった。大の字に手を開き、足を開き、空を見上げている。

「ヘンリー、ちょっと手荒いが、方法はある」

とロバートが声を低めて耳打ちした。ロバートは寝転がるニックを見つめている。

「このまま戦場には行かせられない。間違いなく犬死だ。だから、この際、野戦病院に入院してもらう。うまくいけば国に送り返すことが出来る」

「どうやって？」

「問題はそこだ。一緒に考えよう。俺たちで力を合わせ、奴に怪我《けが》をさせる。事故に見せかける。でも、中途半端な事故じゃ許されない。腕や足を折るとか、歩けなくさせるとか。一歩間違えば死んでしまうような事故じゃないとだめだ」

「おい、むちゃ言うな」と僕。

ロバートは僕の腕を摑み、いっそう声を潜めた。

「でも、それがうまくいけば、彼はハワイに戻ることが出来る。戦場で死ぬのを待つか、大怪我をして戦線を離れるか、さあ、どっちがいい？」

僕らはお互いの目の中を覗きあった。仲間を救うための方法を探す必要があった。少尉や軍医はニックの異常を信じてくれない。その上、ニックは仲間に見放された。ニックは完全に本来の彼を失っている。戦場に行けば、ロバートの言う通り、犬死は免れなかった。

「でも、どうやって？」

僕が問うと、だから、一緒に考えてくれよ、とロバートが言った。僕らは水浸しになった広場の宿営地を見回した。雲が流され、空に晴れ間が見えていたが、広場は崩れたテントで埋まっていた。陽光がテントに溜《た》まった水を、きらっきらっとあちこちで瞬かせた。ニックが起き上がろうとしている。腹部を押さえながら、上半身を起こした。目は朦朧《もうろう》としている。僕らは彼を観察しながら、相談を続けた。遠ざかる雨雲の縁を太陽の光りが焦がしていた。

「新しい銃が暴発したように見せかけ、腕とか足を撃ち抜く、とか」とロバート。

僕は思わず噴き出してしまう。

「間違えて動脈に当たったら、本当に死んじまうよ」

「当たらないように撃つんだ」

「危険過ぎる！」と僕。

「じゃあ、崖《がけ》から突き落とすか」

僕はロバートの目を睨んだ。ロバートが不意に笑い出した。僕もつられて笑った。

「崖にもよるけど、打ち所が悪ければ、死ぬぞ」と僕。

「でも、そのくらいの怪我をさせないと、戦線離脱は無理だろ。ギプスを足に巻くくらいの怪我が必要だ」

「なんか方法ないかな？」

「急いだ方がいい。戦地に移動する前にやった方がいい。マルセイユからそのまま輸送船に乗ってハワイに戻らせたい。やるなら、今だ」

ニックが立ち上がった。そして、腹部を押さえたまま、ふらふらと歩き出した。

「おい！　ニック！」

ロバートが呼びとめた。ニックが振り返る。顎を引き、目元に力を込めて彼は僕らを見つめた。何か、頭の中でチカチカと明滅している感じの奇妙な顔つきをした。何度も細かい瞬きを繰り返した。それから、不意に微笑みを浮かべると、やあ、と言った。そして、よろけながらも僕らの方に近寄ってきた。

「なんだよ。二人揃《そろ》って、いったいどうした？」

ニックは微笑んでいた。懐かしいホノルル時代の顔である。でも、その視線は現実の世界に立つ僕らを通り越し、焦点はすっかりずれ、何年も昔の、消えかかった淡い光りを追いかけているようだった。

「昨日は何で来なかった？」とニック。

「昨日？」とロバート。

「サーフィンするって言ってなかったか？」

「ああ、昨日は、その、都合がつかなかった」とロバート。

「そうか、じゃあ、今日、これから行くか？　サーフィンをするにはいい風じゃないか？」

ニックが天空を見上げる。僕はニックの肩をぽんと叩いた。ニックが僕を振り返る。ニックの口元から、目元から、顔全体から、仄《ほの》かな血の気、柔らかい微笑みの灯が消えた。そして、また、感情のない冷たい顔へと戻っていった。片方の目が痙攣《けいれん》を起こしている。ひく、ひく、ひく、と瞼が震えた。

「腹は大丈夫か？」

僕が訊いた。ニックは腹部に手を当て、

「ああ、平気だ」

と答えた。それから、ロボットのように踵を返し、歩きはじめた。やれやれ、とロバートが吐き捨てた。

「現実と過去を行ったり来たりしている。ここにいる理由さえもはや分かってない。そんな人間がドイツ軍と戦えるはずがない」

僕が告げると、ロバートが、なんとかしようぜ、と言った。なんとかしたい。でも、方法を見つけるのは簡単なことではなかった。

37

1944年10月8日

ヘンリー・サカモト、21歳

僕とロバートは相談を続けてきた。なかなかこれといった策は見つけだせなかったが、戦地への出発が翌日と迫ったので、今夜が最後の機会であった。毒を盛るとか、暴漢に襲われたことにして背後から棍棒《こんぼう》で殴りつけるなど、漫画のようなアイデアしか出て来なかったが、結局、ニックが寝るのを待ち、小銃で彼の脹脛《ふくらはぎ》を撃ち抜くことに決めた。

もちろん、撃つのは同じテントでニックと寝起きを共にしている僕である。小銃の手入れをしている途中に暴発し、寝ていたニックの足を撃ち抜いてしまった、という設定だった。軍法会議にかけられるか？　というのが話し合いの争点となった。しかし、経験豊かな兵士の戦線離脱が相次ぐ今、銃の暴発くらいで、送還されることはないだろう、というのがロバートの結論であった。僕も同じ意見だった。ニックが死ぬわけでもない。衛生兵も軍医も近くにいる。隣のテントのロバートが銃声を聞きつけたらすぐに軍医を呼びに行く。僕もハワイ大学で医学部に通っていたので、ある程度のことは出来る。止血用のタオルなど、思いつく限りのものを前もって用意した。

　ところが、ニックはいつまでも寝なかった。テントの入り口から月光が差し込んでいた。ニックの足がその光りによって仄かに照らされていた。どの角度で撃てばいいのか、僕は悩んだ。半年ほどしたら再び自力で歩くことが出来る程度の怪我がよい。静脈や動脈を外さないとならない。ズボンのせいで、脹脛や太ももの位置が判然としなかった。

「寝られないのか？」

　小銃を掴もうとした次の瞬間、不意に声が降りかかった。思わず手を引っ込め、「ああ」と僕は答えてしまう。

「おやすみ」

　ニックが言った。僕は寝たふりをした。消灯時間から三十分ほどが過ぎていた。何か得体の知れない、張りつめた空気がテント内に蔓延《まんえん》していた。僕は汗を掻いた。戦場にいるよりずっと強い緊張の中にあった。あまりの静寂、あまりの暗黒。すぐ近くにある小銃を掴むことすら出来ない。もうあと三十分ほど待つことにした。けれども、あまり遅くなると、小銃の手入れという嘘がつけなくなる。深夜に小銃の手入れをする者などいない。とにかく、小銃を持つことが先決だった。

ニックが寝返りを打った。背が高いニックの足が少しだけテントの外へとはみ出していた。十分くらい様子を見て、僕はそっと小銃を掴んだ。前もって弾は装塡《そうてん》してある。引き金を引けば、弾が飛び出す状態であった。用心しながら、手入れをしているようなふりをして、小銃を撫《な》でた。鉄のひんやりとした感触、そして重みを確かめながら、待った。一瞬、ニックの寝息が聞こえた。寝たようだった。今だ、と思った。小銃を構えた。テントの入り口から差し込む仄かな光りの三角州の中にむき出しのニックの足があった。寝返りを打った時に、ズボンが捲《まく》れ、彼の足首が出た。だいたいの見当はついた。あとは近づき、狙《ねら》いを定め、撃てばいい。銃声が宿営地に轟《とどろ》き、みんなが集まってくる。僕はすぐにニックの手当てをし、ロバートが軍医を連れてくる算段であった。僕は意を決し、小銃を構えた状態で、片膝立《かたひざだ》ちになった。その時、

「まだ眠れないのか？」

とニックの声が静寂を破った。

慌ててしゃがみ、小銃を地面に置いてしまう。しまった、と思ったが、その時、カチ

ヤッという鉄の音がテント内に響いた。

「何、してる？」とニックの思いがけず冷静な声。

「いや、寝られないから、小銃の手入れをしてた」と僕。

ニックが起き上がった。真っ暗なテントの中で僕らは向かい合った。けれども、彼がどんな表情をしているのか、暗くて判別が出来ない。ニックの輪郭が闇の中でぼんやりと揺れた。

「こんな暗闇の中で？　小銃の手入れ？」

「新しい小銃だから、慣れとかなきゃと思って……」

ニックは黙った。いったいどんな顔で僕を見ているのであろう。まるで魂が肉体から抜け出し、浮遊しているような感じ、だろうか。

「ニック、君も眠れないのか？」

「いや、寝たけど、ちょっと変な夢を見た。君に戦地で撃ち殺される夢だった」

僕は驚き、目を見開いてしまう。言葉が喉《のど》を通過しなかった。寒いのに、汗が噴き出し、激しい動悸《どうき》に見舞われた。

「ヘンリー、君は僕を追いかけてきた。小銃を構えて……。僕は霧深い白樺《しらかば》の森を逃げ回っていた。君が僕の名を呼ぶんだ。もう逃げる必要はない、戻って来い、と叫んでる。で、僕が立ち止まろうとするが、君が小銃を構え、引き金を引いた。君が撃った弾丸が僕のすぐ横の白樺の幹を掠《かす》め、木屑《きくず》が飛び散った。それが頬に刺さった。反撃せねば、と思い、小銃を構えたが、弾が出ない。使い果たしていたのだ。君がもう一度引き金を引く。周辺一帯に銃声が木霊《こだま》した。たまらず僕は逃げ出した。でも、うまく走れない。身体が重いんだ。まるで、潜水服を着て、海の底を走っているような感じだった。足は鉛を巻きつけたかのように重たく、前に蹴り出すことが出来ない。全身に力が籠《こも》った。このままでは撃ち殺されてしまう、と焦った。振り返ると君がすぐ真後ろまで迫っている。どうして君が僕を殺そうとするのか理解出来ない。ニック、待つんだ。話がある、と君が叫ぶ。じゃあ、なぜ撃つ、と僕が返した。僕らの声は木霊し、森の中で重なり合った。まるで大きな教会の中で怒鳴り合っているような感じだ。行く手に今度はロバートが現れた。びっくりして、僕は方向を変えた。すると、木立ちの間からテッドとバーニーが顔を出した。四方を塞がれる恰好となった。みんな小銃を構えている。仕方なく立ち止まる。ニック！　背後で君の声がした。振り返ると目の前に君がいて、小銃の銃口が僕を捉《とら》えていた。君は笑いながら、僕に近づいてきて、銃口を僕の額に押し付けたんだ。ひんやりとした鉄の感触を覚えた。ロバートとテッドとバーニーもやって来て、僕を包囲した。ゲームオーバーだな、とロバートが言った。手こずらせるなよ、とテッドが鼻で笑った。よし、早いとこ始末しちゃおうぜ、とバーニーが言った。ヘンリー、君は微笑みながら引き金に指を引っ掛けた。僕は咄嗟《とっさ》に、ほとんど反射的に、手榴弾《しゅりゅうだん》を摑むと、ピンを引き抜いたのだ。君の引き金が早かったかもしれない。でも、僕は確実にピンを抜いた。次の瞬間、手榴弾は炸裂《さくれつ》した。そこで、目が覚めた」

ニックは黙った。なぜか、僕は涙を流して聞いていた。もし、今この瞬間、手榴弾を摑んでいたなら、間違ってピンを抜いていたかもしれなかった。

「なんでこんな夢を見たと思う？」

ニックが言った。喉がカラカラであった。声が出ない。それよりも考えがまとまらなかった。何もかも見透かされていたということか？　僕は目を閉じ、その場に倒れ込んでしまう。もう、どうにでもなれ、と心の中で呟きながら……。

「ヘンリー、寝るのかい？」

「ああ。眠くなった」と僕は言った。

「そうか、じゃあ、もう僕を殺そうとしないでくれよ」

ニックが言った。僕は驚き、思わず目を見開いてしまった。そこには終わりのない宇宙の暗黒が広がっていた。

38

1944年10月9日

ヘンリー・サカモト、21歳

ニックはいつも一冊の分厚いスケッチブックを持ち歩いていた。彼はそれを『日記』と呼んでいた。彼の精神構造を知る上で日記をチェックするのが最適かもしれないと思い、今朝、ニックが顔を洗いに出た隙《すき》に、彼の背嚢《はいのう》の中からスケッチブックを引っ張り出して、ページを捲った。

文字がびっしりと埋められたページもあったが、半分は絵であった。絵日記というべきものだ。字はあまりに小さく、癖があり、判読しづらく、まるで機械の説明書のようにギュウギュウ詰めで、どこか病的なものを感じたし、或いは、悪い宗教の呪術《じゅじゅつ》経典のようでもあった。まるで彼が好んで描く緻密《ちみつ》な絵にそっくり。文字を絵のように描いたのかもしれない。

ページをさっと捲った。目が動かなくなった。死んだ兵隊が見開きページいっぱいに描かれていた。鉛筆だけで描かれていたが、モノクロ写真のように生々しく精巧に浮き上がって来る。鉤十字《かぎじゅうじ》の紋章が見えた。ニックが射殺したあのドイツ兵の遺体の細密画なのだった。森の中に崩れ落ちた兵士は、顔の右半分がなかった。反射的に撃った銃弾がドイツ兵の顔を破壊したのである。頭部の半分がほぼ吹き飛んでいた。兵士の右手にはナイフが握りしめられていた。足を投げ出すような恰好で、地面に仰向けになり、糸が切れて落下した操り人形のように、ぐったりと放置されていた。その頭部から夥しい血が溢れ出し、残った片方の目が宙を睨んでいる。

次のページを開くと、今度は、トニー・ウエマツの遺体が詳細に描かれてあった。僕は恐ろしくなり、もうページを開けなくなった。そのまま絵日記を背嚢に戻し、目を瞑《つむ》ってしまう。その時、ニックがテントに戻って来て、中を覗き込んだ。げっそりと窶《やつ》れたニックの顔がテントの入り口から出現した。それはまるで髑髏《どくろ》のようである。長髪の頃の彼の風貌をもはや思い出すことが出来ない。頭髪は五分刈り、目だけが異様に飛び出し、しかも黒目が機械のように微細に動いていた。

いったい、どういう精神状態で死んだ人間をスケッチしたのであろう。いつ、彼はそれを描写したのだろう。その場で？　いや、そんな暇などあるわけがない。目に焼き付いた、或いは、意識に焼き付いた死者の姿を、頭の中に再現して描いたのに違いなかった。忘れ去りたい記憶ばかりなのに、彼はそれらを一々記憶し、再生し、精確に描写してみせた。この死体のスケッチの細かさが彼の想像によるものだとするならば、彼は自分の心をいっそう痛めつけながらこの絵を描いたということになる。どんどん、内側に負のエネルギーを溜めこんでいった、狂気による創作。

「ヘンリー」

ニックがテントの中に頭を突っ込んだ状態のまま言った。

「僕の背嚢を開けたのか？」

僕は慌ててかぶりを振り、いや、開けてない、と答えた。

「おかしいな、紐《ひも》が緩んでる。ちゃんと結んでおいた。なんで緩んだのかな」

僕は首を傾げてみせたが、何も言えなかった。

「ヘンリー。少尉が、まもなく出発するって」

「どこに？」

「次の戦地だよ」

「分かってるさ。だから、それはどこだ？」

「ブリュイエールという町だ。どこにあるのか分からないが、ドイツ軍がうじゃうじゃいるらしい」

ニックは笑うと手を伸ばし自分の背嚢を摑みとった。三角形のテントの中で僕は動けなくなった。ニックの頭の中を想像し、身の毛がよだった。まるで、吸血鬼に噛《か》まれ、吸血鬼そのものになってしまった人間を見ているみたいだ。

第二大隊G中隊は輸送トラックに乗って、ローヌ平原を横断し、ブリュイエールへと向かった。幌《ほろ》付きトラックの荷台に、向かい合う恰好で端から端までの長椅子が配置され、運転席側の端っこに僕、その横にはロバートが座した。ニックは向かい側の長椅子の最後部に座り、流れゆく景色を見ていた。ロバートが目でものを言った。昨夜、僕は計画を遂行することが出来なかった。

「信じられないことだけど、あいつは寝てない。一睡もしてない」と僕。

「ヘンリー、人間なんだから、寝ないわけないだろ？」

二人は声を潜めて議論し合った。

「いや、絶対に寝てない。ふと気配に気が付いて目を覚ましたら、ニックは真夜中にテントの中で座禅を組んでた」

「まさか！」

「僕らに殺される夢を見た、とも言った」

僕はこれ以上この話題を口にしたくなかった。うんざりしていた。恐れもあった。ニックを救おうと思って始めた計画だったが、本当に必要なのか、分からなくなっていた。彼はカニンガム少尉が言う通り、思いのほかしっかりしているのではないか。僕の方がどちらかと言えば振り回され、窮地に追いやられているような状態だった。今すぐ彼を救わないとならないなんてことはないのではないか、と思い始めた。怪我をさせて本国に帰す必要などまったくないのかもしれない。なぜ、そんな風に案じたのか、もはや、そのことさえも分からなくなっていた。ニックはニックなりに、この不条理な世界でうまく立ち回っているのかもしれない。

「とにかく、僕らの計画は失敗した。そして、間違いだった」

僕は力なくロバートに告げた。それはまさしく敗北者の声。ロバートは、やれやれ、と言うなり鼻で笑った。そして、深い嘆息を漏らすのだった。

四四二部隊を乗せたトラックの車列がヴォージュ県のブリュイエール目指して突き進んだ。車中、バーニーとロバートが交互にウクレレを演奏した。いつもながらの優しい弦の響きが、僕らの疲れを癒《いや》した。

僕は道中、時折、ニックの横顔を遠くから眺めた。ニックは激しく揺れるトラックの中でも、日記もしくはスケッチを描き続けていた。その集中力には驚くばかりだった。他の兵士たちが寝ている横で、彼はほとんど眠ることもなく、スケッチブックと向き合った。

盗み見たスケッチブックはどのページも文字や絵でびっしりだった。余白というものがまるでなかった。彼の内側に描き残したいと思う創作欲が夥しく存在するという証《あか》しでもあった。

アメリカも日本も戦争に負ければいい、という彼の発言を改めて考えてみる。じゃあ、なぜ、ニックは戦場に来たのだろう。なぜ、志願したのだろう。非暴力を貫くならば、非国民と言われようが志願するべきではない。なのに、彼は戦地にいて、帰ろうともしない。彼は何をここでやろうとしているのか、何を考えているのか。やはり、ニックが志願したことだけが今一つ理解出来ずにいた。

トラックはローヌ平原の荒野の入り口で停車した。少尉が、

「今夜はここで宿営する」

と宣言した。

「軍曹！　全員を整列させるんだ」

誰かが僕の背中を小突いた。少尉が僕を見ていた。僕は慌てて、

「はい。分かりました！」

と叫んでいた。失笑を買った。軍曹に昇進したことをつい忘れてしまう。

僕らは背嚢を担ぎ、トラックを降りた。そして、テントを設営した。僕はニックと組んでテントを建てた。ニックはもはや何も口にはしなかった。僕ももう諭す気にも、宥める気にもなれなかった。与えられた作業を黙々とこなすだけだった。

陽《ひ》が落ち始めた頃、夕食となった。キャンプ・シェルビーを出てからほぼ毎日三食缶詰であった。今夜は食事がケータリングとなった。けれども、乾き切ったパンが二切れ、味のないコーンとビーンズ、粉スープ、そして驚くほどに硬いチョコレートが出ただけ

であった。死を目前にして、国のために戦っているというのに、毎日、白人兵も黒人兵も日系兵も同じものを食べていた。多くのストレスを抱える僕らは、敵の銃弾に倒れる前に、痩《や》せ細って死んでしまいそうだ。

誰もがもう何も語ろうとしなかった。大勢の仲間たちが死んだり、重傷を負って戦列を離れた今、願うことは一日も早くこの戦争が終わることだけ。綺麗事《きれいごと》など通じない世界。毎日が異常を通り越した不条理の中にあった。すると、不条理であることこそが当たり前のように思えてくるから不思議だ。

ニックが言ったように、ここにいる、生き残った兵士は全員が、人殺しであった。僕は少なくとも十人以上を殺した。数えたわけではないが、瞼を閉じると記録映像のようにその一々の場面が鮮明に浮かび上がってくる。目の前で死んでいくドイツ兵を、何の感情も持たず見殺しにすることが出来た。自分が生き残ることしか、考えられなかった。

降伏する兵士を撃つことはしなかったが、歯向かってきたら必ず息の根を止める。それが戦争だった。やるかやられるか、しかなかった。

ニックがみんなにぶちまけた綺麗事、つまり正論は、この不条理な世界では通じなかった。

そのニックでさえも、人を殺している。殺さなければ生き残れない世界なのだ。弱気になれば戦争に負ける。ここにはルールも、道徳もなく、神さえいなかった。殺すか、殺されるか、それ以外に僕らには何もなかった。

39

1944年10月11日

ヘンリー・サカモト、21歳

僕らを乗せた輸送トラックは昼過ぎ、数日を要して、ヴォージュ県の森の中の最終集結地点に到着した。今回の目標である要衝の町ブリュイエールまで四キロほどの位置に迫っていた。四四二部隊は第七軍第三六師団の所属となった。フランスは解放されつつあったが、ドイツ軍の最後の抵抗は激しさを増していた。イタリア戦線と同じく、ここでも、ドイツ軍が圧倒的優位な場所に陣取っていた。

「目指す渓谷の町ブリュイエールは人口三千人程度の小さい町だ。しかし、交通の要所であり、ここを奪還することがドイツ軍を撃退する上でもっとも重要な任務となる。敵はブリュイエールを囲む四つの丘に深い壕《ごう》を掘り巡らせ陣地を作り、至る所に機関砲を据えている。死力を尽くしてここを攻略しなければ、フランスを救うことは出来ない」

とカニンガム少尉が全員に力説した。

敵はドイツ兵だけではなかった。ヴォージュ山脈に連なる周囲の森はイタリアの森よりもいっそう深く、暗く、広く、どんよりとしていた。山と渓谷が入り組み、凸凹《でこぼこ》で、非常に複雑な地形を有していた。しかも、どの山も渓谷も松の高木にびっしりと覆われ、地面は泥濘《ぬかる》み、さらには密度の濃い霧が足元すら見えないくらいに低く垂れこめていた。その上、ハワイ出身の兵士たちを苦しめたのは、経験したことのない寒さであった。底冷えする、突き刺すような朝の低温、そして、皮膚に浸透してくるほどに恐ろしく冷たい山の雨であった。

四四二部隊にとって、もっとも過酷な試練が待ち受けていることを想像するのは容易《たやす》かった。カニンガム少尉をはじめ白人将校たちの動きが今までにないほど慌ただしくなった。ピリピリとした空気が部隊を包み込む。イタリアは地中海に突き出た半島ということもあり、人々は貧しくとも南国の気候のような大らかさを持っていた。島育ちのハワイ兵たちにも想像出来る土地柄と言えた。けれども、ドイツ、スイスにほど近い、このヴォージュ山脈の裾野《すその》の渓谷地帯は欧州独特の薄暗さをもって不気味に兵士たちを包囲した。本当に遠くまでやって来たものだ、と全員見慣れない灰色の景色を眺めながら感じた。

どこを見ても、悲しみと寂しさしかなかった。陽気な太陽も、青い海も、爽《さわ》やかな風もここにはなかった。連日太陽は姿を隠し、常にどんよりとした低い雲が頭上を覆い、松や杉の木立ちは視界を遮るほどに高く聳え、それらはまるで、永遠に開くことのない牢獄《ろうごく》の鉄格子のようであった。

僕らだけではこの地理的な悪条件の中、戦うことは出来なかった。フランス人レジスタンスが各中隊に合流した。G中隊にはギヨームという名の、同世代くらいの青年が同行することとなった。彼らレジスタンスはナチスドイツがこの一帯を支配してきた四年間、ろくな武器も持たずドイツ軍と戦い、抵抗運動を続けてきた。この山間の地理には誰よりも詳しかった。心強い援軍である。ギヨームが僕らの前に連れてこられた時、彼は目を見開いたまま、僕らG中隊をじっと見回していた。

「どうした？」

ロバートがギヨームに訊いた。

「いや、なんでもない」

彼は慌ててかぶりを振った。テッドが小銃の手入れをしながら、鼻で笑った後、

「俺たちの顔に何かついてるのか？」

と言った。

「いや、別に」とギヨーム。

「じゃあ、なんだ？　なんで、じろじろ見る？　俺たちがジャップだからか？」

テッドが笑いながら、ギヨームに吐き捨てた。ギヨームはジャップという響きに驚き、

後ずさりした。

「正直、ちょっと戸惑ってる。だって、君たちアメリカ軍なんだよね？　でも、両親は日本人だろ？　そんな君らが、日本の同盟国のドイツ軍と戦えるのか、とちょっと心配になった」

彼があまりに正直に言ったので、中隊から笑いが起こった。

「あのな」

とバーニーが口を挟んだ。

「日本は降伏して、アメリカ側に寝返ったんだよ。長いこと山の中にいたんでこのニュース知らなかったのか？」

と言った。

「え？　本当？　いつ？」

とギヨームが大声を張り上げた。

「な、わけないだろ」

バーニーがギヨームの肩を叩きながら笑った。やめろ、と僕は諫《いさ》めた。

「冗談はよくない。僕らは信頼し合わないとならない」

僕はギヨームを振り返り、続けた。

「僕らは日系アメリカ人だ。先祖は日本人だが、アメリカで生まれた第二世代。僕らはアメリカへの忠誠を誓い、志願した。四四二部隊は全員二世兵士で構成されている。しかし、僕らはアメリカで一番強い軍隊だ」

今度はテッドがギヨームの肩を叩き、

「な、俺たちはイタリアを解放した。ドイツ軍を蹴散らしてきたんだぜ。今度はフランスを救うためにやって来たってわけだ。ギヨーム、心強いだろ？」

と告げた。二世兵士たちは全員ギヨームを見つめ微笑んでいた。見知らぬ土地ではあったが、僕らは何か得体の知れない気迫の中にあった。イタリアでの勝利が僕らに根拠のない自信を植え付けていた。或いはちょっと調子に乗っているということも出来た。恐怖は常にあったが、しかし、同時に、勝てないものはないような気持ちになりつつあった。数多くの勲章を授与されていた。四四二部隊のたびたびの活躍は本土の新聞でも紹介されていた。最強の部隊であるという誇りも出来つつあった。

「アメリカ軍の中で、一番勲章を持っている。二世部隊は数えきれないほどの勲章を勝ち取って来た。そんな凄《すご》い部隊がやって来たんだ。必ずブリュイエールを奪還してみせる」

テッドが力強く宣言すると、ギヨームの顔がぱっと明るくなった。そして、次の瞬間、ぎゅっと眉間が引き締まった。

「僕らは今日まで援軍もほとんどなく、素手に近い状態でドイツ軍やタイガー戦車と戦ってきた。僕らは一つも勲章なんか持ってないけど、でも、誰にも負けない誇りがある」

僕らは全員、背筋を伸ばし、ギヨームの顔を覗き込んだ。

「君たち真のアメリカ軍と合流出来て光栄だよ。今日ほど心強いと感じた日はない。僕が君たちの道案内を引き受ける。力を合わせて戦おう」

G中隊の全員がギヨームに向かって敬礼をした。ギヨームの顔が再び幼く緩んだ。テッドも、バーニーも、ロバートも、そして僕の顔も緩んだ。テッドがさっと手を伸ばし、ギヨームと握手を交わした。その背後から不意に日本語で、

「忠誠心に、愛国心か、素晴らしいことだな」

と声がした。少し離れた場所にニックがいた。日本語の響きが、僕ら二世部隊の心に嫌な一撃を残した。

「なんだと、ニック！　お前、なんでそこで日本語使うんだぁ？」

テッドがニックに飛びかかりそうになったので、僕とロバートが間に入って阻止した。

その時、後方で爆発音がした。敵の砲弾が着弾したのである。全員が音のした方向を振り返る。聳える松が破裂し、煙をあげている。

「ここからブリュイエールの方角へ五百メートルの地点だ。こんな森の中を狙うだなんて。もしかしたら、集結しているの、勘づかれたかな？」

とギヨームが言った。

着弾によって、聳える松の木が音を立てて弾け飛んだ。ギヨームが遠方を指差す。

「ツリーバーストを知ってる？」

「なんだそれ」とテッド。

「炸裂した松の木が凶器となって降り注ぐ。想像を絶する凄さだよ。迫撃砲よりもたちが悪い。上を見て！」

ギヨームに言われるまま、僕らは空を仰いだ。目の前に二十メートルはあろうかという松の木が幾本も聳えている。

「迫撃砲弾があの松の木に着弾し、大木を吹っ飛ばすんだ。すると、槍《やり》状になった松の破片が一気に落下してくる。たまったものじゃないよ」

「どうやって回避する？」

「回避だって？」

ギヨームが笑った。

「自分の頭の上にどうか降ってきませんように、と神様に祈るだけさ」

テッドが鼻で笑った。

「やれやれ、とんだところに来たもんだぜ」

その直後、新たな砲弾が着弾し、不気味な地響きを一帯に響かせるのだった。

40

1944年10月14日

ヘンリー・サカモト、21歳

いよいよ前進を開始するという情報が駆け巡った。第一〇〇大隊はA高地を、第二大隊はブリュイエールのすぐ北側にあるB高地を目指すことになり、移動が開始された。

不気味な静けさと、緊張が兵士たちを覆っていた。どこにどのくらいの規模のドイツ軍が潜んでいるのか見当もつかない。彼らは道という道のいたる所に地雷を敷設し、交差路をコンクリートの障害物で封鎖し戦車が入れないようにしていた。また深い塹壕《ざんごう》を掘って防衛ラインを構築していた。四四二部隊はブリュイエールを包囲する恰好で市の中心部へと深い霧の中、進攻を開始した。

四四二部隊は山の上から遠くにブリュイエールの町を見た。小高い丘が町の周囲を囲んでいる。もちろん、その丘はドイツ軍の要塞《ようさい》である。

「あの丘だけじゃない。市内のフランスの古い石造りの家は頑丈で、迫撃砲の攻撃にも耐えられる。ドイツ軍はそういう家屋の上階に機関銃を据えている。ブリュイエール全体がドイツ軍の要塞だと思ってくれ」

　とギヨームが言った。

「ちぇ、そんな、思ってくれって言われてもな、やだよ」

　テッドがチューインガムを噛みながら吐き捨てるように言った。僕らは笑った。

「市街戦はどうなる？」

　ロバートが質問した。

「一軒一軒、家屋の要塞を粉砕していくしかない。中に入って、ドイツ兵を降伏させていくしかない」

「一軒一軒、潰《つぶ》していくのか？　まじかよ、面倒だな」とテッド。

「ドイツ軍は何が何でもブリュイエールを死守したい。じゃないと、ドイツとの国境の街、ストラスブールまで一気に攻め入られる。相当な抵抗が予想される」

　よし、とテッドが自らを奮起させるような力のある声で言った。

「相当な抵抗をするというなら、こちらは相当な攻撃をしてやろうじゃないか。みんな、Go for Broke!」

　G中隊全員が四四二部隊の合言葉を口にした。

「どういう意味？」

　とギヨームが言った。

「当たって砕けろって意味だよ。僕らの合言葉なんだ」

と僕が教えた。ギヨームは笑顔になり、望むところだ、と言った。

「Go for Broke!」

ギヨームが真似て言った。兵士たちの間に笑顔が広がっていく。

その時、ニックだけが一人ぽつんと離れた場所にいた。松の大樹に手を突き、そこに額を押し付けて、まるで樹木の声に耳を傾けているような恰好であった。何してんだ、あいつ、とギヨームが訊いてきた。僕は力なく、悟りを開くためのおまじないだよ、と言っておいた。

いつ戦闘が開始されるのか誰にも予想はつかなかった。でも、いつ始まってもおかしくない状態にあった。どうやらブリュイエールを包囲する態勢が整い次第、一気に攻め入る計画のようだ。僕らG中隊はB高地を見下ろす山の上にいた。一キロほど先に民家が見える。そこがブリュイエールの入り口のようであった。

松林の斜面に僕らはテントを張った。ニックは夕食前の時間を利用して日記を書いている。ニック、いつも何を書いてる？　と訊いてみた。

「別に」

素っ気ない返事が戻って来る。

「日記？」

「ああ。そんなものかな」

「どうして?」

「どうして?　書きたいから。書いていると落ち着くし、書いてないと落ち着かない」

「絵も描いてるの?」

「ああ、日々のスケッチ、そして日記かな」

「なぜ?　その、つまり、なんで、君がこの戦場で日記をつけているのか、知りたい」

「なんで?　自分を失わないためだろ。ハワイにいた時は、好きなだけカンバスに向かうことが出来た。でも、今はカンバスも油絵の具もない。でも、描きたいという衝動はある。いつでもまた、カンバスに向かい合えるように、アイデアをここに貯《た》めこんでるのさ」

「アイデア?　戦場に、アイデアなんかあるの?」

「生きてることは全部、創作のヒントだよ。この戦争の現場で僕が感じたことは全部いつか作品に繋がる。もちろん、僕が生き残ったらの話だけど」

僕が知っているニックは雄弁ではなかった。口数の少ない青年だった。でも、今、目の前にいる短髪の骸骨《がいこつ》のような青年は弁が立った。言葉の力を操って、自分を防衛している反抗的な青年だった。全世界を敵に回してもいいと考えているテロリストのようにも見える。

「ニック、君はこの戦場でいったいどんなことを考えているのかちょっと聞かせてくれないか？」

「あ？　なんで？　今？」

「ああ、今だよ」

　ニックは小さく鼻で笑い、今か、と言った。ニックは、言葉を選びながら、時々、言葉に詰まりながら、言葉を探すようにして、語り始めた。

「この戦争に参加したことで、僕はね、その、神様はいない、ということに気が付くことが出来た。……死んだ兵士の閉じない瞳を見つめていると、神とか運命というものの、くだらなさが実によく分かる。人間は神様を発明し、そこに美しいものを閉じ込めた。つまり、……その反動がこの戦争を引き起こしている。神は、本来、特定のものの形や姿をしていないんだよ。いいかい、自然こそが神なんだ。自然の中に神はいる。キリスト像や仏像なんかに神は宿ってない。神は、見ろ、空や、海や、岩や、川や、樹木の中にいる。この自然こそが実は神様なんだ。原始時代の人間たちは知っていた。なのに、現代の人間は唯一絶対神をあちこちに作ったものだから、結局、戦争になっちゃう。……人類が、……自然こそが神だと気が付けば、このような愚かな戦争など起こらなかった……。まあ、淘汰《とうた》されるための戦争なのだから、千年後には笑い話になってるかもしれない。そこまでこの星が持ちこたえることが出来れば、の話だけど……。この星を、人間の横暴から守るのが、僕の役目だ。画家としての僕の仕事さ。神と言っても、所詮《しょせん》、人間が生み出した神なので、限界があるよね。言っとくが、この星で生きているのは何も人間だけじゃない。人間は特別な存在、という発想そのものが大きな間違いなんだよ。……ぼ、僕が軍隊で人を殺さないと生き残れないという環境は、暴力に他ならない。人間の尊厳を否定している。そのようなことを自然は望まない。人間が生んだ神は、神の名を利用して、この先何十年、何百年と人間に殺し合いの試練を与えるだろう。……でも、自然はそれをも凌駕《りょうが》したところで存在していて、あらゆるものを取り込んでいく。一滴の水、砂、大気、光り、そして風の中に人類は埋没していくだろう。数千年後、この星から人類は消えてしまうはず。僕らが学校で習った歴史なんて、たかだか二千年程度のもの、……その先は淘汰しか残されていない。自然が人類を消し去る。今はその過渡期だ。人間が暴力で人間を滅ぼすのは、そういう遺伝子が人間に組み込まれているから。暴力は人間のもっとも人間らしい姿だ。人類を滅ぼすためには人類による人類の自滅が必要。戦争は人類をこの星から消し去るための自滅装置といえる。僕は、人類が信じる神ではなく、その、この星がそもそも持っている自然神を信奉してきた。人類が滅んだ後、いずれ、自然がこの星を回復させるだろう。もちろん、僕らが生きている間には起こらないけれど、僕らが死んだ後、数千年後、数万年後に、この星は結論を出す。僕はそういう神を信じている。君たちとは違う時間を生きているんだ。ヘンリー、分かるかい?」

　ニックはうつろな目で虚空を見つめていた。

「ニック、僕は真逆だ。僕は、神を信じている。今現在、特定の宗教は持ってはいないが、神様はいる。戦争が終わったら国に帰って、教会に行くつもりだ。罪を償う」

「教会? 罪? 君がドイツ兵を殺したことで抱えた心の暗部を浄化するためにか? 人間は自分たちを正当化するために、それを許す存在を作ったに過ぎない。本当は許すべきじゃない。罪を背負い続けるのが人間の役目だ。簡単に浄化されることじゃない」

「ニック、君は間違えてるよ。浄化されることは当然だと思う。神というのは、人間が共通して持つ、道徳のようなものだろう? 誰がどの神様を信じようとそれは人間の権利だ」

　ニックは、フッと鼻先で笑った。彼の口元が吊《つ》り上がる。

「ヘンリー、僕はドイツ兵を殺してしまった。そのことを忘れない。それを正義のためだとは思わない。他人のせいにはしない。あのドイツ兵を忘れない。あのドイツ兵を自分の中に仕舞い込んで生きる。この罪は一生背負わないとならない」

「ニック。それは罪じゃない。平和を、民主主義を守るために必要な行動なんだ。もちろん、誰も人を殺したくなんかない。その点は一緒さ。でも、やらなければ殺されていた。それが戦争なんだから、しょうがない。生きるか死ぬかの時に、考えちゃだめだ」

ニックが黙った。僕は続けざまに彼を追い込んだ。

「君は、なぜ、志願した」

ニックが顔を上げた。うつろな目をしていた。

「言えない」

「そこまでこの戦争を批判するなら、ここに来る必要はなかったのじゃないか？　非国民と言われようと監獄に入れられようと来るべきじゃなかった」

「だから、僕は忠誠心や愛国心のためにここに来たのじゃない！」

「じゃあ、なんのために？」

「だから、言えない」

「教えてくれよ。友達だろ？」

友達という響きにニックが強く反応を示した。顔を不意に持ち上げると、目を大きく見開き、僕のことを睨みつけてきた。瞬きもせず、僕の顔を穴があくほどに見つめている。

「友達？」

「ああ、友達だ。僕は何度も君を救った」

ニックが瞼を閉じてしまった。

「僕は……」

ニックが震える声で言い出した。

「愛がなぜ消え失せたか、……分からなかった。苦しかったので、あそこにはいたくなかった。死にたいと思ったけど、出来なかった。実は……」

ニックが黙った。

「実は？　実はなんだ？」

ニックがため息を漏らした。

「誰かに殺されるためにここに来た」

僕は、ニックが何を言っているのか、理解出来なかった。

「誰かに殺されるため？」

「ああ、僕は自分で自分の命を終わらせることが出来ない。なぜなら、自然に反することだからだ。自然は自殺を許さない。だから、この人間が生んだ地獄で、一度も会ったことのない、顔も知らない、敵と呼ばれる人々に殺してもらうために僕はここに来たんだ。つまり死にに来たのだ」

僕は驚いて、しばらく瞬きさえも出来ずにいた。

「なんだと。お前、自分が何を言ってるのか分かってるのか？」

ニックが笑い出した。声を押し殺して笑っている。その押し殺した笑い声が悪魔のささやきのようにテント内に響くのだった。

「分かってるよ！」

ニックはスケッチブックを閉じ、地面に叩きつけた。

「でも、望んで生まれたわけじゃない。気が付いたら、こうなっていた。僕はカオルを愛した。そこに自分の生きるすべてを見つけることが出来た。でも、彼女は僕から不意に離れた。彼女の代わりは存在しない。なぜ、彼女の心が変わったのか、理解出来ない。どんなに考えても、愛が壊れた理由が分からない。僕は何度も彼女に訊ねた。でも、カオルは僕を納得させる言葉を持たなかった。不条理なことばかり言った。どうして、僕じゃだめで、ロバートならいいのか、僕には分からなかった。彼らは僕に向かって『運命だ』と言った。馬鹿な！　運命なんかあるものか！　運命は神が作ったものじゃない。人間が勝手に事後を正当化するために作った言葉で、実はそれは人間を冒瀆《ぼうとく》する言葉なんだ。僕は絶望した。もう、絵が描けなくなってしまった。何一つ描けなくなった。死ぬしかなかった。カオルを失った今、僕は死ぬしかなかった。けれど、死のうとしたんだけど、死ねなかった。死ねない。自殺は許されない。死にたいのに死ねなかった。だから、だから僕は志願した。ああ、殺されるためにここにいるんだよ。悪いのか！」

僕は呆れ、言葉が出なかった。まるで悪魔を見ているような気がして、腹が立った。それが自分の友人の発言だと思えば思うほど、悔しかった。

「くそ！　お前は悪魔だ」

僕は怒鳴り返していた。

「最低の人間だ。戦争で苦しんでいるすべての人に失礼だ！　悪魔だ！」

ロバートがテントを覗き込んできた。

「ヘンリー」

僕は震える自分を諌めながら、ロバートの穏やかな顔を見上げた。

「ちょっと。こっちへ来い」

「なんで？」

「興奮するな。お前たちの声は筒抜けだ。いいから、外に出て、少し、気分を落ち着かせろ。新鮮な空気を吸え。深呼吸だ。ほら、早く」

僕はロバートに言われるまま立ち上がると、ニックの横を抜けて外に出た。テントの周りをG中隊の兵士たちが取り囲んでいた。僕の顔を見ると、みんな、サッと見ぬふりをして、自分のテントへと戻って行った。ロバートが僕の肩を叩く。

「落ち着け。ニックは悪魔じゃない。ちょっと頭がおかしいだけだ。ほっとくのがいい」

ロバートが優しい笑みを口元に浮かべて言った。僕は何度もかぶりを振った。頭が割れそうに痛かった。それから、目を閉じ、自分の気持ちを落ち着かせることにした。

41

1944年10月15日

ヘンリー・サカモト、21歳

氷雨《ひさめ》降るとても寒い朝であった。

八時に、攻撃開始の合図が下った。背後にヴォージュ山脈が広がっている。地図を見ると、僕らがいる場所は、スイスの北西、ドイツとフランスの国境にほど近かった。四四二部隊の第一〇〇大隊と僕ら第二大隊は隊列を成し、山を下り、ブリュイエールへ進軍した。第一〇〇大隊はA高地方向へ、第二大隊はB高地を目指している。ドイツ軍はブリュイエールを囲む四つの丘に砂、土、コンクリートで固めた強固な堡塁《ほうるい》を構築していた。これらの幾つかの堡塁が塹壕で結ばれて、丘全体が要塞化していた。市街戦を行う前に、まず、この四つの丘を攻略しなければ勝てない。列車で遅れて集結地点入りした第三大隊は後方で準備に入った。

そして、ついに砲火を交える時が来た。あちこちから散発的に銃声が響き始めたのだ。僕のすぐ横でロバートが興奮気味に辺りを振り返りながら、

「くそ！　やってやる」

　と繰り返し叫んでいる。

　銃声が彼に現実の恐怖を持ち込んだ。不意に初戦の時の自分たちの緊張を思い出す。もちろん、いまだ毎回緊張の連続だった。しかし同時に僕らは戦争に慣れ始めていた。逆に新たに送り込まれてきた補充兵士たちはまるで新入生のように初々しい。彼らは僅かな銃声や砲撃音にさえびくびく震えている。その様子を先輩のような気分で眺めている自分がおかしくもあった。

「大丈夫か？」

　僕はロバートの顔色を窺《うかが》いつつ、訊ねた。

「大丈夫？　今のところね」

　と彼は言った。

　初めて経験する本物の戦争に戸惑い、緊張を隠せない様子である。その後ろに小銃を構え前進するニックの姿があった。あのニックでさえ、ロバートよりはずっと場慣れした経験者に見える。テッドはチューインガムを嚙みながら、まるで遠足にでも行くような気楽さで斜面を軽快に下っている。バーニーに至っては鼻歌を歌っている。眉根を緩め、ここが戦場とは思えない気楽さであった。その旋律には聞き覚えがある。ハワイの民謡であった。

「じき、慣れる」

と僕がロバートに告げると、こんな気分、慣れたくないよ、と吐き捨てた。二世兵士たちは腰を屈《かが》めながら、小銃を構え、険しい斜面を用心しながら下っていた。

「サカモト軍曹」

カニンガム少尉の声がかかった。僕は少尉の方へ小走りで進み出る。

「あの手前の民家は怪しい。間違いなく、敵がいる。こちらは右手から回り込む。君は数名を連れて、左手からあの集落に近づけ。くれぐれも用心をして」

数名を率いて、木々が鬱蒼《うっそう》と茂る森を出て民家の裏手に回り込んだ直後、銃弾を浴びた。狙いを定めていたのであろう。僕らが近づくのを待って、一斉に機銃掃射が始まった。ロバートのすぐ隣にいたバーニーが被弾し、そのまま前のめりに崩れ落ちた。鉄《てつ》兜《かぶと》が吹き飛び、赤い血が飛び散った。

「ああ！」

とロバートが声にならない声を張り上げた。

僕は立ち竦《すく》むロバートに飛びかかり、敵兵の銃撃から守るために押し倒さなければならなかった。僕らはそのまま窪《くぼ》みに潜り込んだ。機関銃の弾丸がものすごい勢いで地面を走り抜けた。一瞬の出来事であった。倒れたバーニーはもう動かない。血が地面を赤く染めていく。まもなく激しい撃ちあいが始まった。ロバートは倒れたバーニーから目が離せないでいる。即死のようだったが、確認出来ない。

「ちくしょう！」

とテッドが少し離れた場所で叫んだ。

僕らは動くことが出来ない。ちょっとでも動くと、機関銃の銃弾が地面を駆け抜けるのだった。傍に倒れるバーニーの生死を確かめることさえ出来ない。地面に這いつくばりながら、流れが変わるのを待った。二百メートルほど先にある民家の二階に設置された機関銃をなんとかしないとならない。

「バズーカ班！」

後方に控えるバズーカ班に指示を出した。バズーカを担いだ兵士らが切り株の後ろに陣取った。バズーカの射程距離は三百メートル。射手が六十ミリバズーカを担ぎ、装填手が後部からロケット弾を装填したら狙いを定める射手のヘルメットを叩く。それが装填完了の合図だ。民家の二階目がけてロケット弾は発射された。しかし、一発目は民家の屋根を破壊しただけに終わった。破片が吹っ飛ぶ。

「もっと左！　窓の中へぶち込め！」

二発目が窓の中に命中した。激しい破裂音がし、窓からドイツ兵が飛び出し、地面に叩きつけられた。

「衛生兵！」

背後に待機する衛生兵を呼んだ。すぐに彼らが駆け付けたが、バーニーを救うことは出来なかった。いつだって戦場では呆気《あっけ》ない死が待っている。斜面を下りながら、彼が歌っていた鼻歌が一瞬脳裏を過った。

「奴は死んだのか？　死んだ？」

ロバートが訊いてきた。

「そうだ。僕たちは前進する」

「なんで？　仲間が死んだのに、前進するのか？」

「ここにいたら、もっと多くの仲間が死ぬ。後のことは衛生兵に任せる」

僕はロバートの背中を押した。

二人の話を遮るように、タタタ、タタタ、と乾いた銃撃音が続いた。地面の上を敵の自動小銃の弾が駆け抜けていった。左手奥の家屋に敵兵が潜んでいる。

「ヘンリー、向こうの民家だ！」

テッドが指差した。

「二手に分かれて、潰せ！」

僕が指示を出した。テッドが二人を連れて、右手に回り込もうとした。しかし、激しい銃撃が始まり、僕らは阻まれた。一歩も動けない状態になった。すると、ニックが小銃を撃ちながら不意に中央から突進してしまった。彼の足元で自動小銃の銃弾が炸裂した。

「ニック！　戻れ！」

ニックはドラム缶の背後に倒れ込むようにして身を隠した。中央突破しようとしているようだった。このままでは殺される。

「援護するんだ！」

声の限り叫んだ。バーニーのことを考えている暇はない。気を抜いたら自分や仲間が殺されてしまう。僕も飛び出し、ニックを援護しながら敵が潜む民家の窓を撃った。ニックが再び、小銃を撃ちながら飛び出して行った。その隙に、テッドたちが右側から回り込んだ。ニックはそのまま前のめりになって馬車道の側溝に倒れ込んでしまう。次の瞬間、テッドが放り投げた手榴弾の破裂する音が一帯に響き渡った。

「やった！　命中した」

ロバートが叫んだ。

僕はニックに駆け寄った。彼は大の字になって、空を見上げ、笑っていた。戦場に死ににに来た、と言った彼の言葉を思い出した。

「くそっ。いい加減にしろ！」

僕は腹の底から怒りの声をぶつけた。

「ヘンリー！」

テッドが民家の戸口で待っていた。僕はニックを残して走った。目で合図を送り、一斉に民家に押し入った。ドアを肩で押し開け、小銃で威嚇《いかく》しながら、飛び込んだ。手榴弾の爆発で倒れているドイツ兵を見つけた。一人は死んでいるようだった。もう一人は負傷していた。腹部から大量の血が溢れ出ている。朦朧としているようだった。

その負傷兵士をロバートが撃とうとした。僕は彼の小銃を摑んで、やめろ、と叫んだ。

「こいつらがバーニーを殺した！」

「それが戦争だ。この兵士のせいじゃない。捕虜にするんだ。大事な情報源になる」

「くそ！」

ロバートが歯をむき出しにして怒鳴った。次の瞬間、銃声が民家に響き渡った。振り返ると、ニックの小銃から煙が出ていた。負傷していたドイツ兵がぐったりしている。

「なんで撃った？」

思わず怒鳴った。怒りが込み上げる。

「見ろよ」

ニックが震えながら兵士を指差した。振り返ると、ドイツ兵の右手に手榴弾が握りしめられていた。

「君らが言い争いをしている隙に、彼は残った力で手榴弾を摑み、起爆させようとした。彼を撃たなければならなかった、この自分を悲しんでいる」

ニックは言い残すとその場を去った。

間近で迫撃砲弾が爆発する音がし、建物が激しく揺れた。天井から砂の粒子が粉雪のように降った。ヒュルヒュルヒュルと嫌な音を撒き散らしながら迫撃砲弾が落下したかと思うと、次の瞬間、民家前の広場が燃え上がった。僕らは民家を飛び出した。出来るだけ敵に近づいた方が砲撃を避けられる。砲弾の雨の中を僕らは闇雲に突き進むのだった。

数十分後、カニンガム少尉らと合流した。その後、民家を一つ一つ確認しながら潰して行った。五二二野砲大隊が僕らを援護した。B高地、A高地に砲撃が行われた。ドイツ軍は今までにないほど必死の抵抗をしている。一進一退という言葉通り、前進したかと思うと次の瞬間、退却命令が出た。この繰り返しであった。そんな中、僕らは民家に隠れ潜んでいたドイツ軍将校を捕虜にした。捕虜でありながらふてぶてしく自信が張り堂々としている。テッドが小銃を突き付けたが、顔色ひとつ変えることはなかった。

「裏切り者だな」

誇り高いドイツ軍将校は、流暢《りゅうちょう》な英語で僕ら二世兵士の顔を一通り眺めた後、言った。

「どういう意味だ？」

テッドが敵将校を後ろからど突いた。

「日本人のくせに、アメリカに寝返った裏切り者だ」

「この野郎！」

テッドが銃口を捕虜の頭に押し付けた。僕は、やめろ、と怒鳴った。仲間を殺された恨みを晴らしたいという思いはみんな一緒だった。でも、憎む相手はもっと巨大なものである。このような場所で、自分を保つのは簡単なことではなかった。誰もが自分を失っている。とにかく冷静になることが大事だった。冷静さを失えば、バーニーのような犠牲者を生み出してしまう。それは僕の責任でもある。彼の死が悔やまれ、奥歯を噛みしめた。

「お前らは卑怯者《ひきょうもの》だ」

椅子に座らされ、後ろ手に縛られたドイツ軍将校が毅然《きぜん》とした態度で告げた。

「これは挑発なんかじゃない。自分たちの血を汚す者は、どこに行っても二流にしかなれない。私は祖国のために死ぬ覚悟がある。お前らのようなスパイじゃない」

テッドが僕を押しのけ、ドイツ軍将校の顔を殴りつけた。ロバートがテッドを背後から羽交い絞めにした。唇が切れて、将校は血を流した。けれども怯《ひる》んでいない。ぎゅっと眉根に力を込め、毅然とした表情を少しも変えず、テッドを睨みつけながら、

「卑怯者は縛られ動けない人間しか殴ることが出来ない。この弱虫め」

落ち着いた声音で言った。一方、テッドの剣幕は収まらない。

「お前に何が分かる！　俺たちの親は移民だったが、俺たちはアメリカで生まれた、ちゃんと国籍を持つアメリカ人だ。自分たちの権利を勝ち取るために戦ってる」

「そうかな？　よく考えてみろ。アメリカはお前らの家族をどう扱った？　収容所にぶち込んで、財産を没収してる。民主主義だと？　聞いて呆れる。日本軍の方がうんと勇敢で正しい選択をした。アメリカのわがままに気が付き、我々と手を組んだ。世界の新しい秩序を作るのが第三帝国の使命だ。いいか？　お前らだって、所詮、前線で弾除《たまよ》けとして使われてる身じゃないか。白人を救うために、駆り出された奴隷兵士だ。どんどん、仲間が死んでいく。でも、白人将校たちは安全な場所にいる。最前線に送り込まれるのは、お前らのような二世兵士、そして黒人部隊だ。違うか？」

「くそ、ぶっ殺してやる！」

　テッドが唾を吐きかけた。けれども、ドイツ軍将校は泰然として、動じる気配さえ見せなかった。この男は言葉を巧みに使って、僕らを動揺させることに成功した。用心しなければ、と思った。

「この戦争が終わったら、お前たちはどうなると思う？」

　将校は二世兵士の顔を一人一人見回しながら説得するように言った。

「お前たちの勇敢な功績は忘れ去られ、日系人は全員裏切り者となってアメリカの奴隷になる。お前らが命を賭《と》して戦っても、栄誉は全て白人部隊にまわる。いったい何人の仲間が死んだ？　次々に死んだんじゃないか？　日系人の忠誠心を示したいという気持ちは利用され、最前線のもっとも過酷な場所へと君らは送り込まれている。思い出してみろ。奴らは私たちドイツ軍とお前らを戦わせて面白がっている。本来だったら兄弟関係だ。普通の神経で出来ることじゃない。いいか、君らはヤンキーに騙されているんだ。彼らは陰で君らのことをジャップと呼んでいるはずだ。そうだろ？　成りあがりのヤンキーなんかにジャップと呼ばれて悔しくないのか？　君たちは間違いなくアメリカに利用されている。違うか？　我々はともに長い歴史を持った優秀な民族だ。真の友人になることが出来る。一緒に戦おう。君らは親の祖国に忠誠を誓うべきだ。今この瞬間から、私と共に血のために戦う勇敢な兵士にならないか？　よく考えてみろ」

その時、扉が開いて、カニンガム少尉が颯爽《さっそう》と入って来た。そして、捕虜の前に立ち、

「私は第四四二部隊第二大隊のリチャード・カニンガム少尉だ」

と告げた。

二人の兵士がドイツ軍将校の両脇に立った。

「君の意見は聞こえていたが、そういう誘導は通じない。二世兵士を弾除けに使ったこともないし、そういう意思もない。二世兵士は真のアメリカ軍兵士だ。君たちがユダヤ人を排斥しているのとは根本的に異なる。そして、私はこの連中がアメリカ一、最高の部隊であることを誇りに思っている。私から言うべきことは以上だ。君は本部に連行さ

れ、国際法に則《のっと》って、尋問される」

少尉付きの兵士がドイツ軍将校を立たせた。

「誇りに思う？」

敵の将校は不敵な笑みを浮かべてみせながら小さく吐き捨てた。カニンガム少尉は顔色一つ変えず、

「ああ、私はこの中隊の指揮官になれたことを誇りに思っている。間違いなく、四四二部隊はアメリカ軍の歴史に名を残す部隊だ。君たちは必ず負ける」

と告げた。

将校は笑い出した。そして、兵士たちによって外へと連れ出された。

ドイツ軍の抵抗が強まると、僕らは後退し、再び態勢を整えて反撃しなければならなかった。一日中その繰り返し、朝から晩まで一進一退の攻防の連続であった。

日が暮れる頃、銃声が一時的に止《や》んだ。G中隊は分散し、幾つかの大きな民家に陣取って、身体を休めることになった。興奮の中に悲しみがあった。バーニーが死亡し、他数名が重傷を負った。軍曹に昇進して、最初の犠牲者たちであった。もっと、用心するべきだった。自分のせいだ、と後悔と自責の念に苛《さいな》まれた。

でも、なぜだろう。バーニーのことをどこかで考えないようにしている自分がいた。キャンプ・シェルビーでバーニーと出会い、宿舎で寝起きを共にし、訓練に勤《いそ》しんだ頃

の記憶が次々脳裏にフラッシュバックしたが、僕はそれを蚊でも追い払うようにして今この瞬間忘れようとしていた。友達が死んだら、葬儀をする。でも、戦場ではそんなことさえ許されない。ただ、一時的に忘れ去ろうとする。すすり泣く声が聞こえた。振り返ると、壁際の暗闇でうずくまり、ロバートが泣いている。はじめての戦争経験であった。泣くのは普通のこと。戦友が死んだのに涙も流れない今の自分の方が異常であった。

42

1944年10月18日

ヘンリー・サカモト、21歳

戦闘が始まって以来、連日休みなく激しい攻撃の応酬が続いていた。『君たちは利用されている』。ドイツ軍将校が言い残した言葉がいつまでも頭から離れなかった。まともに眠りにつける時間さえなかった。立ったまま寝ていた。

ドイツ軍は劣勢にあったが、彼らの精神力、忍耐力は二世兵士に負けない強さがあった。特にこの地帯を防衛するドイツ軍歩兵部隊は誇りも高く、粘り強かった。彼らが築いた堡塁は堅固で突破するのは一筋縄ではいかなかった。

その上に連日の雨が僕らを苦しめた。地面は泥濘み、底冷えの中に僕らを引きずり込んだ。筋肉が痛み、筋はパンパン、身体が思うように動かない。眠りながら凍死する夢を見たほどの寒さである。軍服が乾くことはなかった。十五日に開始した戦闘は日を追うごとに激しさを増していた。十六日には敵の歩兵部隊に戦車一個小隊が加わった。タイガー戦車の砲弾が町を破壊し、仲間を吹き飛ばした。その上、敵歩兵部隊を撃退しても、また翌日にはどこからか蛆《うじ》のように敵兵が湧いてきた。ドイツ兵と十字路で出くわし至近距離での銃撃戦が頻発した。一度に数十発の弾を吐き出すドイツ軍の優秀な自動小銃の前で、アメリカ軍の小銃はまるで子供の玩具《おもちゃ》であった。ドイツ軍の自動小銃が火を噴くと、一瞬にして民家の壁に銃痕《じゅうこん》が走った。

A高地、B高地からは敵の迫撃砲弾が霰《あられ》のように降ってきた。さらに麓の民家は要塞化しており、近づけば機関銃の掃射が待ち受けていた。我々は数で勝負するしかなかった。自らが盾となり前進した。進めば進むほど、兵士が死傷した。衛生兵はひっきりなしに負傷した兵士を野戦病院へと搬送した。それが追い付かないほど次から次へと仲間が倒れていく。『君たちは利用されている』。ドイツ軍将校の言葉が何度も頭の中を掠めていった。

「くそ！」

僕は叫び声を張り上げてその迷いを払いのけるしかなかった。

激しい砲火に身動きが取れず、G中隊はなかなかB高地へと攻め入ることが出来なかった。

おかしなことに、十五日以降、毎朝、まるでスポーツの試合でもするかのように、朝のほぼ同じ時間帯に戦闘が始まった。敵も相当疲れている。こちらの野砲大隊の砲火は昼夜関係なく続いた。すでに数千発の砲弾がA高地、B高地に降り注いでいる勘定であった。いくら強固な堡塁を築いても、数千発の砲火を浴びてびくともしないはずはない。戦闘開始前には緑豊かだった丘が、この三、四日で裸の山と化した。その下にいったいどのくらいのドイツ兵の屍《しかばね》が転がっているというのか。彼らは我々以上に苦しい状況にあるはずだ。

敵も味方も間違いなく限界の中にあった。第一〇〇大隊がA高地を占領したという知らせが入ったのが昼過ぎであった。でも、僕らはまだB高地を完全制圧出来ていなかった。六十ミリ迫撃砲で敵の堡塁を一つひとつ破壊しながら、じりじり高地を登った。ドイツ軍の反撃は一層激しさを増したが、I中隊がその隙に高地の反対側から頂上を目指していた。G中隊はいわば囮《おとり》である。ドイツ軍が我々に気を取られている隙に、I中隊が背後から彼らに襲い掛かった。一進一退の激しい攻防が二時間ほど続いた。そして、ついにB高地を占領することに成功する。しかし、そこがゴールではなかった。B高地占領の直後から市街戦が激化した。残ったドイツ軍の抵抗は切実さを増した。僕はブリユイエールの入り口で一人の兵士を追い込んだ。もちろん名前も出身地さえも知らない青年である。

「抵抗せず、降伏しろ」

と叫んだが、言葉などここでは何の意味も持たない。興奮の中にある兵士は反撃してきた。ここでもやはり、殺すか殺されるかしかなかった。路地は行き止まりだった。僕はたまたま建物と建物の隙間に隠れることが出来たが、その兵士は突き当たりの壁の前で逃げ場を失った。ドイツ兵は自動小銃を撃ちまくった。僕は狙いを定め、一発で仕留めた。若い兵士が大きな声で、

「ママ！」

と叫んだ。予想外の言葉であった。僕は驚き、口を開いたまま、動けなくなった。兵士は壁にもたれかかり、そのままずるずると崩れ落ちた。同世代くらいかと思っていたが、もしかすると僕よりずっと若いのかもしれない。或いは学生だろうか？　血糊がべっとりと灰色の壁の上で十字を切っていた。

「ママ、ママ、ママ……」

彼のすすり泣く声が僕の気持ちをどん底へと引っ張った。とんでもないことをした、と後悔した。あんなに多くの兵隊を殺害しておきながら、はじめての後悔でもあった。自分の母親の顔を思い出さずにはおれない。そのドイツ軍兵士の帰還を祈るようにして

待つ母親の顔が頭の中を過って動けなくなった。一瞬にしてあらゆる気力が逃げ出し、僕は脱力した。

「ヘンリー！」

振り返るとロバートだった。

「大丈夫か？」

「ああ、大丈夫」

「敵戦車がこっちへ迫ってる。移動するぞ。急げ！」

僕はドイツ兵をもう振り返らず、その場を離れることにした。しかし、ママ、と叫んだ彼の声が頭の中から消えることはなかった。

G中隊は他の中隊と合流し、市街戦に参加した。凄《すさ》まじい銃撃戦の始まりであった。手ごたえはあった。高地を占領したことで、均衡が破られたのである。じりじりと敵を追い込みつつあった。ドイツ兵の捕虜は百名を超えた。殺害した兵士の数はもっとである。ブリュイエールの目抜き通りにはドイツ兵の死体がそこかしこに転がっていた。僕らはその死体を乗り越えて前進した。こちらの死傷者も増えていった。これがゲームやスポーツだったら、勝ち負けで割り切ることが出来た。しかし戦争は勝っても割り切れるものではない。

「ママ、ママ」と叫びながら死んでいったドイツ兵のことでさえ、僅か数十分後には記憶の彼方へと薄れていた。僕には次の受難が降り注ぎ、次の敵が待ち受けていた。考える暇などなかった。戦場で考えてはならなかった。たった一日のことだったが、その二十四時間はまるで二十四年ほどの長さを持っていた。永遠に終わらない戦場の日付の上に僕らはいるようであった。来る日も来る日も僕らは殺し合いの一日の中にいた。昨日を忘れ、今日に疲れ切り、明日が怖かった。

僕らは果てしない数の日付変更線を無限に乗り越えていく。その変更線の下に多くの死者が蹲《うずくま》っていた。人間が死んでも、もはや悲しみは麻痺《まひ》していた。でも、本当は麻痺なんかしてはいなかった。自分の脳が考えないように悲しみを遮断しているのだった。感情の遮断である。もしくは考えることの放棄。

「ヘンリー！　軍曹！」

テッドが僕を呼んだ。民家の裏側に向かうと、ロバートと一緒に本土からやって来た補充兵が興奮状態にあった。彼の足元に一緒に本土からやって来た兵士が倒れている。手榴弾を誤って炸裂させてしまったらしい。彼の両手は吹き飛び、一面血の海だった。その血が興奮する兵士の顔にも降りかかったらしく、赤く染まっている。

「あっちへ行け、何も命令するな。見ろ！　もううんざりだ。これ以上、自分には抱えきれない。仲間が死んでいくのを助けることも出来ず、ただ見送るのは御免だ。とにかく、もう関わらない。いいか、お前ら、僕はここから動かない。僕はもう戦争を放棄する。うんざりだ。いつまで続くんだ。ふざけるな！　何のために戦ってるんだ。何のために！　誰のためにだ！」

怒り心頭に発する彼の喚《わめ》き声は止まなかった。敵に見つかるので押さえ込みたかったが、彼は身を翻《ひるがえ》して、血の絨毯《じゅうたん》の上を震えながら飛び回った。僕は衛生兵を呼んだ。みんなでこの若い兵士を押さえつけ、衛生兵が彼に鎮静剤を打つことになった。彼の目は現実を見ていなかった。心が崩壊するのは正常の証しであった。

四四二部隊本部が置かれた市中心部の市庁舎ビルにG中隊、I中隊、B中隊の各少尉、軍曹らが集まっていた。僕はカニンガム少尉の横にいた。

「この通りの先、スタニスラス広場にタイガー戦車が居座って睨みをきかせている。こいつがなかなかしぶとい。迫撃砲を撃ちたいが、疎開先の学校や民家がある。広場の周辺の建物はドイツ軍が要塞化した。その上、多くの機関銃がこの戦車を護衛している。サカモト軍曹、バズーカ班を連れて、側面から、こいつを粉砕出来るか？　ギヨームが同行する。ルイ王朝時代に作られた地下道があるらしい。その通路を出ると、広場の反対側に出るはずだ。うまくいけば、仕留められる。しかし、危険な任務だ」

「分かりました。やります」

リチャード・カニンガム少尉の前に立つI中隊の白人将校が頷いた。また、あのドイツ軍将校の声が聞こえた。『君たちは利用されている』。僕はその声を振り払った。破れかぶれにやるだけだ。Go for Broke!

「我々は奴らを正面に釘付《くぎづ》けにする。その隙に回り込んで背後から仕留めるんだ」とI中隊の将校。

僕はテッドとバズーカ班の二名を連れて地下通路へ潜り込むことになった。ギヨームが僕らを導いた。

「よぉ、ギヨーム。広場のどの辺りに出るんだ？　この地下道」

「よく覚えてない。子供の頃に一度潜っただけだから」

なんだと？　テッドが笑った。

「からかうなよ。もし、敵軍のど真ん中に出たら、どうすんだよ」

「大丈夫さ。その時は」

「その時は？」

先頭を歩くギヨームが振り返り、Go for Broke!　と言った。

「ちぇ、ふざけやがって」とテッドが笑いながら吐き捨てた。

けれども、僕らはテッドが危惧《きぐ》した通り、広場の中に出た。幸いなことにど真ん中ではなく、広場を囲む回廊型の建物の、しかも納屋の中であった。古い農機具が保管されている。周囲にドイツ兵はいなかった。広場に面して朽ちた古い板戸があり、その隙間から覗くとタイガー戦車の尻が見えた。カニンガム少尉率いるG中隊とドイツ歩兵部隊とが銃撃を交えていた。ドイツ軍は四四二部隊へと意識を向け、背後を忘れていた。タイガー戦車が通りに砲塔を向けている。地鳴りのような鈍い音が響いた後、砲塔が火を噴いた。遠方の、きっと四四二部隊が本部として使っている市庁舎ではないかと想像したが、どこかの重要拠点に命中し、激しい爆発音が一帯に響き渡った。激しい地響きはその威力を示すものであり、同時に巻き込まれた仲間の兵士の叫び声でもあった。燃え上がる炎の中に、仲間がいないことを祈った。

「おい、うかうかしていられないぞ。急がないと味方がどんどんやられちまう」

テッドが言った。

「どう思う？　やれるか？」

バズーカ班の射手と装塡手に訊いた。

「タイガー戦車の弱点は真後ろだ。たぶん、ここはまたとない最高の攻撃位置と言える。だけど、少し近過ぎるな。どのくらいの爆発が起こるか分からない。爆風でこっちも吹っ飛ぶかもしれない」と装塡手が言った。

ちぇ、とテッドが吐き捨てた。

「ここまで来たのに、どうする？　軍曹さんよ」

すると、遮るように、射手が口を挟んできた。

「いや、大丈夫。ぎりぎり爆風を躱《かわ》せる距離だと思う。うまく狙うさ。あの、背面のパイプの間を狙う。戦車が爆発したら、その混乱に乗じて、僕らは地下道から脱出すればいい」

その時、納屋の戸を誰かが開けようとした。がちゃがちゃと錠前を外す音がした。ドイツ語が聞こえた。中を覗き込む人影が見えた。錠前が外れ、かかっていた鉄の鎖が音をたてながら地面に落下した。敵は二人だった。間違いなく戸を開けようとしている。しかし、まさかアメリカ兵が潜んでいるとは思わない。笑顔で中を覗いている。そして、一人が僕と目があった。兵士は顔を顰《しか》めた。不意に目が開かれ、ああ、と叫び声を張り上げた。我々に気が付いたようだ。板戸に顔を押し付け、確認のために、もう一度中を覗き込んできた。ドイツ兵の青い目が見えた。

「やるか？」

僕が言った。装塡手はロケット弾をバズーカに詰め込み始めた。射手が構え、戸の隙間越しに狙いを定めた。覗いていたドイツ兵が目を見開いた。目の前にバズーカ砲を構えた我々アメリカ軍二世部隊がいる。兵士が大声を張り上げ騒ぎ出した。

「テッド、戸を蹴破るぞ。せーの！」

僕とテッドで蹴破った。古びた戸が外れ、広場側に音を立てて倒れる。僕とテッドが小銃で目の前にいるドイツ兵を撃った。次の瞬間、バズーカが火を噴いた。ロケット弾が飛び出し、タイガー戦車の後部に命中する。ストップモーションのような映像であっった。

た。飛んでいくロケット弾の回転する鋭利な残影が目に焼き付いた。次の瞬間、激しい炎が噴き上がった。そしてタイガー戦車が大爆発した。広場全体に火柱が走った。想像以上の爆発である。その衝撃でテッドが吹っ飛び、壁に叩きつけられた。銃撃戦が始まった。

「逃げろ！」

僕はギヨームとバズーカ班を先に地下道へと逃がした。テッドの身体を起こそうとしたが、彼は小銃を構え直し、どこか朦朧とした顔でこう告げた。

「ヘンリー、逃げろ。ここは俺が引き受ける……」

「何言ってる。ふざけるな」

「俺の足を見ろ！　くそ。逃げられない」

僕はテッドの視線を追った。テッドの右足が吹っ飛んでいた。足首が床に転がっている。

「どうせ死ぬなら、お前を助けたい。行け。頼むから、行ってくれ。……それから、これを」

そう言うと、テッドは胸のポケットからロケットペンダントを取り出した。次の瞬間、テッドが小銃の引き金を引いた。駆け込んできたドイツ兵が倒れた。

「早く行け。俺を無駄死させるな！　生き残ったら、これをホノルルの俺の恋人に渡してくれ！ キョーコ、フィアンセだ。キョーコという。愛していたと伝えてくれよ」

テッドが半身を起こし、壁に背をつけ、銃を撃ちまくった。

「くそ、当たって砕けろ！ Go for Broke! ヘンリー、行けー！」

僕は言葉が見つからなかった。広場の向こう、黒々と燃え上がるドイツ軍戦車の背後から、亡霊のようにドイツ軍兵士が次々現れた。十数人はいる。彼らは自動小銃をこちらに向けていた。

「行け！ ヘンリー、俺を犬死させるな！」

テッドの言葉が僕を押した。自動小銃が火を噴いた。次の瞬間、僕は地下道の穴へと反射的に転がり込んでいた。敵兵の自動小銃が次々に火を噴いた。ものすごい数の弾丸の音であった。テッドの叫び声が届く。押し寄せるようにして、その銃声は繰り返し繰り返しトンネル内に響き渡った。テッド、テッド……。彼の名を呼びながら、僕は走った。銃声が消えた。まもなく、地下道にドイツ兵の声が響き渡った。奴らが追いかけてきた。地下道が幾つか交差する地点で、ギヨームが待っていた。

「ヘンリー、こっちだ。ドイツ兵が来るぞ。早く！ テッドは？」

「やられた」

「くそ。とにかく、こっちだ」

僕は手榴弾を摑み、ピンを外すと、涙を堪《こら》えながら、今来たトンネルの奥へとそれを放り込んだ。

「急げ。爆発する」

数秒後、激しい爆発音が鳴り響いた。地面が揺れた。地下通路が次々落盤していった。僕らを追い越すように爆風が駆け抜けた。あれだけの銃弾を浴びたら助からない。テッドはひとたまりもなかったろう。言葉を失った。頭の中が白くなる。僕を守るためにあいつは犠牲になった。生きた心地がしない。生き残って申し訳なかった。

正気を失ったあの補充兵の言葉を思い出した。『ふざけるな！　何のために戦ってるんだ。何のために！　誰のためにだ！』。そして、あのドイツ軍将校の言葉が蘇《よみがえ》った。『お前たちは利用されているんだ』。僕は口を開き切り、必死に呼吸しながら、頭の中が空っぽになった状態で、ただひたすら出口を求めて地下道を走っていた。とにかく、もう何も考えることが出来なかった。僕の手の中にはテッドに手渡されたロケットペンダントがあった。涙が初めて目元を濡らした。地上に戻るまでには泣き止まなければならなかった。

43

1944年10月27日

ヘンリー・サカモト、21歳

僕はル・トラパン・デ・ソールの森の暗闇の中にいた。

迫撃砲の砲弾が針葉樹の中ほどで爆裂し、鋭利な木切れが僕ら目指して幾度となく急降下してきた。地雷に触れて命を落とした兵士の屍を横目で見やりながら、僕らは前進した。

先発した第三大隊のやや後方左翼を僕らは守備していた。僕の首にはテッドに手渡されたロケットがぶら下がっている。その中に、キョーコという名の若い女性の写真が納まっていた。僕はこの十日間、過酷な戦闘の合間に、ロケットペンダントを開いてはテッドの恋人の写真を覗き込み、自分の気力を奮い立たせてきた。そして、目元を濡らしてもきた。可愛らしい子だった。しかし、彼女はもうテッドと会うことが出来ない。

十五日の戦闘開始から約二週間、僕らはまともに眠ることも、腹いっぱい食べることも許されぬまま、疲労の限界に達しつつあった。シャワーを浴びることが出来たのは僅かに一度。日系二世部隊の死傷者は数えきれない。イオラニ宮殿前広場で行われた出征壮行会の時の志願兵のうち、いったいどのくらいがこの世を去ったであろう。

どのくらいが生き残っているのか？　自分がまだ生きていることが不思議でならないほどの過酷さであった。このロケットペンダントをテッドのフィアンセに渡すことが出来るだろうか。それがテッドへの唯一の恩返しでもあった。それが、自分が生還するための目標の一つとなった。

一週間ほど前、四四二部隊は必死で抵抗するドイツ精鋭部隊を激しい市街戦の末に蹴散らし、ブリュイエールを解放した。その後の休息も束の間、司令部はブリュイエールの隣村、ビフォンテーヌとベルモンの奪還を命じた。ぼろ雑巾《ぞうきん》のような身体に鞭打《むちう》って、四四二部隊は前進を続けた。ずっと頭の中に、あのドイツ軍将校の言葉があった。僕らは利用されているのだろうか？　白人部隊と同じ扱いはしてもらえないのだろうか？　僕らは所詮ジャップ、白人の弾除けなのだろうか？　そして、今僕らは『失われた大隊』救出に向かっていた。

ベルモンを解放した後、僕らは「もうだめだ、これ以上は動けない」とカニンガム少尉に直訴した。彼は僕らがどれほどの犠牲を払って戦ったかをよく知る人物であった。死傷した者は総数の半分を超えていた。四千人ほどいた歩兵連隊がいまや千人ちょっとにまで減っている。大統領じきじきとも思える軍令が下るのはその直後のことであった。

ブリュイエールより車で十五分ほどの山間にビフォンテーヌという小さな村はある。そこから山へ深く踏み入ったル・トラパン・デ・ソールの森で、テキサス大隊は四方八方をドイツ軍に包囲され孤立していた。彼らは逃げ場を失い、食糧もなく、水もなく、弾丸もなかった。前進も後退も出来ず兵糧《ひょうろう》攻《ぜ》めにあっていたのである。そのニュースがアメリカ全土に流れ、アメリカ国民が注目し、ついに大統領が動いた。ぼろ雑巾のような日系部隊が二百十一名のテキサス兵を救出しに出発することになる。「イタリア戦線で最高位の勲章『大統領部隊感状』を授与されている第四四二部隊第一〇〇大隊以外にテキサス大隊を救出出来る部隊はアメリカ軍の中にいない」というニュース記事までが流れた。

けれども僕らはこの軍令に衝撃を受けた。数多くの死傷者を抱え、まともに戦える状態ではない自分たちがなぜ、これほどの危険を冒さないとならないのか。テキサス大隊でさえ歯が立たないナチス国境警備最精鋭部隊が相手である。その上、ヴォージュ山脈の深く暗く冷たい複雑な地形が僕らを待ち受けていた。森の中での戦闘になる。夜は暗黒となった。その夜も敵の砲火は止まなかった。水浸しの塹壕で寝るのを拒み、多くの兵士が死ぬのを覚悟で、氷雨降る土の上でそのまま寝た。火を焚けば敵に居場所を知らせることになる。地雷が敷設された森の斜面を、一切の光源を消して僕らは進まなければならなかった。ドイツ軍は森の中に深い壕の堡塁を築き、ブリュイエールの丘よりも強固な防衛線を築いていた。この防衛線のすぐ先がドイツだ。国境を守るドイツ軍最精鋭部隊は死にもの狂いで襲い掛かって来る。こちらが大統領令なら、向こうはヒトラーの総統令であろう。隣の兵士すら見えない霧の中を僕らはぼろぼろの肉体に鞭打ち、また、だましだまし進むしかなかった。

途中で補充兵の一人があまりの疲労で倒れて動けなくなり離脱した。誰もが離脱したかった。けれども、国民が見守る『失われた大隊』の救出に成功すれば、二世部隊の名がアメリカ中を駆け抜けることになる。故郷で待つ、或いは収容所にいる身内、日系人を勇気づけることが出来る。真の名誉を手に入れることが出来る。自分たちの手で、自分たちの権利を勝ち取るには最高最大のまたとないチャンスであった。僕らは、未来の日系人のために戦おう。自分たちの命を彼らに託そう、と励まし合った。涙ぐむ者もいた。けれど、今までのどの戦場とも異なっていた。生き残れる確率は極端に低い。ここまでの死傷者はナポリ上陸から数えすでに数千人。出発した千二百名の二世兵士のうち、ブリュイエールへ戻ることの出来る者はいったい何人だろう。或いは、全滅ということだってあり得た。

砲撃音が止み、辺り一帯に静寂が訪れた。霧が再び深く森を覆い始めている。針葉樹の森が空を隠していく。分厚いヴォージュ山脈の雲が太陽の光りを遮った。まだ夜ではなかったが、辺りはすっかり夜の気配に包み込まれている。全員が深い霧の先をまるで透視するように見つめながら前進した。時々、散発的に銃声が響き渡ったが、どこから弾が飛んできたのか分からなかった。ワニのように地面に這いつくばり、息を殺しながら、濡れた葉っぱの上をごそごそと移動するしかなかった。敵がいるのは分かっているが、どのくらいの勢力がどのような場所で待ち構えているのかまるで分からなかった。『失われた大隊』が身動きがとれない状況がよく分かった。下手《へた》に動くと最悪の結果を招く可能性がある。第一〇〇大隊や第三大隊がどの辺にいるのかも分からなかった。遠方で不意に爆発音が響き渡ったかと思うと、次の瞬間には沈黙が訪れる、その繰り返しだった。僅か、数メートル先に敵の一個中隊がいてもおかしくなかった。それくらい、視界が悪く、恐ろしく暗かった。

「ヘンリー」

「はい」

カニンガム少尉が言った。

「ここだけの話をしていいか？」

「はい」

「実は娘がいるんだ。まだ幼い」

僕はなぜ急に少尉がそのような個人的なことを話しだしたのか分からなかった。

「今日がその子の三歳の誕生日なんだよ」

少尉はひそひそと続けた。まるで、父親が歌う子守歌のような声であった。

「三年前の秋に生まれた。私はルイジアナの出身で、軍隊に入る前は教師をしていた。でも、自分の生徒と恋に落ち、学校の怒りを買って、その、そこは厳格なカトリック系の学校でね、追いだされた。それが娘の母親だ。マーガレットという。小柄な可愛らしい女でね。一目ぼれだった。つまり、私は娘と妻を愛しているという話だよ」

少尉が黙ると、静寂が再び僕の鼓膜を圧迫してきた。

「ヘンリー」

「はい」

「ロバートとニックを左翼の森の偵察に行かせろ」

「分かりました」

僕は左側にいる兵隊に命令を伝えた。その兵士はその隣の兵士に伝令した。伝言ゲームのようにメッセージが伝達された。まもなく、ロバートの返事が戻って来た。

「偵察に向かいました」

「少尉。ロバートとニックが偵察に出ました」

「ヘンリー」

「はい」

「なぜ、家族の話をしたのだろう。もしかしたら、恐怖のせいかもしれないね」

その時、少し離れた場所で激しい破裂音がした。誰かが地雷を踏んだのだった。続いて、霧の向こうから銃撃音が聞こえた。助けに行くことも出来ない。衛生兵に任せるしかない。援護射撃をしたくとも敵が見えなかった。

「大丈夫か？」

僕らはカニンガム少尉の伝言を口ぐちに伝令した。大きな声を張り上げることは出来なかった。淡々とした声音で、言葉が数珠《じゅず》つなぎで移動した。

「即死だそうです。新兵のトーマス・マエゾノです」

報告が戻って来た。

「敵にこちらの位置がばれた。迫撃砲弾が降るぞ。気を付けろ！」

カニンガム少尉の伝令が全員に通達される前に迫撃砲による砲撃が始まった。音のない世界に突如、地球崩壊を告げるほどの爆発音が響き渡る。ピリピリとささくれだっていた神経がその瞬間、木端微塵《こっぱみじん》に弾け飛んだ。静寂と爆音が交互に襲ってきて、疲労困憊《ひろうこんぱい》した肉体を切り裂き、神経線維が強引に引き抜かれて切断されていくようであった。

その一発が頭上の針葉樹の中ほどで炸裂し、ツリーバーストを降らせた。弾け飛んだ木片は鋭利に尖《とが》って、槍のように地面に落下した。避けることも出来なかった。ヘルメットを押さえて、身体を出来るだけ小さくして蹲った。木片が殴りつけるように僕の身体にぶつかった。ゴン、ゴン、と木片が肉体にあたる。大男に握り拳で殴られているような痛みを覚えた。二十分くらい砲撃が続いた後、今度は散発的な銃撃になった。そして、再び、沈黙と暗黒の世界へ森は戻って行った。そう遠くない場所に敵がいる。ますます気を抜くことが出来なくなった。

何か動きがあるのを待ちつつ、敵との遭遇を恐れつつ、ただひたすら息を潜めるしかなかった。冷たい氷雨が降り続けていた。人間のいる場所ではなかったし、もはや人間としての感覚すら失せていた。これまでに感じたことのない恐怖に囲まれていた。僕らの精神状態は極度の緊張の中にあった。

「少尉、どうしますか？」

存在を確認するため、僕は隣にいる少尉に訊ねた。けれども、返事が戻って来ない。

「少尉？　カニンガム少尉」

声を押し殺し、問いかけた。けれど、応答がない。手を伸ばし、探した。二メートルほど離れた場所に肉の塊りがあった。まだ温かい。窪みに伏せているカニンガム少尉の背中に大きな杭《くい》のごときツリーバーストが突き刺さっていた。

「衛生兵！　少尉がツリーバーストにやられた」

僕は伝令した。少尉は息をしていない。白人で唯一の味方、理解者であった。キャンプ・シェルビーの訓練場で出会ってから、彼は僕ら二世兵士のもっとも信頼出来る白人の上官であった。軍隊における兄のような存在でもあった。しばらくすると衛生兵が二名やって来た。そして、死亡が確認された。

「くそ」

僕はまたしても悲しみを乗り越えないとならなかった。悲嘆に暮れている暇はなかった。再び、静寂を突き破って、一帯に爆音が響き渡ったからだ。ツリーバーストの雨が降った。そして、また世界は沈黙した。僕がこの中隊を指揮しなければならなくなった。G中隊百八十名の命をカニンガム少尉に代わり僕が預かることになった。

時間だけが流れた。偵察に行ったロバートとニックは戻って来なかった。いつまでこうしているのだろう。いつまでこのような状態で我慢することが出来るのであろう。中隊の兵士たちは持ちこたえられるだろうか？　果たしてこの地獄のような場所で夜を明かせるのであろうか？　いったいどのくらい僕らはここで我慢をすればいいのだろう。じりじりと時だけが流れて行った。何もしていないのに、すでに二名の命が失われた。目の前に僕らの墓場が待っている。『失われた大隊』は、たぶん、この霧の先、ドイツ軍部隊の向こう側にいるはずであった。一キロとない距離にいるはずだった。そこに進むまでの、僅か千メートルの間に、いったいどれほどの兵士が命を落とすことになるだろう。そこに地獄があると分かっていて、そこを通過しないとならない。くそ、ロバートとニックは何をしているんだ。僕は苛立っていた。ひたすら長い静寂の中にあった。終わりの見えない圧力のある静寂のせいで、僕らは精神が崩壊する寸前であった。誰もが苛立っていた。神経は限界を通り越していた。大声を出したかった。銃を乱射したかった。ひたひたと迫る圧力のようなこの森の静寂は戦闘というより拷問に近かった。息を殺し、存在を消し、我慢の限界の果てを真っ赤な目で睨みつけていた。

「バンザイ！」

その時、少し先の闇の中で声が弾けた。

それはまるで花火が打ち上がったような、目立つ、切り裂く、破裂するような声であった。直後さらに、暗黒の世界に耳をつんざくような胴間声が轟き渡った。

「バンザイ！」「バンザイ！」「バンザイ！」

日本語だった！

「バンザイ！」

何が起こったのか、分からなかった。銃声が響き渡った。

「バンザイ！」

遠くでさらに声がした。中隊の新兵たちが、興奮状態のまま飛び出してしまったのだ。

機関銃の音が響き渡った。小銃で応戦する音がした。軍曹も新兵もなかった。僕らは銃を構え、気が付けば、全員がバンザイを叫んで、深い霧の中へと突っ込んでいた。誰かが切り込んだ。命を捨てる決死の突撃であった。この瞬間を逃すことは出来ない。敵がバンザイ・アタックに気を取られている隙に、闇雲に突っ込んで彼らの堡塁を攻撃するしかなかった。僕は咄嗟に判断した。この膠着《こうちゃく》を打破するのは今だ、と。

「突っ込めー！」

日本語で叫んだ。あらゆる悲しみ憎しみ怒りを一気に吐き出すような勢いであった。英語ではない。日本語で僕らは一つになった。激しい銃撃戦となった。狂気と興奮状態の中にあった。気が付くと数メートル先に敵の堡塁があった。敵兵が機関銃を撃ってきたが、弾は僕を逸れて霧の中へと消えた。堡塁に飛び込み、機関銃の射撃手を撃った。その横の給弾手が逃げようとしたので、撃った。僕は喚き散らしながら、引き金を引き続け、堡塁の中にいた数名を殺害した。トニーの顔が、ジョンの顔が、バーニーの顔が、テッドの顔が、カニンガム少尉の顔が頭の中を過って行った。死んでいったドイツ兵の顔さえも過った。何かが宿ったように、僕は自分を失い、まるで日本の鬼と化していた。

一つの堡塁を壊滅させると、僕はその勢いで繋がる隣の堡塁へ飛び移った。霧が深く、敵も近づくまで味方か敵か分からない。そして僕が目の前に立ってはじめて敵だと分かる始末であった。僕は容赦なく小銃を撃ちまくった。機関銃手たちは何の抵抗も出来ないまま次々倒れていった。全員、戦わずして逃げ出そうとした。僕はその背中に次々と銃弾を撃ち込んでいった。

不思議な気持ちだった。どのような確信があったのか分からない。自分は被弾しないような気がしてならなかった。鬼と化した僕は次の堡塁を目指した。

ところがその手前で、何かが突き刺すように僕の内部へとめり込んだ。機関銃の弾だった。しまったと思ったが、それは右腹にめり込み、僕はバランスを崩し倒れ込んでしまう。僕の頭の上を機関銃の弾が掠めていくのが分かった。

ここからは全てがストップモーションのように遅くなった。

鬼と化した僕は痛みを感じなかった。覚醒《かくせい》していた。立ち上がると、手榴弾を掴み、堡塁に投げ込もうとしたのだった。ピンを抜いた。その時、目の前にドイツ兵が現れ小銃を撃った。その弾が僕の右肘《みぎひじ》に命中した。骨が砕ける音がした。実際に音がしたわけじゃなかったが、肘の骨が砕け散る振動が僕の頭骨まで達した。あっ、と声が飛び出した。コントロールの利かない右手の中に手榴弾があった。僕の視線は指先から放物線を描いて落下しようとする小さな鉄の塊りを見つめていた。機関銃の弾が左右を飛び交った。一分間に千五百発も飛び出すドイツ製機関銃の砲火を受けた。その飛び交う銃弾の嵐の中で、鬼は仁王立ちになり、歯をむき出しにして食いしばった。カチカチッと手榴弾の起爆装置が作動している音が聞こえた。まずいと思ったがすべては手遅れだった。テッドやトニーやバーニーの顔がまた過った。僕はコントロールの利く左手で落下する手榴弾を摑まえると、それを回転しながら、まるでハンマー投げのように遠方へ向けて投げ飛ばした。それは敵の堡塁の中に落ち、炸裂した。

その爆風の中から飛び出した兵士が再び小銃を放ち、今度はその銃弾が僕の心臓の辺りに命中した。銃弾が激しく胸をつき、そのまま、霧の立ち込める堡塁の中へと転がり落ちた。さすがに、もうだめだ、と観念した。僕が撃ち殺した兵士の真上に乗っかっていた。右肘からぬめっとした血が噴き出し、自分の顔に掛かった。残った左手を、ぐしゃぐしゃになった右肘の中へと突っ込んだ。ハワイ大学の医学部に通っていた。外科医になるのが夢だった。重病の末に亡くなった献体で解剖実験をしたこともある。自分の身に起こったことがどのくらい大変な事態か分かっていた。冷静だった。指で弄《いじ》りながら、どこに腋窩《えきか》動脈があるのかおおよそ見当をつけた。鎖骨下動脈から腕の方へと延びる腋窩動脈は骨と筋肉の間を走り、肘の辺りで二股《ふたまた》に分かれる。ぬめっとする筋肉と骨の間を指先で弄った。心臓から排出される血液が溢れ出る管を見つけた。これだ、と思った。自分の体内をまさか素手で触れることになるなどとは……。けれども、知識がなければ、そんなことさえ出来なかった。流れ出る血をただ怯《おび》えて見つめ、死んでいくしかなかった。このために医学部に通っていたのか、と狂気の中で悟った。僕は口元を歪め、余計な力を使わず、エネルギーを制御しながら、動脈を引っ張り出し、生まれて初めての手術をするような感じで、指先だけを頼りに、ぬめる血の穴倉の中で切れた血管を縛って止血することになる。

見ず知らずのドイツ兵の背中に自分の頭があった。動けなかった。腹部からも出血していたようだったが、これ以上は何も出来ない。さて、さっき心臓を撃ち抜かれたはずだが、と思い出した。頭を僅かに動かし、胸の辺りを覗き見ると、テッドに手渡されたロケットペンダントに敵の銃弾がめり込んで、止まっていた。僕は目を閉じ、口元を緩めながら、衛生兵がやって来るのを静かに待った。

44

2012年8月14日

ケイン・オザキ、29歳

カフェ、ドゥ・マゴのテラス席でぼくはクロワッサンとカフェオレというフレンチスタイルの朝食を摂《と》っていた。初めてのパリだった。サン＝ジェルマン＝デ＝プレ教会の尖塔《せんとう》が夏空に切り込んで聳えている。ホノルルの海風とは異なる内陸の穏やかな風が教会前広場を吹き抜けていく。パリに入って二日目であった。ぼくらの足元には小さなリュックサックが二つ。大きなトランクはホテルのフロントに預けてきた。

「どんな人？　ジャン＝フィリップ」

「普通のフランス人よ」

「そうだけど、普通のフランス人ってどんな？」

「君、なんか質問がくどいんだよね。優しい人だよ。とくにイリアナには」

「娘としては複雑?」

「別に」

「出た。マナの〝別に〟」

ぼくは噴き出した。マナに睨まれた。

「別にって言うでしょ? 言わないの?」とマナ。

「ぼくは使わない。あまりいい日本語だと思わない」

ギャルソンが伝票を持ってやって来た。ぼくはユーロ紙幣で支払った。ギャルソンはぼくらの顔を交互に見て、ジャポネ? と訊いてきた。

「アメリカ人だよ」とぼくは英語で答えた。

ギャルソンは不思議な顔をしてみせ、ごめんね、君たち日本語喋ってたから、と言った。

「友達に日本人が数人いるから、日本語の発音、分かるんだ」

「へぇ、ぼくはハワイで生まれた第四世代の日系アメリカ人なんだよ」

「ハワイから? すごいね。観光で?」

「いや、観光じゃないけど。あ、そうだ。第二次世界大戦の時に、日系アメリカ人部隊がヴォージュ山脈周辺でドイツ軍と戦ってブリュイエールや周辺の村を解放したんだけど、普通のフランスの人たちって、このこと知ってる?」

ぼくが英語で質問すると、ギャルソンは顔を顰め、え?　なんだって?　と訊き返してきた。マナが同じ質問をフランス語で繰り返す。ギャルソンは目を見開き、それ、ほんとうなの?　と言った。

「数千人が死傷しているよ」とぼく。

ギャルソンは通りかかった同僚を呼び止め、同じ質問をしたようだ。もう一人のギャルソンも、首を左右に振った。

「知らなかった。調べてみるよ」とギャルソンは言い、おつりをテーブルの上に置くと、そそくさとそこを離れた。

「日系人が勇敢に戦い、大勢の若い兵士が命を落としたという史実をフランス人は知らないのだね」

ぼくが告げると、

「日本人だって知らないわよ?」

とマナが言った。

「ハワイの日系人だって、若い世代は知らない人もいるかもね」

とぼくは言った。

車のクラクションがぼくらを呼んだ。教会の前に停車したワゴン車の窓が開き、助手席のイリアナが手を振った。奥から痩せたフランス人男性が笑顔でこちらを覗き込んでいる。あれが、ジャン＝フィリップか、と思った。

ジャン＝フィリップが運転するルノーのワゴン車に乗って、ぼくらはブリュイエールを目指した。片道四百キロ超の旅である。助手席にイリアナ、後部座席にぼくとマナが並んだ。ジャン＝フィリップとイリアナはぼくらのことなど眼中にない様子で話に没頭している。彼らがどんなことを話し合っているのか分からなかったけれど、穏やかでぼそぼそと語るジャン＝フィリップのフランス語はシャンソンミュージックのように心地よく車内に響いている。ね、何を話し合ってるの？　とマナに日本語で訊いてみた。

「ママが次に翻訳する日本の作家のことを二人は話し合ってるみたい」

マナが作家の名前を告げたが、ぼくの知らない作家であった。

「いい感じの人じゃない？」

「誰？　あ、ジャン＝フィリップね」

「うん、落ち着いた人だね。若いんだろうけど、イリアナとの年齢差を感じさせない。それに英語とも日本語とも違う、彼の呟くようなフランス語の話し方、いいな。独特で」

「普通のフランス人の喋り方だよ」

「そうなんだ。普通のフランス人がやっぱりよく分からないけど、でも、彼の声で眠れるかも。子守歌みたいだ」

マナが笑った。

「寝といた方がいいわ。四百キロだから」

イリアナが振り返って、ぼくに日本語で告げた。

「サービスエリアでランチ休憩とるから、それまで寝ていてくださいな」

「はい。ありがとうございます」

その時、マナが突然ぼくの手を握ってきた。ぼくはびっくりして、彼女を振り返った。オリーブグレーの瞳がぼくを見つめている。彼女は悪戯っぽく微笑んでみせた。ドキドキした。この子が何を考えているのか、今一つ、よく分からない。本気とも思えない。冗談なのだろうか？　それとも、脈があるということか？

ジェットラグのせいもあるに違いない。ぼくはまもなく眠りに落ちた。二世部隊の一員としてヴォージュ山脈の森の中で戦っている夢を見た。ヘンリーが語ったブリュイエールでの戦闘場面であった。四四二部隊と一緒に移動していた。夢の中には若き日のヘンリーやニック、ロバートがいた。それにテッドやバーニーもいた。ぼくは小銃を握りしめ、重たい背嚢を背負い、霧深いヴォージュ山脈の斜面を彼らと一緒に移動していた。

「ケイン！」

声がかかったので、振り返ると、ニックが近づいてきて、肩を叩いた。

「やあ、ニック」とぼくは言った。

「怖いの？」

「はじめての戦闘だから。そりゃ、びびってるさ」

「大丈夫だよ、ちょろいもんだ。もし、やばそうな感じになったら、生き残るコツがある。生き返ると言った方がいいかな」

「どんな？　教えてくれよ」

「絶体絶命の大ピンチが押し寄せ、死にそうになったら、これは夢だ、目を覚ませ、ケイン、と叫ぶんだ。やってみて」

「はぁ？」

「するとグンと意識が天空に引っ張り上げられて、ほら、エレベーターで地上五百階までノンストップで上って行くような感じ。そして、覚醒する」

「ほんと？」

「ああ。そういう場面が訪れたら、やってみるといい。必ず生き返る」

その時、ドイツ軍の機関銃が火を噴いた。不意打ちであった。慌てて地面に伏せて、ヘルメットを押さえた。間もなく、ヒュウヒュルヒュル、と迫撃砲弾が飛んで来る不気味な音がしたかと思うと、針葉樹の中ほどで炸裂した。松の大樹が吹っ飛び、ツリーバーストとなって落下した。工事現場の杭《くい》ほどもある尖った木片がぼくの太ももに突き刺さった。引き抜こうとしたが抜けない。血が噴き出している。焦って、大声を張り上げた。機関銃の一斉掃射が始まり、目の前でニックが崩れ落ちた。気が付くとドイツ兵に囲まれていた。彼らが自動小銃をぼくに突き付けた。違う、そうじゃない、これは間違いなんだ、と訴えたが通じなかった。彼らの自動小銃が火を噴いた。目の芯が光りの爆発を起こした。銃弾が次々に身体を貫通していく。ぼくは、ニックに言われた通り、これは夢だ、と叫んだ。目覚めろ、この悪夢から、と叫んでいた。

「ケイン」

マナに揺さぶられ起こされた。半身を起こし、慌てて窓の外を見ると、車はサービスエリアに停車していた。

「どうした？　なんかうなされてたよ」

マナが笑いながらからかうように言った。夢であった。でも、ニックのおまじないが効いたのかもしれない。ぼくは助かった。

「ここでランチにするって」

とマナが言い残し、先に降りてしまった。

サービスエリアはフランスもアメリカもどこも造りはほとんど一緒であった。土産物《みやげもの》や食べ物の売り場とレジがあり、その横に自動販売機コーナー、そしてトイレがあった。ビュッフェスタイルのレストランであった。お盆を持って並び、順番が来たら、ほしいものを指差す。中の店員がそれを皿に盛ってお盆の上に置く。飲み物やケーキを選んでレジへと向かう。大学の学食みたいな感じ。

ぼくは夢に見た戦闘場面を反芻《はんすう》しながら、なんとなく無難にホワイトソースのかかったミートボールを選んだ。四人は窓際のテーブル席に陣取った。

「ブリュイエールまであと一時間というところかな」

ジャン＝フィリップは英語で言った。ぼくだけフランス語を理解出来ない。ジャン＝フィリップだけ日本語を理解することが出来なかった。だから、必然的にぼくらの会話は英語となった。

「少しスピード出し過ぎじゃない？」とイリアナ。

「いや、あんなものだよ」とジャン＝フィリップ。

フランスの制限速度は百三十キロ。追い越す時は百五十キロを超えていた。道路の状態がいいので、ハワイの高速とは若干違って、揺れはあまり感じない。

「着いたらどうするの？」とマナ。

「まずホテルにチェックインする。それから、ルイーズに電話して、いつ会えるか訊いてみる。一応、昨日も電話で話したから、会ってもらえると思う。もちろん、母親なんだから、娘と孫が来たんだし、会うとは思うけどね」とイリアナ。

「なんかドキドキする」とマナ。

「どうして？」とジャン＝フィリップ。

「ヘンリーから当時の話を随分と聞いてきたでしょ。だから、その、主戦場となったブリュイエールという町自体が怖いし、おじいちゃんの過去を知ることも、なんだか怖気《おじけ》づくの」

「分かる。ぼくもだ」

マナと目があった。

「でも、びっくりした。ヘンリー・サカモトといえば合衆国の大物上院議員だ。ニックのその後について、君たちからの報告を彼が待っているというのも驚き。それだけで一冊の本が出来る」

ジャン＝フィリップが編集者の発想で発言した。

「ジャン＝フィリップ。わたしはなんだか、この世界が全てある一日で繋がっているような気がしてならないの。おじいちゃんがママにではなくわたしにマナという名前を付けたことも、ケインとホノルルの街で出会ったことも、今わたしがみんなとここにいることも、もちろん、ヘンリーに会ったことも、彼に託されたことも、ともかく、あらゆることが偶然ではなく、必然の結果だと思えてならない。その謎がブリュイエールで解ける気がしてならないの」

マナが告げた。

「ああ、そうだろうね」

ジャン＝フィリップが頷いた。ぼくは黙っていた。イリアナは窓の外を、心ここにあらずという感じで見つめている。偶然という言葉で片付けるにはあまりに複雑な現実であった。イリアナの瞳が湿った。

ぼくらはその後、黙って食事をした。ジェットラグのせいで、ぼくはまだ眠かった。ミートボールの味さえ分からなかった。結局、半分ほどを残してしまう。

一時間後、ぼくらはブリュイエールの町に到着した。イメージしていた町よりもずっと小さい。車で二分も走ったら、町の端から端まで行き着いてしまうような狭さである。人口三千人とヘンリーに聞いていたが、実際にはもっと少ないのじゃないか。歩いている人もまばらであった。西部劇に出て来る宿場町のような閑散とした田舎町《いなかまち》。ホテル・ラ・ルネッサンスはその短い目抜き通りの端っこにある、ブリュイエール唯一のホテルだった。夏の晴れた日だったからか、ヘンリーに聞かされていた十月末の氷雨降る寂れた悲しい印象はなかった。白く淡い太陽の光りが穏やかに降り注いでおり、長閑で、心地よかった。

ここで約七十年前にアメリカ軍とドイツ軍との熾烈《しれつ》な戦いが繰り広げられたのだ。夏の風を頬に受けているかぎり、そのことを想像するのは難しかった。チェックインし、荷物を部屋に運び込む。イリアナとジャン＝フィリップは同じ部屋。ぼくとマナは壁を挟んでそれぞれシングルユースの部屋に泊まることになる。

　ジャン＝フィリップはマナの前ではイリアナとべたべたはしなかった。でも、ぼくは見た。階段を上がる時、彼が彼女の手を握りしめているのを。二人は自分たちの部屋へと消えた。ぼくはマナと目があった。マナは何も告げず、自分の部屋の鍵《かぎ》をあけ、中へと消えた。もしかすると、第二次世界大戦期にもこの建物は存在したのかもしれない。部屋に入った途端、酸っぱい歴史の匂《にお》いが鼻孔を刺激してきた。臭いというわけじゃないが、洗っても拭《ぬぐ》えない、古い建物特有の、時代によって育てられた匂いであった。それはホテル全体に染みついていた。

　夏休みの期間だというのに、たまたまなのか、利用者はぼくらだけのようであった。部屋もホテル同様、簡素で狭く、薄暗く、寝るだけのための部屋という印象。フランス風建物というより、どこかドイツの民家を想像させる。壁は白く、柱が黒い。天井に太い梁《はり》が数本通っていた。小さな窓を開けると眼下に目抜き通りが見えた。正面に駐車場があり、その周辺を古い建物が囲んでいる。ここも戦場になったのだろう。耳鳴りがした。迫撃砲弾の爆発音のような。もちろん幻聴であった。記憶にないはずなのに、頭の中に当時の絵がうっすらと浮かび上がる。炸裂する砲弾によって黒々とした煙が立ち上り、青空を隠していた。ここで多くの二世兵士が命を落とした。どんなに長閑で晴れ間が見える夏の日であっても、日系人のぼくにとっては歴史を背負う重たい町でもあった。

マナの祖母、ルイーズと連絡がとれ、明日の昼、ホテルに彼女がやって来ることとなった。とりあえず、今日は何も予定なし。夕食はホテルのレストランで摂ることにして、それまでは自由時間となった。イリアナとジャン＝フィリップの恋路を邪魔せぬよう、ぼくはマナを誘ってブリュイエールを探検することにした。

ヘンリーの話を思い出しながら、携帯のマップ機能を頼りに目抜き通りを散策した。最初の交差点で、見て、とマナが興奮気味に告げた。目を大きく見開き、角の建物に駆け寄ると、壁に掲げられたパネルが目に飛び込んで来た。パネルは建物の大きな側壁に端から端までずらりと並んでいる。モノクロの古い戦時中の写真が展示されていた。

「見て！　四四二部隊って書いてある」

マナが声を張り上げた。

「ほんとだ！　すごい。ヘンリーやロバートやニックがもしかすると写ってるかもしれない」

ぼくらは必死に目を凝らし写真を覗き込んだ。従軍カメラマンが撮影したものだろう。ブリュイエール解放後の写真がほとんどであった。雨に濡れガラス片が散乱する石敷きの目抜き通りを闊歩する二世兵たち。砲弾で破壊された建物の周囲に数台のジープや戦車が見える。中にはフランス人女性と並んで立ち、安堵《あんど》する顔でカメラを見つめる二世兵士の写真もある。兵士たちの顔や体型はまさに当時の日本人そのもの。何も分からずにこの写真を見た旅行者は日本人兵士の古い写真がどうしてここに展示されているのだろう、と思うかもしれない。だから、写真の上にはアメリカとフランスの国旗が並んで飾られ、写真の下には二世部隊の年譜があった。

一九四一年真珠湾攻撃

一九四二年六月十二日第一〇〇大隊結成

一九四三年九月二十二日第一〇〇大隊イタリア戦線

一九四四年モンテカッシーノの戦い

一九四四年十月十五日から十月十八日アメリカ軍第四四二部隊と第一〇〇大隊とがドイツ軍とこの地で戦闘を繰り広げブリュイエールを解放……、と。

「ここは市役所だわ。ね、覗いてみない？」

マナが言った。笑顔が弾ける。

ぼくたちは興奮を抑えることが出来ず市役所の建物に入り、受付で自分たちの素性を説明した。

マナが通訳する。

「ハワイから？　四世か、それはすごいね。君たちのおじいさんは二人ともここで戦ったの？」

と受付の男性が言った。

「ええ、そうです。四四二部隊の兵士でした」

「よく来たね。ありがとう。君たちに会えて光栄だよ」

「当時のことを詳しく知る人物をご紹介願えませんか？　祖父たちがどういう思いでここで戦ったか、もっといろいろと知りたいんです」

「この町のお年寄りなら全員記憶に焼き付いているよ」

受付の男性は柔らかい笑みを口元に浮かべてみせた。

「僕らは学校で二世兵部隊のことを習う。二世兵たちがどのような歴史を背負っていたのかもだいたいの者は知っている。少なくともブリュイエールの市民ならば。だから、君らの先祖には心から感謝している」

ぼくとマナは顔を見合わせ微笑みあった。

「町のはずれに四四二部隊通りというのがある」

「え？　本当に？」とマナ。

「ああ、そこから山に入り、車で五分、十分くらいのところに四四二部隊の記念碑もある」

「それはどこですか？」とぼく。

男はブリュイエールの観光マップを取り出し、ここだよ、と告げボールペンでマークした。

「スタニスラス広場はどこ？」とマナ。

「広場はここ。この町の中心だ」と男性職員。

　ぼくらはお辞儀をして市役所を後にした。降り注ぐ外光の下で地図を広げ、現在地を確認していると、先ほどの男性が飛び出して来て、思い出したことがある、と言った。

「もし、広場に行くなら、角にカフェがあって、テラス席の端っこに老人がいる。パルマンティエさんはこの町の生き字引のような人だから、彼を訪ねるともう少し詳しく当時のことが分かるかもしれないよ」

「パルマンティエさんですね？　分かりました。ありがとう」

　ぼくらは礼を述べ、とりあえずテッドが命を落としたという広場へと向かった。通りのあちこちにアメリカの国旗が掲げられていた。町中の人々が二世部隊のことを忘れず記憶してくれているのだと分かり嬉しくなった。少なくともここの人たちの記憶の中で彼らは生き続けている。

　まもなく行く手に広場が見えた。角地にカフェがあった。テラス席は広場に面しており、穏やかな日差しを求め、常連客たちらしき数組が和んで談笑している。その一番奥、少し離れた席にぽつんと恰幅《かっぷく》のよい老人が座している。きっとあの人だね、とマナが告げた。老人は足元の日溜まりをぼんやりと眺めていた。毎日この席にいて、流れる時を見つめているのであろう。飲み干された珈琲《コーヒー》カップだけがテーブルの上にぽつねんとあった。ずいぶんと時間が過ぎている様子だった。カップは乾ききっており、珈琲の染みがカップの縁に付着している。

「あの、すみません。パルマンティエさんでしょうか？」

マナが近づき訊ねた。老人はゆっくりと顔を持ち上げ、太陽を背に立つマナを見上げた。目を細め、眩しそうにする。

「わたしたちの祖父は四四二部隊の二世兵士でした。もしよろしければ当時のことを少し訊きたいのです。わたしはマナ。こっちはケイン。彼はハワイの出身です。フランス語は喋ることが出来ません」

老人はしばらくぽかんと口を開いてぼくらの顔を交互に見比べていた。それから、口を閉じ、一度唾液《だえき》を飲み込んでから、座りなさい、と英語で前の席を勧めた。ぼくらは勧められた椅子に腰を下ろした。パルマンティエさんは眉根を寄せて、

「わざわざハワイから来たのかね？」

と流暢な英語で訊いた。ぼくは頷いた。

「よく来たね。驚いた。いや、今日という日はいったいなんという日なんだ」

老人の動きや所作にどこか奇妙な時差のようなものが紛れ込んでいた。何か喋ろうとすると、目元にぎゅっと縦皺が集まった。もしかすると認知症の症状があるのかもしれない。何かを探すように、思い出すように、高齢な老人らしい動きをした。母が東京で

介護をする元日本兵の老人のことが頭を過った。

「お幾つですか？」

　マナが訊ねた。

「まもなく九十歳だよ」

と老人は言った。それから不意に思い出し笑いを浮かべてみせ、

「さて、なんの話だったかな？」

　と小さく付け足した。

「わたしたちの祖父は四四二部隊の兵士でした。このブリュイエールで戦いました」

「ほんとうかい？　ああ、二世か！　二世部隊。彼らは勇敢だったよ。ハートとガッツのある男たちだった。Go for Broke の精神だった」

「ええ、そうです。その時のことを訊きたいんです。教えてもらえませんか？」

「ああ、いいだろう。私はいつも彼らのことを考えている。そのことを誰かに話したくてうずうずしていた。でも、この町の連中はそういう話を聞きたがらない。辛い過去を掘り返されたくないからだ。アメリカ軍とドイツ軍がここで戦ったことで我々は自由を再び手に入れることになるが、同時に、市民にも多くの犠牲が出た。それが戦争というものだ。私たちも彼らと一緒に戦った。故郷の自由を取り戻すために」

　その直後、老人が不意に泣き出してしまう。目元が濡れて、涙が彼の頬を流れ落ちて

いった。老人は胸の辺りを押さえて、苦しそうにした。私の仲間も大勢死んだ、と告げた。

「無理しないでください。喋《しゃべ》りたくなければ喋る必要はありません」

ぼくが英語で告げると、彼は、すまない、心臓が悪いんだ、と英語で返してきた。老婦人がすっとパルマンティエさんの横に立った。そして、老人の肩に手を置き、ギヨーム、と彼の名を呼んだ。

「あなた、そろそろ病院へ行く時間ですよ」

「ああ、分かった」と老人が言った。

ぼくはマナに日本語で、もしかしたら、と素早く耳打ちをした。マナが英語で、

「もしかしたら、パルマンティエさんは戦争中、レジスタンス兵士でしたか？」

と訊ねた。老人は、ああ、と頷いた。ぼくらは思わず歓喜の叫び声を張り上げてしまった。老婦人が怪訝《けげん》な顔をして、ぼくらを睨んだ。

「四四二部隊G中隊のガイドをされてませんでしたか？」

老人の目の動きが止まった。眉間にぎゅっと深い縦皺が走った。

「ヘンリー・サカモトのことを覚えていらっしゃいますか？」

「右腕を失ったあのヘンリーのことかね？」

ああ、とマナがもう一度大きな声を上げた。ぼくらは思わず手を取り合ってしまった。

まるで道端で偶然にハリウッドスターと出会ってしまったような驚きに包み込まれてしまう。

「そうです！　そして、彼は今アメリカの上院議員です。ぼくの祖父はロバート・オザキ。ご存じですね？」

「わたしのおじいちゃんはニック・サトーです」

老人は記憶を手繰り寄せ始めた。口をもう一度だらしなく半分開いたまま、目を細め、考え込んでしまう。ギヨーム・パルマンティエの妻が心配そうな顔で夫の腕を摑んで支えた。

「ロバートとニックというのはル・トラパン・デ・ソールの森で行方不明になったあの二人のことかね？　少尉が二人を偵察に出した。でも、戻らなかった。ロバートを発見したのは私だ。翌日の朝のことで、外傷はなかったが、発見時、後頭部を強打しており、頭を押さえて岩陰に蹲っていた。確か、記憶を喪失し戦列を離れたのではなかったか。けれど、ニックという名の兵士は見つからなかった。死んだと後で報告を受けたが、分からない」

「ギヨーム、病院へ行く時間です。あまり興奮なさらないで！」

妻がフランス語でまくしたてた。マナがぼくに通訳した。

「すまないが、今日はここまで。明日、続きは明日だ。君たち、明日でいいかね？　明後日でもかまわない。いつでもいい。だいたい同じ時間に私はここにいる。それが日課だ。私はずっとここにいる。今日が好きなんだ。今日という日をここで満喫するのが私の幸福でもある」

老人は言い終わると立ち上がろうとした。でも、うまく立ち上がることが出来なかった。ギヨームの妻とぼくが手伝い、なんとか老人を立たせた。そして老人は足元を確かめながらゆっくりと歩き出した。ぼくらは呼び止めることも、また明日、という一言さえ言えずにただ見送った。

するとと老人が広場の入り口で不意に立ち止まり、こちらをゆっくりと振り返り、

「テッドはこの広場で死んだ。みんな死んだ。でも私は生き残った。それにしても、今日はいったいなんという日なんだ！」

と大きな声で告げた。

ぼくらは昔日を思い返す老人の顔を見つめた。彼は小さく何度か頷いてみせた後、そこを離れた。

45

2012年8月15日

マナ・サカウエ、27歳

ブリュイエールの二日目は雨だった。日本のネットニュースに終戦記念日に関する記事が出ていた。毎年やって来る終戦記念日。意味あるその日に、わたしたちは日系二世部隊が激戦を繰り広げたブリュイエールにいた。

早起きをしたので、窓を開け、ベッドに腰掛け、勢いよく降る夏の雨音に耳を傾けていた。机の上に置いてあった携帯が鳴った。立ち上がり、液晶画面を覗き込む。あ、と思った。アメリカからだ。前のと同じ番号……。わたしは急いで携帯を摑んで耳に押し当てた。雨音しか聞こえない。慌てて、窓を閉めた。

「もしもし？」

日本語で呼んでみる。返事はない。でも、すぐそこに誰かがいるのが分かる。わたしは振り返り、白壁を見つめる。じっと息を潜めて、耳に携帯を押し付けている人の姿がそこに映し出されるのを待った。呼吸音が微かに聞こえた。

「清春さん？　そうでしょ？　お願い、何か言ってください」

でも、返事は戻って来ない。わたしは部屋の中ほどに立って、じっと、耳を傾け続けた。一分、二分、三分が過ぎた。鼻をすする音がした。泣いているのだろうか？　わたしはいっそう耳を澄ました。するとその時、ドアをノックする音がした。続いて、ドアベルが鳴った。

「マナ！　朝ご飯食べに下りるけど、来ない？」

ママだった。わたしは窓辺へと逃げた。そして、清春さん、何か言って、と声を押し殺してお願いをした。でも、その次の瞬間、電話は切れてしまう。

「清春さん！」

わたしは大きな声で呼んだ。ノックの音が響き渡る。わたしは掛かって来た番号に掛け直した。すると、今掛かって来たばかりなのに、「この電話は電波の届かない場所におられるか、電源が入っていないために掛かりません」というアナウンスが流れた。午前中、時間をおいて、何度か掛け直したが、結果は一緒であった。わたしはその番号を登録し、kiyoharu と入力した。

昼少し前にルイーズがホテルにやって来た。祖母は、まず、わたしを抱きしめ、それから自分の娘にキスをした。ジャン＝フィリップとケインには奥ゆかしい微笑みを向けた。でも、今までになく、どこかよそよそしい雰囲気を纏《まと》ってもいる。娘と孫が会いに来たというのに、警戒している。わたしたちが大挙してブリュイエールまでやって来た理由をルイーズはよく知っていた。祖父母の間に何があったかわたしには想像も出来なかったが、ルイーズは祖父、シリル・ブリュナーのことをきっと快く思っていなかったし、出来ることなら掘り返されたくない様子だった。そのことをわたしもママも分かっていたので、強引に訊き出そうとはしない方針であった。

ホテルのレストランに場所を確保し、ランチを食べながら話を聞くことにした。久しぶりの再会だったから、まず家族の話となった。イリアナの兄、ロマンとその子供たちのことなどから会話が始まった。そして、不意にルイーズは、ストラスブールにはもう戻らないわ、と言った。

「私はブリュイエールが好き。ここで生まれ育ったからね」

八十四歳だった。祖父とは五歳年が離れている。祖母の新しい家族の話題にはならなかった。ママと祖母との間にも目に見えないライン、日付変更線がちゃんと存在していた。

「ママ、今日は電話で話をした通り、きっとママが話したくないことについても訊かないとならないのよ？　いい？」

イリアナが言葉を選びながら優しい声音で念を押すように訊ねた。

「でも、どうして？」

「パパの戦友がそのことを知りたがっているの。アメリカの四四二部隊で一緒だった人。アメリカの上院議員をしているヘンリー・サカモト。彼はつい最近、パパが戦後もフランス人として生き続けていたことを知った。そうよ、教えたのはマナ。ヘンリー・サカモト上院議員はどうしてもその理由を知りたがっている。パパに、あの日、何があったのか……」

「あの日、そうね……。なるほど」

「私も知りたいわ。もちろん、マナもよ。そして、ここにいるケインの祖父もパパの戦友でした。ロバート・オザキ。彼とパパは二人で偵察に出た後、消息を絶っています。ロバートは翌日保護されたのだけど、パパは行方不明のまま。戦後、アメリカでは死亡したことになっていた。なのに、パパがつい最近まで生存していたことを知らされたことで、元戦友の上院議員は戸惑っている。なぜ、パパは生きていたのか、なぜ、フランス人になり得たのか、なぜ、それを隠したのか？　その日、何が起こったのか？　あの日、何があったのか？　私も、マナも、ケインもみんな知りたい。その謎を解く鍵を持つのはママ、あなただけなんです」

ルイーズは責任を押し付けられ、頭を下げ、一度目を伏せた。小さくため息を漏らした後、やれやれ、と吐き出した。数分、小首を傾げたまま、動かなくなり、窓外の日溜まりを見つめた。雨が上がっていた。その日に涙が滲んだ直後、掠れた声が喉元から溢れ出た。

「シリルとの関係から話さないとならないわね。でも、あまり時間がないの。今日は前から決まっていたパーティに顔を出さないとならないので。手短になるけど、いい？」

わたしたちは顔を見合わせた。ルイーズは意味ありげな言い方をした。なに？　とケインが訊いてきたので、急いで通訳をした。

「いいわ。ママの時間が許す限りでいいから、話してください」

イリアナが告げた。ルイーズは頷いて話し始めるのだった。

「私たちは最初から最後までずっとその、普通の夫婦が持つような、という意味だけど、いわゆる男と女の愛というものの中に身を置いてはいなかった。お互い、きっと、戦争の犠牲者。だから、その点では、孤独を埋め合うような関係だったと言えるかもしれない。でも、最初の頃、言葉も通じなかったし、言葉が通じるようになってからも彼は心をなかなか開いてはくれなかった。その、なんていうのかしら、犠牲者同士の労《いたわ》り合う気持ちだけはあったと信じたい。少なくとも、私にはあったわ。いいえ、私は何度もシリルを愛そうと試みた。でも、彼は私を最終的に受け入れてはくれなかった。ベッドの中だけで愛されるのは嫌だった。そして、私はロマンとイリアナを産んだ。それがある意味、コンスタンスの条件でもあった」

ルイーズが黙ったので、イリアナが、どういうこと？　と問いかけた。

「私の両親はポーランドからの移民で、最初はストラスブールにいた。ものすごく貧しかったけど、戦争が始まる前にブリュイエールの材木工場の仕事が見つかり、父と母はこの町に移り住むことになる。ここで私も生まれた。ところが第二次世界大戦が勃発《ぼっぱつ》し、ドイツ軍が攻めて来て、父は仕事を失ってしまう。父は背に腹はかえられず、ドイツ軍側は逆に、生真面目な父のことを信頼し、仕事を与えた。ドイツ軍部隊の世話係のようなことをやり始めたのよ。戦争前、私たちはよそ者だったし、この町の一部の人たちによって、差別を受けていた。ああいう時代だったからしょうがない。でも、父にしてみれば、ドイツ軍の下で働く方がマシだった。ドイツ軍のために父は一生懸命働き、そこそこの小銭を手にした。スパイのようなこともしていたらしい。そのことで、父はドイツ軍の撤退後、暴漢に襲われ撲殺されてしまった。路頭に迷ったけれど、どこにも行くあてがなく、馬小屋で息を潜め、乞食同然の暮らしを母と送ることになったわ。でも、身分までは剝奪《はくだつ》されていなかったのでフランスから追い出されることはなかった。一部の親切な人たちの施しを受けて生き延びていたのだけど、ある日、コンスタンスが私たちの前に現れ、うちで働かないか、と持ちかけてきた。私の顔を見つめて……。私の目をじっと覗き込んで。母がすぐに同意をし、なんでもします、と言ったら、その人は誓約書を出して母にサインをさせた。コンスタンスの屋敷は山の中にあって、戦時中はドイツ軍の親衛隊の保養所になっていたりした。私たちはその人の屋敷の離れに住み込むようになった。屋敷にはコンスタンスとシリルだけが住んでいた。シリルは喋ることが出来なかった。コンスタンスは『この子が喋れなくなったのは戦争のせいだ。戦争がこの子の父親をも殺した』と言った。でも、そうじゃなかったの。ある日、私は二人が英語で喋っているのを聞いてしまう。それをコンスタンスに見つかり、『誰かに言ったら、お前らはここでは暮らせなくなるからね』と脅された。それが始まりだった。でも、暴力を受けたりしたわけじゃない。コンスタンスは私にとても優しくした。『いいかい、お前はいつかシリルと結婚するんだ。そして、ブリュナー家を継ぐことになる。豊かな暮らしが約束されるんだから、余計なことは考えないようにしなさい』と念を押されたの。母が急死したのはその後すぐのことだった。古い井戸に落ちたのだけど、殺されたのじゃないかと思う、コンスタンスに……。でも、その時は彼女も一緒に泣いてくれた。そして、行くあてのない私に『ここで生きなさい。シリルの妻となって』と言った。十七歳の冬に、私はシリルと結婚した。そして、その数年後ロマンを授かり、翌々年、イリアナ、お前を産んだ。その頃になるとシリルはフランス語をずいぶん上手に話せるようになっていた。英語訛《なま》りはとれなかったけれど、周囲の村の人たちには戦争で音声障害になったということになっていたから、彼は喋る必要もなかった。もっとも、山奥だったから、滅多に外部の人が訪ねて来ることもなかった。行商人が週に二度やって来て必要な食糧を置いて行った。戦争中は、屋敷の裏の畑で野菜を育て、鳥を飼育し、それを食べていた。戦後すぐの頃はとにかく、隔絶された世界のようだった。母が謎の死を遂げた直後、シリルとコンスタンスと私とで母を埋葬した。『この国で生きていたければ、黙っていた方がいいわよ』とコンスタンスは私に念を押した。私たちで穴を掘り、母の遺体を埋めた。何せああいう時代で、戦争で多くの人が死に、砲撃で市役所も倒壊し、戸籍とか書類が焼け、何もかもが曖昧《あいまい》となっていたから、母の死も当然うやむやになった。コンスタンスの夫の遠い親戚《しんせき》という人が予期せず遠方の町からふらっとやって来た時に、私はこの計画のからくりというものをやっと理解することになる。その紳士はシリルの顔を見るなり青ざめた。そして、『シリルじゃない。誰だね、君は』と言った。そうそう、興味深いことがある。この人、つまり、遠い親戚という人は旅立ちの朝、馬から落ちて死んでいる。落ちるところを見た者はいない。母の死も含め、とにかく何もかもが謎に包まれ、曖昧に処理された。それはさておき、コンスタンスの夫は戦争が始まった直後にドイツ軍の砲弾に当たり戦死している。そして本物のシリルは、ブリュイエールがアメリカ軍によって解放される僅か四か月前、屋敷に駐留していたナチス親衛隊の極秘書類を持ち出し、その逃走中、地雷を踏んで爆死していた。でも、コンスタンスは愛息の死を認めることが出来なかった。ドイツ軍が撤退し、アメリカ軍がこの辺り一帯を解放した後も、自分の息子は生きていると信じ込んだ。そこにニックがやって来た。ブリュイエールが解放された直後、彼はコンスタンスの屋敷に逃げ込んで来たのよ。納屋で蹲って震えているニックをコンスタンスが見つける。息子の死を認められなかったコンスタンスは錯乱状態にあったニックを匿《かくま》う。そして息子のように可愛がる。ニックは確かに病んでいたのでしょう。なぜ、彼が優勢だったアメリカ軍から逃げたのかは分からない。でも、やはり錯乱状態にあったニックは、シリルになることを受け入れた。一九四四年の暮れ、私と母はコンスタンスに拾われ屋敷に住み込みとして働くことになる。そこに彼はいた。ニックではなく、生まれ変わったシリル・ブリュナーが……」

ルイーズは鞄《かばん》の中から一冊の分厚いスケッチブックを取り出した。それをテーブルの上にそっと置いた。

「これはニックの日記です。正確には絵日記といった方がいいかもしれません。四四二部隊がナポリに上陸した頃から、このヴォージュ山脈で彼がシリル・ブリュナーとして生きるようになるまでのことが、時代順に事細かに書かれています。私は英語が苦手だから、細かいことまでは分からないけど、あなたたちならきっと読み解けるでしょう」

わたしたちはびっくりしてそのスケッチブックを見つめた。ヘンリーの話の中にたびたび登場してきた日記だった。

「どうしてこの日記を持っているのか、訊いて！」

ケインが英語で口早に言った。わたしはそのことを祖母にぶつけてみる。ルイーズは、それはね、その、盗んだのよ、と言葉を詰まらせながら答えた。

「盗んだ？」とイリアナ。

「いえ、奪ったという方が正しいかも。離婚を決意した日に。つまり、私はコンスタンスによって生い立ちや過去を全て消し去られた人間です。でも、その後、好きな人が出来て、シリルと離婚をしなければならなくなった。新しい人生をスタートさせる必要があった。今、一緒に暮らしている人です。かつての苦しいおぞましい過去を消し去る必要があった。それで、離婚裁判に備えるために彼の古い日記を盗んだの。訴えるための道具として……。でも、それがね、予想に反し、離婚は思ったよりスムーズだった。シリルは何も要求せず、離婚はあっさりと成立した。財産も分与された。お金なんか必要じゃない、と彼は言ったの。盗んだこの日記は特に役立たなかったということ。これはイリアナ、あなたが持っていてください。私には重過ぎる日記だからね」

ルイーズが立ち上がろうとしたので、わたしは思わず呼びとめてしまった。

「おばあちゃん、もうひとつ訊いていい？」

わたしは言った。

「ええ」

ルイーズは頷いた。

「コンスタンスの最期を教えてください」

「自死です」

ルイーズは立ち上がりながら、唾でも吐き捨てるような感じで躊躇《ためら》うことなく、言った。

「彼女は本物のシリルの幻影に悩まされるようになって、晩年、新しいシリルから遠ざかるようになる。シリルは、いいえ、ニック・サトーはある日、私に自分の生い立ちを語り始めました。この大役から解放される日が近づいていると気が付いたのです。その数日後、コンスタンスは拳銃《けんじゅう》で自分の頭を撃ち抜きました。ドイツ軍が残していったワルサーP38型拳銃によって」

「待って、もう一つ訊かせて」とわたしは食い下がった。

「なぜ、おじいちゃんはハワイに戻らなかったの？」

ルイーズが順繰りに、一同、ひとりひとりの顔をゆっくりと見回した。そして、それは、と小さく告げた。

「きっと日記に書かれていることから推察出来るのじゃないかしら。私にはなんとなく分かるけど、分からない部分も多々あります。みなさんで読み解いてみてください。ただ……」

ルイーズは言葉を選んで続けた。

「離婚する前のことだけど、シリルを、いいえ、ニックを訪ねて日系人らが度々やって来るようになりました」

　わたしは急いでそれを英語に訳した。

「どういうこと？　それは誰？　何しに？」

　ケインが口にした言葉をわたしは全てルイーズにぶつけた。

「詳しくは分かりませんが、でも、間違いなく、ニックの一族の誰かということでした。ニックの実の母親という老女も一度ですがやって来ています」

「本当に？」とケインが大きな声を張り上げた。

「ええ、でも、もう何という名前だったかは思い出せない……」

「ジュージエ・サトーという名前じゃなかったですか？」とケイン。

　ルイーズは目を見開き、何かを摑まえたような顔をした。そして、自分の記憶を辿りながら小さく頷くのだった。

「そういう名前だったかもしれません。ごめんなさい。自信はないわ。何せ、私は蚊帳《かや》の外に置かれていたから。お茶を出したり、ごはんを提供しただけで、彼らと話す機会さえ滅多になかった。シリルは彼らとずっと英語で会話をしていた。彼らの英語はとっても癖があり軽妙で早口で理解出来なかった」

「彼らは何しに来たの？　頻繁に来ていたの？」

「ええ、頻繁だったわね。一時期は年に数度、来てた。商談のような感じもあったから、ビジネスだったのかもしれないわね。シリルは彼らとの約束を果たすために、約一年の歳月を費やし、巨大な絵を完成させる。でも、その絵が、私は一番嫌いでした」

「どんな絵ですか？」とケインが訊くと、

「戦争の絵よ」

とルイーズははっきりと答えた。

「殺戮《さつりく》と破壊の限りを尽くしたそれは恐ろしい戦場の絵でした。ありとあらゆる兵器が描かれていたし、地面には数えきれない人間の屍が折り重なるようにして果てしなく描かれていた。はらわたを出して死にゆく少年兵、頭から血を流す女性なども描かれてた。残忍で、目を背けたくなるような作品だった。でも、不思議なことに、その絵だけ、その後、見なくなった。人目に触れることのないまま、忽然《こつぜん》と消えた。美術館にも、画廊にも出回ることはなかった。美術雑誌で話題になることさえも……。ええ、シリル・ブリュナーとしてもっとも持て囃《はや》されていた時代のことなのに、不思議だったわ。ある日、大型トラックがやって来て、その絵がストラスブールのアトリエから搬出された。フランスの画壇には上らず、私の知る限りそのまま姿を晦《くら》ますことになった。ま、どうでもいいことだけど……」

わたしたちはお互いの顔を覗きあった。ルイーズは、疲れたわ、と言い残し、わたしの首に手を回すと引き寄せ、頬にビズをした。

「とにかく、この日記の中に何か大事な答えが記されていると思いますよ。私には読み解くことの出来なかった何かが……」

ルイーズはイリアナにもビズをした。ケインとジャン＝フィリップには現れた時と同じように笑顔を振りまいた。何か、大役をやり終えた清々《すがすが》しい顔つきでもあった。じゃあ、私は私の世界へと戻りますね、と言い残し、ルイーズは食事にほとんど手を付けぬまま、そそくさとその場から離れていった。娘と孫よりも、今の生活の方がたいせつなのである。それはそれで素敵なことだ、と思った。今、ルイーズは幸せなのであろう。幸福な青春時代を持たなかった祖母を早く元の世界に帰してあげたかった。

日記の保存状態は思った以上によかった。表紙はボロボロだったが、中の状態は保たれている。日記は、四四二部隊がはじめてナポリに上陸した辺りから始まっていた。四四二部隊に志願した直後の、キャンプ・シェルビーでの訓練時期の日記も存在するのかもしれないが、現存するこの日記の書き出しは一九四四年の六月二十六日からである。日記といっても毎日ではなく、気が向いた時に書いていたようだ。一週間、二週間、日付がぽんと飛んでいる。ドイツ降伏から七か月後の、一九四五年の十二月二十日でこの日記は終わっている。日記部分は想像していた以上に小さな文字でびっしりと埋められている。絵のページはスケッチ画が中心で、ニックの性格が見事に反映された精緻《せいち》な筆致だった。日記自体がまさに完成された一つのアート作品のごときボリューム。わたしたちは今すぐに読みたい気持ちを必死で抑えながら、文房具屋へと走った。手分けして、四人が同時に読めるよう、各ページを三部ずつコピーする。

そして、興奮する気持ちに背中を押されるがまま、部屋に籠り、ページを捲り続けた。

46

1944年6月26日

ニック・サトー、20歳

ほんとうに、いったいぜんたい、どうなってるんだ。あいつら、いったいこの僕をどうしようって言うのだ？　忠誠心だって？　ちぇっ、馬鹿馬鹿しい。僕はごめんだね、そんなの気持ち悪くてしょうがない。そもそも、僕がここにいる理由は彼らの目的とは根本から異なる。一緒にされちゃいい迷惑だ。僕は、お前らとは違う。お前らは愚かでくだらない人間だ。人間？　いや、お前らは人間じゃない。人間というのは、誰にも支配されない者のこと。自分の命まで差し出して、白人どものために戦おうとする君たちは、愚かで哀れな奴隷に他ならない。僕は御免こうむるな。悪いけど、一緒にはしないでもらいたいものだ。僕は己の尊厳のために死ぬつもりでここに来た。言っとくが、忠誠心や愛国心のためなんかじゃない。偉大なる尊厳死のためにここにいる。でも、……その前に、落ち着け、ニック。そうだ、……落ち着くんだ。自分を保て。今は、それしかない。異常な世界では誰よりも冷静でいることが大事だ。ところがどうしたというのか、呼吸をしようと思うのだけど、息が出来ないじゃないか。肺が苦しい。頭で考えていることと、目の前で起こっていることとのギャップが大き過ぎるよ。なんで？　くそ、なんでだか分からない。どうしていいのかさっぱり見当もつきやしない。いや、落ち着こう。まさか！　落ち着いてるさ。でも、もう少し、冷静になる必要があるんじゃないのか？　冷静だと？　ちぇ、いい加減、うんざりだな。反吐《へど》が出る。なにもかも、うんざり。なにが、Go for Broke だ。みんな頭がどうかしちまったんじゃないのか。この標語はあいつら白人がお前たちを利用するために捏造《ねつぞう》したもの。それを自分たちに言い聞かせて死んでいく。これほど哀れなことはない。僕は結構だ。悪いがそこまでお人よしじゃないぞ。僕は僕の尊厳のために、ここで死ぬ。ただ犬死するだけの君たちとはわけが違う。言っとくが僕はわざわざ殺されるために戦場にやって来た。ハワイでは死ねなかった。死のうと考えたけど、出来なかった。弱虫なんかじゃない。自分で自分を殺すのは自然神を冒瀆する行為だから。だから僕は戦争という狂乱を、犯罪を、人類への冒瀆を利用することにした。間違えてるものか！　自分たちの利益のために殺しあう大国の指導者なんかよりはずっとましだ。蔑《さげす》まれて生きてる奴らより、よっぽど自由じゃないか？　違うか？　殺しあうのが大好きな人間ども、お前たちとは違う。カオルは僕を裏切った。いとも簡単に心変わりをした女。お前が口にした『愛』のなんとも薄っぺらく儚いことよ。ロバートの偽善の仮面も許されるものじゃない。何が運命だ、くそったれ。何もかも運命の仕業にして、自分たちを正当化する大馬鹿野郎たちだ。自己中心的な考え方を持った偽善者ばかり。こういう連中が笑いながら人を殺すんだ。涙を流しながら偽物の平和を訴える。でも、間違いだ。いや、それとも、こんなことを戦場で考えてる自分の方がもっと間違っているのかな？　そうかもしれない。じゃあ、みんな愚か者ということだ。みんな間違えているし、まともじゃない。正しい者なんかいないよ。子供の頃、僕は愚かなことに、大人は正しいと思っていた。ところがどっこい、大人になってみると、ほぼすべての人間が中途半端で、自分勝手で、幼稚で、差別主義者だということに気が付いた。この世界がその証拠だ。戦争に明け暮れて、人種差別が当たり前。あげく自然を壊しまくってる。え？　この森に何の罪がある？　蝶《ちょう》や鳥や花や魚に何の罪があるのか。仕舞いには人間同士殺しあって、愚かにもほどがある。Go for Broke という陳腐な言葉で忠誠心を煽《あお》られ、罪のない若者が戦場で藻屑と消えている。なんとも哀れな話じゃないか。だから、僕は罪を抱えた薄汚い僕という人間を処刑することに決めた。この戦場という醜い人間の業《ごう》の奈落《ならく》で、僕は敵兵の銃弾に当たって死んでみせる。これはある種のパロディだよ。戦場という常軌を逸した場所にやって来て、初めて理解することが出来た。異常になるということは人間のもっとも人間らしい行為だということだ。自分を脱ぎ捨て、気がおかしくならないと分からないことがある。偽りの自分を脱ぎ捨てるのに、この戦場という場所ほど適切なところはないだろう。おい！　まともなふりをするな！　まともなふりをした連中が、集団虐殺をやり、正義の名を翳して強制収容所を造り、大量破壊兵器を開発し、造り続け、人類を滅ぼそうとしてる。表向きまともな顔をした、冷静に話をする、一見偉そうな連中こそ、もっとも壊れた、病んだ、悪魔ということになる。人間の屑どもの命令に従い命を落としていく君らはあまりに哀れじゃないか。ならば、僕と一緒に、死のう。それがいい。この命の軽さと儚さを思い知るために、だ。

その時、僕は一人だった。ああ、分かってる。初めての戦場でのこと。みんな初めての戦争に興奮していた。命がけだった。僕のすぐ傍で誰かが撃たれた。蹲って、虫の息だった。目は閉じていたけど、呼吸はしていたよ。首筋からものすごい出血。霧深い森の中だから、モノトーンの色調なんだけど、でも彼の身体から溢れ出る血だけが驚くほどに鮮やかで見事に真っ赤だった。そこだけ、どんな画家にも描くことの出来ない鮮やかな赤を配色している。僕は彼の手を握ってやった。すると死にかけた兵士が僕の手を握りかえしてきた。もう、あっちの世界に渡りかけていたな。呼びかけても返事はないだろうから、そっとしておいた。僕の周囲で迫撃砲弾が炸裂した。でも、僕と彼だけがビクともしなかった。分かってしまっていた。すっかり、分かっちゃっていたのさ。この世界の欺瞞《ぎまん》というもの、嘘というものをね。何もかも分かってたから、別に、驚くことじゃなかった。銃弾の激しい音が豪雨のように僕らを包み込んでいたけど、僕は彼の手を握りしめて離さなかった。せめて、みんなが普通じゃない時に、僕だけでも本来の人間的姿でありたい。彼の手を握りしめてるということが大事じゃないか？　え？　違うだろうか？　衛生兵を呼んだって、もう助からない。衛生兵や従軍牧師に任せてお仕舞いってのはどうなんだ？　そのまま兵士は次の人殺しへと向かう。馬鹿げた話だ。人間の命と尊厳の尊さを、みんな忘れている。しかし、静寂というものは心の中に在る。僕と彼は間もなく訪れる死を待ちながら静寂の中にいた。そこは間違いなく、神の領域だった。五メートル離れた場所は地獄だったけど、僕は彼に神の世界があることを教えたかった。だから、小銃を置いて、僕は彼の手を握り続けた。死にたくない、と彼が言った。実際の言葉は違ったかもしれないけど、その声は実に人間らしいものだった。ふと思い出した。そして、僕はもう片方の手で自分の軍服のポケットを探した。それは右側の胸ポケットの中にあった。ジェローム戦時下日系人強制収容所で見ず知らずのお母さんがくれた日本の成田山《なりたさん》の御守《おまも》りであった。僕はそれを死にゆく兵士の手に握らせた。握りしめた瞬間、目をカッと見開き、兵士が、ママ、と声をあげた。しかし、次の瞬間、すっと雲が太陽を隠すような感じで、彼の手から、力が抜け落ちた。彼の魂が肉体から離れて去る瞬間でもあった。色とか形とか匂いではなく、命が肉体から抜け出し、離れていくのが僕にはちゃんと見えた。まだ、若い兵士の身体には温《ぬく》もりがあった。けれども、ゲームオーバー。彼はここから去った。噴き出していた血が止まり、彼は穏やかな顔をした。僕は彼を看取《みと》った。御守りを握りしめた彼の手を彼の胸の上に置いた。この若い兵士こそ、あの見ず知らずの日系人のお母さんの息子なのだ、と僕はその瞬間、悟った。これこそを僕は運命と呼びたい。あのお母さんは最初から分かっていて、僕にこの御守りを託したのに違いなかった。掌を合わせ、僕は祈りを捧げた。僕は二人を繋ぐことが出来た。僕の心は真空になった。けれども、その次の瞬間、再び自動小銃の炸裂する音が世界に響き渡った。不意に垂れ込めていた霧が割れ、目の前にドイツ兵が現れた。彼は自動小銃を構えていた。僕は立ち上がり、ついにその時が来たのか、と観念した。至近距離に名も分からぬドイツ兵である。この男が足元に転がる二世兵士を殺害したのであろう。彼は自分が殺したアメリカ兵を確認しにやって来た。ところがそこに僕がいた。ならば僕はこの人に殺されたいと思った。なんという最高のシチュエーションだろうと思った。ナポリに上陸した時から、僕はこの瞬間をずっと待ち続けていたんだから。くそ、神様に感謝する。この霧深い森の寂しい斜面で僕は名前も分からない兵士によって殺されるのだ。そしてこの呪《のろ》われた人生を断ち切ることになる。誰が用意したのか、最高の舞台じゃないか。最高の大団円だ。その時、きっとカオルのことも、ロバートのことも許すことが出来るはずだ。偉大なる死の前で憎しみや妬《ねた》みなどいったいどんな意味があるだろう。僕の口元が緩んだ。いや、笑っていたかもしれない。するとドイツ兵は自動小銃を構え直して、狙いを定めると、不意に引き金を引いてきた。火打ち石を打つような、カチ、カチッと乾いた音が響き渡った。しかし、弾が出なかった。五メートルと離れていない距離である。何をもたもたしているんだ、早く撃て、と僕は英語で叫んだ。おい、何をぐずぐずしているんだ、と今度は日本語でまくしたてた。ドイツ兵は焦り始めた。おい、何やってる？　早く殺してくれよ、と僕はもう一度叫ぶのだった。もしかすると彼は今日が初めての戦場なのではないか。青ざめ、震えている。彼は何度も何度も自動小銃を撃とうとした。でも、その鉄の塊りは火を噴かなかった。予期せぬことが彼に起きた。気持ちは理解出来る。だから僕は、立ち尽くす彼にゆっくりと近づき、自分の小銃を手渡そうとした。小銃を彼の方へ向けたんだ。ほら、これで撃て！　いいから、遠慮するな、この銃を使ってくれ！　すると何を勘違いしたのか、兵士は自動小銃を投げ捨て、ナイフを取り出し、僕に襲い掛かって来た。反射的に僕は小銃を構え直し、思わず、引き金を引いてしまったんだ。なんてこった。驚いた。本当だよ。僕は出来ればドイツ軍の自動小銃で全身を撃ち抜かれ、即死したかった。でもナイフなんかで切り裂かれて、原始的に殺されたくはなかった。だから、しょうがないから、威嚇して彼を逃がそうと思った。別のチャンスに委《ゆだ》ねるつもりで……。ところが威嚇した弾が彼の腹部に命中してしまう。二メートルほど手前で兵士が膝をついた。目を見開き、震えあがり、死の恐れを全身で表現している。予期せぬことだ。僕は驚き、自分が握りしめる小銃を見た。まさか、自分が誰かを殺すだなんて、想像さえしなかった出来事。僕は怯える兵士の顔が怖くなった。そいつを払いのけたかった。なかったことに出来ないか、と思った。この悪夢から目を覚ます必要があった。不意に、静寂が途切れ、ダムが決壊するような勢いで戦場の猛烈な騒音が鼓膜を引っ掻き始めた。迫撃砲弾の爆音が近くで炸裂した。次の瞬間、僕は握りしめていた小銃の引き金をもう一度引いてしまう。弾丸が飛び出し、目を見開いていたドイツ兵の肉体を粉砕した。兵士は彼の望まなかった死を受けいれることになり、泥濘《ぬかるみ》に崩れ落ちてしまう。おい、と僕は日本語で叫んだ。その直後、再び世界は静寂に包まれた。僕が、この僕が、人殺しをしてしまうとは……。慌てて彼の元へ走った。しゃがみ込み、倒れた兵士の顔を見た。びっくりして僕の顔は引き攣《つ》った。まだ若い青年兵であった。髭さえ生えていない。十五歳くらいの幼い顔をしてる。見開いた青年の青い目は閉じることがなかった。瞬くことをしなかった。永遠を見つめてしまった。僕は小銃をほっぽり出し、尻《しり》もちをついた。それから逃げ出すように彼から離れ後ずさりした。倒れた高木の根元で蹲り、大変なことをしてしまった、と自分に言い続けた。死ぬためにやって来たというのに、他人を殺してしまったじゃないか。虫さえ殺したことがなかったのに、人間を殺《や》ってしまったじゃないか。

呼吸が出来なくなり、口を開いて一生懸命空気を吸った。でも、取り返しがつかないことをした。まもなく、ヘンリーがやって来て、大丈夫か、と間抜けなことを訊いてきた。なんでこいつはいつもこういうタイミングで愚かなことしか言えないんだ？　この糞野郎。大丈夫なものか！　人が死んだんだよ。見ろ！　見てみろ！　僕が殺したのさ。大丈夫なわけがあるか！　相手はまだ子供だ。高校生か、もしかすると、中学生かもしれない。そんな子供を僕は殺してしまった。どこがいったい大丈夫なんだ！　勲章なんかいらない。神を冒瀆するな！

小銃で彼を撃った瞬間の何か得体の知れない衝撃が頭の中に残った。得体の知れない悪霊が僕をがんじがらめにする。なぁ、あれは何だろう。それはずっと僕の中に残ってしまった。居座るつもりか。弾が飛び出した瞬間の衝撃とそれが命中し人間が崩れ落ちる時の衝撃が、僕の魂を捉えて離さなくなる。僕はまともだ。誰よりもまともなんだ。ヘンリーが僕を必要以上に心配していたけど、それはまったくナンセンスというものだ。いい加減にしてくれよ、僕に構わないでほしい。僕は誰よりもまともなのだから。

47

1944年7月1日

ニック・サトー、20歳

僕の精神状態は目まぐるしく変化し続けている。自分でも分かるくらいに、自分の中がしょっちゅう入れ替わっていくような感じだ。穏やかになったり、気性が荒くなったり、激しくなったり、少女のようになったり、気弱になったり、不意に過去を遡《さかのぼ》ったり、暴れ出したくなったりと、ともかく、どれが本当の自分なのか分からないくらい、目まぐるしく性格までもが、気分で、或いは寝起きとともに、数時間置きに、変幻した。こういうのを、或いは精神病理学的には、精神の分裂、異常、人格の崩壊と呼ぶのかもしれない。だから、自分はまともだと自分に言い聞かせながら、次の瞬間には、待てよ、自分はおかしいのかもしれない、と思ったりもした。正常と異常との間を、ひっきりなしに行ったり来たりしているようなこの数日間であった。でも、今日は穏やかな方かもしれない。まだ、こうやって日記を認めることが出来ている。自分をまだ失ってはいないような、いや、狂人が自分のことをまともと言うだろうか。だとしたら、僕はもはや手が付けられない錯乱の中にいるのかもしれない。もはや、まったくなんにも、分からなくなっていた。真っ白になっている。

朝からずっと、カオルのことを考えていた。夢の中にまで出て来た。そのまま、彼女は居座った。そして、目覚めた後も、ずっと彼女は僕の頭の中にいた。あの日、僕らはホノルルの交差点で口論となった。今日まで、僕に何が起きたというのだろう。僕は自分を失い、人生を奪い去られてしまった。十分にカオルのことを愛していた。それは揺るぎないものだと思っていた。僕の中で彼女は一つの信仰のようなものじゃなかったか。彼女は女として完成した、心から信頼に値する、本当に唯一心を許した人間だった。何が彼女を変えてしまったというのだろう。ロバートの出現が原因だろうか。或いはこの僕に何か特別な原因があったのか。彼女が言ったように僕は気持ちを言葉にはしなかった。いいや、でも、していなかったわけじゃない。僕なりに気持ちは伝えていたつもりだ。でも、届いてなかった。ロバートが現れ、彼が彼女の心を奪ってしまう。どんなに考え直しても、納得することが出来ない。間違いなく、僕にとってカオルは初恋の相手であり、はじめての人だった。絶大だったのだ。でも、その終わりは驚くほどに呆気なかった。目を瞑ると今でもカオルの顔が心の中に現れる。光り輝く笑顔。そうだ、あの美しさを基に一枚の絵を描いた。あの時期の僕の絵は喜びに溢れていた。カオルと出会い、戦争が始まる前までに描いた絵は、カオルから受けた愛の粒子で彩られていた。僕はこれまでに三枚の大作を描いた。小さな油絵や、デッサン画は別として、作品と呼べるものはこの三つしか存在しない。もう一枚、頭の中には四枚目の着想がある。この四枚の絵が全体で『一年』というタイトルになる。組曲のような構想であった。ハワイの凜《りん》とした自然を描いた『春』という作品。キラウエア火山の溶岩流世界を描いた『夏』。そして、膨大な蝶を道具として使いながらも、カオルと出会った後、彼女から受けた愛のイメージで描きあげた『秋』という作品である。最後の『冬』のアイデアは今僕の頭の中にある。戦争がなければ二十歳になる前までに『冬』を描きあげるはずであった。そして、カオルが去ってしまった今、僕は人生の冬の中にいる。閉ざされた暗黒の季節によって、凍え、動けなくなり、まるで冬眠するように僕は描くことを断念してしまった。カオルが僕から離れてしまった今、僕にはもう春も夏も秋さえもない。希望がない。志願兵の募集があった時、僕は同世代の若者たちとは異なる理由で兵役に志願することになる。ハワイにいたくなかった。わけの分からない厭世観《えんせいかん》の中にいたからね。真に絶望というものの中に浸っていたからね。だから、自殺の出来ない、自殺を嫌う僕は、呼び寄せられるように、その巨大な負のエネルギーによって、戦地へと赴くことになる。

午後、見回りに来た軍医が「戦えるか」と訊いてきたので、当然です、と答えた。太ももに軽い傷を負っていたが、大した怪我ではなかった。医者はむしろ僕の精神状態の方を気にしていたので、心配していただくほどのことはありません、と出来る限り穏やかな口調で言ってやった。自分のことは自分が一番知っているんだよ。ヘンリーがまた軍医に僕の様子がおかしいと告げ口したものだから、頻繁にやって来て質問攻めにもあった。でも、様子がおかしいのは僕の方じゃなく、僕以外の人間たちの方だと言いたかった。それで軍医に僕は言ってやった。戦場で大丈夫かと訊かれて大丈夫ですと答える人間ほど大丈夫じゃない者はいません、と。すると軍医は納得し、明日にでも前線に戻るように、と告げた。壊れた教会の聖堂が臨時の野戦病院であった。仮設ベッドが並べられ、包帯を巻いた兵士たちは天井のフレスコ画を見上げていた。キリストと彼の使徒たちの絵だ。こういう絵をこういう場所で見ているのも普通とは言えない。クリスチャンであればよかったかもしれない。でも、二世兵の多くは本当の信仰がない。隣のベッドに横たわる兵士は全身を包帯で包《くる》まれており、どう見ても瀕死《ひんし》の状態にあった。彼は必死で祈っているだろうか。僕はあのドイツ兵のことが頭から離れなかった。この経験は予想していなかっただけに、多くの疑問を持ち込んだ。毎晩、死にゆく彼の顔を思い出してしまう。殺されたかった僕は死なず、生きたかった彼が死んでしまった。あべこべ。人間を殺すということは普通じゃない。容易だが、簡単じゃない。この戦場ではその理不尽が普通になってしまう。もしも、ホノルルの街角で、僕が十五歳の少年を殺せば、間違いなく牢屋《ろうや》に入れられる。死刑になってもおかしくはない。でも、ここでは勲章が授けられるという仕組みだ。殺せば殺すほど英雄扱い。生き残った兵士はみんな誰かを殺している。この行為が真実正しいことであるなら、その時、平和を説く神とは何か。ベッドに寝転がると、真上にキリストの姿があった。キリストは戦争のことをどう思っているのだろう、と考えた。神々しい西洋の神を苦々しく見上げながら、けれども同時に、僕はキリストが背負った受難について考えてもいた。この苦しみの中にこそ、キリストがいるような気がしてならなかった。そうだ、キリストは受け入れている。あらゆる苦難を。僕はハワイ諸島の自然の神々を信奉していた。その僕が近代世界の仕組みの中に放り込まれ、自然崇拝とは無縁な戦地に送り込まれ、兵士となった今、逆に僕にはキリストの存在理由が分かるような気がしてきた。この臨時の野戦病院の簡易ベッドに横たわるすべての兵士たちに、キリストの存在が不可欠となった。仏教徒も、信仰のない者もみんなキリストを見上げ、救いを求めた。そのキリストの尊い眼差しから、ひとり目を背けたのが僕であった。キリストの尊さを否定するような悪霊が僕に宿ったのだ。本来の僕ではない。その悪霊もまたキリストが存在するからこそ存在した。小銃が火を噴いた時、それまでの僕の価値観に恐ろしい亀裂《きれつ》が走った。その亀裂は僕がずっと隠し続けてきた暗黒世界の闇を連れてきた。美しいものだけを崇拝してきた僕。自然をこよなく愛し描写してきた僕。でも、結局、本質を誤魔化していた。美しい世界だけを肯定してきたに過ぎなかった。暗黒宇宙が存在するから地球は美しいのである。生まれて初めてキラウエア火山の溶岩台地を歩いた時に僕は同じようなことを感じた。火山の破壊力は圧倒的であった。この戦争による破壊力も圧倒的であった。太陽や月や植物や生き物の美しさと対極にあるものが人間には必要なのである。キリストと悪魔の関係だ。もう一度、小銃を握りしめたかった。そして、自分を試してみたかった。僕は戦場に戻りたいと思い始めていた。

48

1944年8月15日

ニック・サトー、20歳

まだ、生きてる。くたばってない。死ねずにいるのだ。だんだんと死にたいという気持ちも薄れ始めてる、そんな気がする。一昨日は五人も殺してしまった。いや、もっと殺ったかもしれない。視界が悪かったから、確認出来たのは五人。でも、あの場所にはもっと大勢のドイツ兵がいたのじゃないか。そこは奥まった塹壕で、逃げ場なんてなかった。僕は背後から近づき、思うさま小銃を乱射した。奇襲攻撃である。だから、奴らはほぼ丸腰に近い状態だった。自動小銃を足元に置いてタバコを吸ってる奴なんかがいた。まあ、そんなことはどうでもいい。人数ではなく、殺すということに、今までとは異なる感情を覚え始めていた。虫さえ殺せなかったニック。おい、お前はどこへ行っちまった？　殺すことに快感を覚え始めてないか？　昨日は二人、ドイツ兵を殺害した。次第に殺すことが普通になってきた。殺人に慣れてきたばかりか、その直後吹き荒れる暴威から逃げられなくなった。小銃をぶっぱなしたいから、自分からどんどん喜んで危険な場所へと飛び込んでいく。そりゃあ、そうだ。ここに死ににやって来たわけだからさ、他の兵隊たちよりはずっと恐怖というものがない。殺せと叫びながら、殺した日もあった。自分が自分じゃなくなっていく自覚もある。こうやって日記を書きながら、明らかに自分が変化していることを感じ取っている。悪霊に乗っ取られたな。間違いない。これは僕じゃない。戦地で小銃を構える時の、引き金を引く瞬間のあの興奮。そして、自分が殺害した兵士、地面に倒れ伏し、動かなくなった血まみれの兵士のことをスケッチするのが楽しかった。自分が血眼《ちまなこ》になって殺した兵士を直視し、スケッチすることとの異常さを何と表現すればいいんだ？　誰にもこのスケッチブックを見せることが出来ない。ここに全てが暴かれている。僕が悪魔であること。僕が殺人鬼であったことが……。でも、戦争のせいにはしない。戦争が悪いだなんてもう言わない。どうだっていいよ、そんなこと。僕は二十歳の悪魔の僕を発見したに過ぎない。人間の心の中には大勢の悪魔が潜んでいる。それが出て来ただけ。天使だけがこの世界を構成しているのじゃないということが分かった。神が戦争を許可するのは、むしろ、この世界を保つため……。

一人殺し一つの悲しみ、一人生まれ一つの喜び。

気が付くと、僕はG中隊からはぐれていた。僕のことを小うるさく心配するヘンリーから離れたかったから、ちょうどよかった。忠誠心のためならなんでもやるお人よし部隊にいるのも嫌だった。僕は小銃を担いで、森の中を彷徨った。遠くで砲撃の音がした。そっちに向かえば必ず戦闘場面にぶつかるという寸法だった。ところが砲撃音は渓谷で木霊し、どっちから聞こえているのか分からなくなった。そのうちに僕はますます迷ってしまう。目の前を蝶が過って行った。羽根が青い蝶、輝く蝶。コバルトブルーの青であった。僕の緊張は緩み、気が付けばその蝶を追いかけていた。ハワイ島で一度同じような蝶を見たことがある。現地の人たちは『幻の蝶』と呼んでいた。南国でも珍しいコバルトブルーの羽根を持つ蝶を、イタリア半島の山岳地帯で見つけるとは。神の使いのように、僕には見えた。楽しくてしょうがなかった。昔に戻ったようで、戦争のことなどすっかり忘れて追いかけた。原っぱのようなところに、その蝶は僕を連れて行った。針葉樹の森の中に、まるでアンデルセンのおとぎ話に出て来るような開けた原っぱが出現した。膝下くらいの背丈の草花が咲き誇る、まるで天国のような場所だった。コバルトブルーの蝶々にくっついてきたら、驚くような場所に出てしまった。原っぱの中央に大きな高木が一本聳えていた。松とか白樺とかではない。もっと幹の太い木である。青い蝶はその辺りで消えてしまう。僕は仕方がないので木の下にしゃがみ込んだ。なんとなく愉快だった。みんな死にもの狂いで戦争をやっているというのに、ここはまさに楽園。十分ほど、木に凭《もた》れかかって休んでいたら、森の入り口に煙が上った。誰か人間がいるようだった。森の精だろうか。そんな馬鹿な。僕は静かに目を凝らしてみる。驚くべきことに、そこは敵の堡塁であった。土嚢《どのう》が積み上げられ、一番上に機関銃が据え付けられている。なんでこんな場所に？　と疑いたくなるような目立つ場所であった。しかも、すでに目と鼻の先まで僕は迫っている。あいつら何やってるんだ？　なんで、僕に気が付かない？　僕は草の中に潜り込み、堡塁を目指すことにした。そこに敵がうじゃうじゃいるかもしれなかった。しかし、構うものか。匍匐前進《ほふくぜんしん》を続ける。息をひそめ、じりじり進んだ。僅か百メートルの距離を三十分ほど費やして僕は進んだ。次第に兵士らの話し声が聞こえてきた。数人の兵士がいる。堡塁は森へと登る傾斜地にあった。周囲を堆《うずたか》く積み上げられた土嚢で囲まれている。木の枝や草を土嚢に被《かぶ》せ、見事にカモフラージュしてあった。だから気が付かなかったのだ。見張りの兵士の頭が見えた。でも、彼の位置から僕は見えない。まさか、単独でここまでやって来る者がいるなどとは思いもよらないに違いない。完全に気を緩めている。笑い声も聞こえた。僕もおかしくなってきた。一緒になって笑いたかった。銃座に据え付けられた機関銃はドイツ軍最強の機関銃である。こいつにどれほど仲間が殺されたことか。その破壊力を僕は誰より知っている。何かに取り憑《つ》かれたような気分であった。恐ろしいものなどない。口元を歪めつつ、胃の底から湧き出てくる笑いを必死で堪えなければならなかった。ドイツ兵たちの楽しそうな会話に参加したかった。土嚢の上にいる見張りが双眼鏡を覗いた。おい、どこ見てる。僕はここ。お前の真下だよ。おい、ここだ！　思わず僕は声を出してしまった。するとさすがに見張りの兵士が気が付き、自分の足元へ視線を向けた。僕は手榴弾を摑み、ピンを外した。一、二、三、と数えてから立ち上がり、双眼鏡を覗いている兵士の方へと放り投げた。男が慌てて半身を起こした時には遅かった。放り投げた手榴弾は見事に放物線を描いて堡塁の中へと落下した。わあ、と叫ぶドイツ兵の声に続いて、地響きが起こった。土嚢の上にいた兵士は爆風で原っぱの方へと吹っ飛んだ。そして、僕は一気に土嚢を駆け上がると、堡塁の中でぐったりする兵士目がけて小銃を放った。狼煙《のろし》のような煙が上がった。音がしたので振り返ると離れた場所にいるドイツ兵らが逃げ出していた。僕は小銃をほっぽり出し、銃座に据え付けられた機関銃を握り、逃げ去るドイツ兵目がけて掃射した。使い方がよく分からず一瞬もたついたが、弄っているうちに、自分でもびっくりするような衝撃が僕の身体を揺さぶった。激しい振動であった。機関銃が火を噴き、逃げ去る兵士を次々に撃ち倒していった。それでも僕は掃射をやめなかった。原っぱに弾丸が吸い込まれていった。アメリカ軍の小銃など比較にならない、完璧《かんぺき》な性能、完全な暴威、目を見張る迫力である。機関銃を見下ろした。いったい誰がこんな恐ろしい兵器を発明したというのだろう。どういう心理でこの機関銃は発案されたんだ？　なぜ、こんなものを人間は造った？　笑いが止まらなかった。振り返ると、堡塁の中で折り重なるようにして倒れる兵士たちが見えた。さっきまで生きていた若者たち。口元が不意に硬直する。もう、罪を数えるのはやめよう。さすがに神は僕を許さないだろう。戦争のせいにするつもりもなかった。神のせいにもしない。悪魔のせいでもない。やったのはこの僕。殺せ、と僕は叫んだ。

「殺せ。殺せ！」

と僕は白い歯を光らせながら原っぱに向かって叫んでいた。

49

1944年10月8日

ニック・サトー、20歳

眠れない日々の中にいる。意識が冴《さ》え冴《ざ》えとして、自分の中心に鋼のような神経の塔がそそり立つ。もうずっと寝てない。とくにロバートがG中隊に合流したマルセイユ辺りからが酷い。奴を見掛けるたび、過去の嫌な記憶が蒸し返され、封印していたはずのカオルのことが脳裏に溢れ出し、怒りで心が掻き乱された。そのせいで、ますます眠れないという負のスパイラルの中に落下した。くそ、と不意に悪い言葉が飛び出す。今までの自分にはなかった悪意によって動かされている。分かってる。こんな普通じゃない場所にいるのだから、当然のことであった。頭の中がチカチカと明滅する。自分を脱ぎ捨てたいと思った。うとうとすると、ロバートとヘンリーに森の中で追いかけまわされる夢を見た。彼らは僕を殺そうとしていた。でも、それが夢であることは分かっていた。まだ、現実と夢の区別はついていた。僕は夢の終盤、彼らに追い詰められた。彼らの小銃が僕を狙っていた。その時、僕はとてつもない計画を思いついてしまうのだった。途端、僕の意識は硬直し、目覚めた。狭いテントの中にはヘンリーがいた。僕は目を閉じたまま、計画を練り続けた。ヘンリーもどうやら起きているようだ。ごそごそ動きまわっている。張りつめたものがテント内に充満していた。

「まだ眠れないのか？」

と僕は闇の中で吐き捨てた。

その時、カチャッという鉄の音がテント内に響いた。

「何、してる？」と問うた。

「いや、寝られないから、小銃の手入れをしてた」とヘンリー。

「こんな暗闇の中で？　小銃の手入れ？」

と僕は訊き返した。

「新しい小銃だから、慣れとかなきゃと思って……」

とヘンリーが言った。

僕は黙った。頭の中で次から次にイメージが湧き起こった。ロバートを殺すという計画だった。誰が誰を殺そうと、戦場の中でのこと、分かるはずもない。むしろ、公然とロバートを撃つことが出来る。殺すことが出来るのだ。そうか、何て素晴らしいタイミングなのだろう。カオルを奪われ、僕にはもう失うものは何もなかった。死ぬためにやって来た戦場で、僕は阿修羅《あしゅら》に生まれかわった。ロバートを殺害するという考えに僕は狂喜乱舞していた。そうだ、公然とここで復讐《ふくしゅう》をすることが出来る！

「ニック、君も眠れないのか？」

闇の奥からヘンリーの声がした。僕は数秒待ってから、

「いや、寝たけど、ちょっと変な夢を見た。君に戦地で撃ち殺される夢だった」

と言った。

その思い付きに興奮し、声を押し殺して思わず笑い出してしまうのだった。小一時間するとヘンリーの寝息が聞こえてきた。でも、僕は眠れなかった。もう寝る必要もなかった。このまま、起きていればいい。明日には計画を実行しよう。明日がダメでも、近々やろう。ロバートと二人きりになるチャンスを見つけ、あの生意気な男の息の根を止めてやるのだ。

この愉快な思い付きのせいで、僕はいっそう興奮し、ますます眠れなくなった。狭いテントの中で、僕は座禅を組んだ。そして、深呼吸を繰り返した。鬼になった気分である。この星の怒りを全て吸い上げ、僕は本物の鬼になろうと誓った。

西洋には悪魔がいる。東洋には鬼がいる。でも、それは結局、人間の心の中に棲《す》むもう一つの神なのだった。この世界は善と悪とで一つの世界を成していた。そんなことに今の今まで僕は気が付かずに生きてきた。善だけを見てこの世界を計っていた。けれど、そうじゃない。キリストやブッダが存在するのは、そこに悪魔や鬼がいるからだった。いや、キリストやブッダが悪魔や鬼を創造した。戦争があるから平和があるように、平和だけの楽園などどこにもない。両方が常にセットになっているのが、この宇宙の仕組みであった。いや、むしろ宇宙に出れば分かる。悪や闇や負の世界の方が圧倒的に多いのだった。

50

1944年10月27日

ニック・サトー、21歳

けれども、計画したものの、なかなか復讐のチャンスは巡ってこなかった。何度か、ロバートと二人きりになることはあったのだが、様々な理由で実行出来なかった。ロバートが僕に隙を与えなかった。彼は優秀な兵士だった。日々、軍人として訓練を重ねていた。僕なんかよりもずっと機敏であった。誰にも気を許していなかった。二人だけになった森の中で、僕が小銃を構えると、ロバートがすぐに気が付き、僕を振り返った。そして、驚くべきことを言い放った。

「ニック、もしかして、お前、一昨日誕生日じゃなかったか?」

僕は慌てて小銃を下ろすしかなかった。すっかり忘れていたが、ロバートの言う通り、僕は少し前に二十一歳になっていた。

「どうして、知ってるんだ?」

と訊き返すと、ロバートは笑いながら、だって友達だもの、と言ってのけた。僕は

狼狽《うろた》え、小銃を地面に落としてしまった。そんな僕に、

「誕生日おめでとう。こんな場所だから何もプレゼントはないけれど、次の休暇まで俺たちが生きていたら、ワインでも奢《おご》らせてくれよ」

と言った。

しかし、僕らに休みなどなかった。次から次に過酷な戦場へと送り込まれていく。そして、今日、僕らは身動きのとれなくなったテキサス大隊を救出するため、ヴォージュ山脈の奥深い森の中にいた。視界が一メートルもない。複雑な地形、足場の悪い渓谷である。真っ暗な森の中を、はぐれないために、僕らは手を繋いで一列になって、ゆっくりと前進しなければならなかった。

昼過ぎ、カニンガム少尉に、ロバートと二人で偵察に行くよう命じられた。僕は思わず、小躍りした。こんなチャンスは滅多にない。昼間なのに夜のように暗い。ガスが垂れ込め、何も見えない渓谷であった。

僕らは森の西側へと向かった。東側には四四二部隊の別の中隊が展開しているはずだったが、西側の情報が一切なかった。渓谷の斜面を僕らは用心しながら下った。僕の前にロバートがいた。足場を確かめながら僕らは進んだ。渓谷の底へ向かっているのだろうが、何も見えない。濃い煙幕のような霧の中だ。そのガスの中に時々、ロバートのヘルメットが見えた。

ここでならば、ロバートの頭を撃ち抜くことが可能であった。何が起こったか、誰にも分かるはずがない。まさか、味方が味方を殺すだなんて誰も思わない。ドイツ軍の流れ弾に当たった、と言えばみんな信じる。興奮した。小銃を握りしめる手が震えた。必ず仕留めることの出来る最高の場所だった。

偵察に出て小一時間が過ぎようとした時、不意に砲撃が始まった。敵軍の野戦砲なのか、味方の援護砲撃なのか分からなかったが、誰もいない場所への誤爆であった。何百発もの榴弾が降って来て、一瞬にして渓谷の底が火の海と化した。僕らは地面に這いつくばり、砲撃が止むのを待たなければならなくなった。

ところがその一つが僕らのすぐ近くに飛んできた。ヒューと空気を切り裂くような榴弾の落下音がしたかと思うと、逃げ出そうとしている脇で炸裂、ロバートが巻き込まれて吹き飛び、岩場に叩きつけられた。大きな岩で頭を打ったらしく、彼は岩場に崩れ落ちてしまった。

十五分ほどして、砲撃が止み、辺りに静寂が戻る。もちろん周囲に誰もいなかった。ロバートは意識を失っている。もしかすると死んだのかもしれなかった。駆け寄ったが助けるわけでもなく、僕はじっとロバートを見下ろした。

霧が少し晴れ、足元のロバートの状態がはっきりと見えた。僅かに頭が動いた。生きているようだ。周囲を振り返った。それから天を見上げた。何も見えない。深い霧が移動しているのが分かった。霧の合間に一瞬光るものが見えた。太陽かもしれない。でもすぐに掻き消され、ぐんと光量が落ちて再び闇に沈み込んでしまった。

僕は小銃を構えた。狙いを定め、一歩、彼に近づいた。頭の中にカオルの悲しむ顔が過った。これは間違いなく殺人になる。味方だ、しかも幼馴染み……。戦争という言い訳は通用しない。けれど、そこにいったい何の差があるのだ。僕には殺意しかなかった。もう一歩踏み込んだ。地面がぬかるんでいた。ロバートのブーツに足がぶつかる。ブーツを片方の足で蹴ってみた。ロバートの意識は戻らない。もう死んだのかもしれない。撃つ必要があるのか、と自問した。いいや、死んでいようが生きていようが止《とど》めを刺すことが大事であった。小銃を持ち上げ、狙いを定めた。霧が再び一帯に立ち込め始めた。急かされている気がした。今だ、殺せ、と僕は僕に命じた。ところが、引き金を引けなかった。驚き、手元を見ると、指先が震えている。自分の意志に反して手が震え出した。その震えは収まる気配がない。自分でもびっくりするほど、小銃の銃身が揺れている。くそ、と声を張り上げてみた。その時、

「カオル」

とロバートが呟いた。

聞き間違いかと耳を澄ました。カオル、ともう一度ロバートが言った。

僕は目をひん剝いた。怒りが鳩尾《みぞおち》の辺りから込み上げてくるのが分かった。くそ、と

叫び声を張り上げ、小銃を構えたまま、ロバートへとにじり寄った。そして、目を瞑り、引き金を引いてしまう。ドンと音が弾けた。しかし、手が震えて、僕が撃った弾は岩場に当たり弾け飛んでしまった。

銃声が谷間に木霊した。悪魔の叫び声が聞こえた気がした。慌てて周囲を振り返る。どこからともなく、笑い声が聞こえた。誰だ？　僕は天を見上げた。笑い声に包み込まれる。恐ろしい笑い声である。流れる霧の間にまたあの太陽が顔を出しかけた。神だ、と思った。狼狽え、後ずさりした。くそ、と叫んだ。そして、もう一度小銃を構え直した。その時、僕が構えた小銃の銃身の先端に蝶が止まった。あのコバルトブルーの羽根を持つ幻の蝶だ。驚き、僕は動けなくなった。

「カオル」

ロバートがうなされながら、もう一度、言った。

「あああああああああ！」

僕は腹の底から叫び声を上げた。蝶が僕の周りを舞い始める。その蝶を目がけて引き金を引いた。撃った。何度も引き金を引き続けた。ドン、ドン、ドン、と鈍い銃声が霧の中で響き渡った。そして、気が付くと僕は小銃をほっぽり出し、走り出していた。自分が壊れそうになった。幼馴染みを殺そうとした自分の殺意に耐えられなくなったのだ。ヘルメットさえも投げ捨てて、僕は全速力で森の奥へと走った。

51

1944年11月10日

ニック・サトー、21歳

ヴォージュ山脈の森の中をひたすら走って逃げた。

ドイツ軍ばかりか味方ももはや敵となった。神も何もかも全てが敵。まる二日間、僕は背嚢の中に残っていた食べ物、乾パンとトウモロコシの缶詰で飢えを凌《しの》いだ。小川を見つけては鹿《しか》のように頭を突き出し、水を飲み、大岩や大樹の根元で身体を丸め、寒さを凌ぎながら凍える夜をやり過ごした。

絶対に人と出会うことのない危険な場所だけを選んで移動した。野砲の音とは反対の方に向かった。夜も昼も走った。民家のある麓ではなく、天国に近い山の上へと逃げた。逃げ切れると思って走ったのではない。どこかここではない場所へ行きたかった。深く考えることなどはもう出来なかった。生きていることさえ、不思議な状態であった。

ずっと寝ていなかった。本当に一睡も出来ずにいた。そして、ロバートを殺し損ねてから三日後、僕は山奥の民家に辿りつく。森の中の一軒家であった。歩くのも限界で、ふらふらしながら、馬小屋のような場所へと潜り込んだ。目の前に干した藁《わら》が積み上げられてあった。馬はいなかった。そのまま、僕はその藁の中へと崩れ落ちた。そして、やっと眠ることが出来たのだ。

目を覚ますと婦人がいた。僕の顔を覗き込んでいる。その人がフランス語で何かを告げた。僕は、分からない、と英語で返した。中国軍の兵士か、と今度は片言の英語が戻って来た。黙っていることにした。するとその人は僕のために、まず水を持ってきた。通報されてしまう、と思った。この人を殺さなきゃならない、と思い、小銃を探したが見当たらない。

女は温かいじゃがいもを持ってきた。身体が求めた。気が付くと、皿の中に顔をうずめて貪《むさぼ》り食っていた。それから、女が差し出すワインを浴びるように呑んだ。やっと生き返ることが出来た。婦人の顔をちゃんと見ることが出来た。女は微笑んでいた。目元に涙が浮かんでいる。四十代半ばぐらいか、肉付きのいい婦人が不意に僕を抱きしめてきた。冷えた身体に彼女の温もりが優しかった。

女は泣いていた。彼女の涙が僕の顔にかかった。大丈夫なの？　元気だったの？　と婦人が英語で言った。大丈夫じゃない、と僕は返した。アメリカ軍なのか、と婦人が訊いた。連絡をとりましょう、と言った。僕は震えながらも慌ててかぶりを振った。自分で部隊に帰れる、と言った。少し休ませてほしい、と頼んだ。女は、ベッドがある、と母屋の方を指差した。歩けるか？　立ち上がろうとしたが、すぐに倒れてしまった。思った以上に身体が衰弱している。婦人に支えられ、やっと立ち上がることが出来た。

そして、その夜はベッドの中で死んだように眠った。翌日も僕は女の介抱を受けた。僕は数か月ぶりのベッドであった。女は温かい濡れタオルで僕の身体を丁寧に拭いた。僕は裸になり、彼女の手当てを受けた。そして、新しい服に袖《そで》を通した。まるで僕のために用意されていたような、柔らかいパジャマであった。

首筋や太ももの傷口を消毒してくれた。また、ワインを持ってきた。僕はそれを呑みほし、酔って寝た。それから数日、その繰り返しとなった。三日前、婦人が、

「もう戦場に戻るつもりはないんだね？」

と念を押した。

ない、と僕は答えた。女はコンスタンスと名乗った。コンスタンスは毎晩僕の部屋にやって来て、僕を裸にすると濡れタオルで戦争の灰汁《あく》を拭った。そして、僕の皮膚を摩《さす》りながら、

「戦争なんかくだらない。もう戻る必要はないんだよ」

と言った。だから、僕はまるで息子のように、

「戻るつもりなんかないよ」

と甘えた。

「アメリカにも？」

「ああ、アメリカにはもう何の期待もない」

僕は通報を覚悟で言った。コンスタンスは僕の目を見つめながら、小さく頷いてみせた。

「それでいい。気にする必要はない」

「気にしてない。僕は覚悟が出来ているよ」

「なんの？」

「脱走兵だから、軍法会議にかけられ、罰せられる」

「私が守ってやる」

そう告げるとコンスタンスは僕の頬に手を当てた。掌は温かかった。僕は怯えていたが、次第に彼女に心を許すようになっていく。アメリカ軍に捕まれば裏切り者。日系人の面汚しだ。ドイツ軍に見つかれば捕虜になる。どっちにしても逃げ場はなかった。この人に委ねるしかない。この人を信じるしかなかった。

けれど、コンスタンスは僕を軍につきだすことはなかった。そして、今日、彼女は僕にこう囁いたのだ。

「お前が嫌じゃないのなら、私の息子になりなさい」

僕は驚いた。

「アメリカに戻る気もない。戦争を続けるのは嫌だ。ならば私の息子になって、ここで暮らせばいいじゃないか。私は大歓迎だよ」

僕は女の目をじっと見つめた。女は僕の額にキスをした。

52

1944年12月24日

ニック・サトー、21歳

何が自分の身の上に起こったのか、ここ数週間考え続けてきた。これも運命なのだろうか？

馬鹿げてる、運命を毛嫌いしてきたくせに……。でも、じたばたしても仕方がなかった。フランスはほぼ解放された。ラジオの英語短波放送を聴きながら、戦争が収束へ向かっていることを僕は知った。

僕の心も同じように安定へと向かっていた。与えられた部屋は次第に僕の世界に染まりはじめている。コンスタンスに頼んで僕は自分の部屋で再び絵を描き始めた。カンバスは手に入らないので、白い紙に描いた。油絵の具があったので、白い壁にも描かせてもらった。絵を描いているうちに、僕の気持ちは次第に安定していった。僕は僕の精神を保つ必要があった。

コンスタンスの息子は戦争で死んだと聞かされた。僕より三歳年下だった。コンスタンスに写真を見せてもらったが、背恰好は似ていた。僕は彼の服を着て、今は亡き彼にすり替わることになった。戦時中ということもあったが、国は混乱していたので、コンスタンスは彼の戸籍をそのまま残していた。僕は文字通り彼女の息子として生きることになった。

周囲に民家はない。一番近いブリュイエールまで歩いて四、五時間かかる。コンスタンスの家系は代々この山の領主であった。ドイツ系の血が混ざっており、彼女もドイツ語を話すことが出来た。ナチスの親衛隊がここを将校のための保養所として使った時、彼女の若い息子、シリル・ブリュナーはその正義感からドイツ軍の情報を盗み出し、それをレジスタンスに渡そうとして麓を目指し、地雷を踏んだ。

コンスタンスは半狂乱になった。ドイツ軍将校たちが彼女の息子を裏庭に埋葬した。墓には白い十字架が立った。アメリカ軍がヴォージュ山脈へ進軍してくると、ナチス親衛隊はとるものもとりあえずストラスブールへと退却した。コンスタンスのみが屋敷に残った。息子の死は誰も知らない。そこに僕が舞い込んだ。

錯乱の中にあった孤独な領主コンスタンスは僕を匿った。そして、息子同然に可愛がってくれた。息子のように愛してくれた。僕は存在することそれ自体で彼女の孤独を癒した。シリル・ブリュナーとして生きるためには、僕も彼女を母親と思わなければならなかった。僕を見る彼女の目は正常と異常の間を行き来した。時に錯乱し、時に理性的に振る舞ったが、僕が息子じゃないと思い出す瞬間があるようで、不意に号泣することもあった。我に返るたび、涙を拭いながら、本当にごめんなさい、気にしないで、と言った。あまりに悲しく哀れな顔をしていて、僕も辛くなった。

でも、翌日になると、その目が再び過去を彷徨った。現実に戻ったり、過去を彷徨ったり、コンスタンスの精神は病んだり治ったりを止めどなく繰り返すのだった。僕は彼女の息子として出来る限り振る舞った。それが今この瞬間を誤魔化す最良の方法であった。

フランス語を学び始めた。コンスタンスの息子になり切るために、朝から晩までコンスタンス相手にフランス語を勉強した。外部の人間は滅多に来なかったが、僕は人目がない時も、シリル・ブリュナーとして振る舞った。

そして、今日、コンスタンスが若い少女とその母親を連れて帰ってきた。あの連中は今日から住み込みで働くことになった家政婦よ、とコンスタンスが言った。

「でも、お前の素性がバレるといけないから、私がいいと言うまで、口がきけないふりをしていなさい。いいかい、お前は戦争の恐ろしさに直面し、不意に言葉を喋ることが出来なくなった若者。彼女たちだけではなく、遠方の人間が訪ねて来ても、ずっと失声症のふりをするのよ」

「はい。お母様」

僕は従順に従うことになる。

53

1945年5月6日

ニック・サトー、21歳

すっかりシリル・ブリュナーとして生きるようになり、僕は生まれ変わった。思い出したくない過去を忘れ去るのに、シリル・ブリュナーで居続けることはある意味ちょうどよかった。時々、夢の中にカオルが立った。けれども従軍中のような苦痛は覚えなかった。遠い記憶のモノクロ写真のように、カオルは僕の記憶の中でぼんやり佇《たたず》んでいた。まるで亡霊のように。

心の痛みも薄らいでいた。もはやじたばたしてもどうしようもない存在となった。会おうと思ってももう会えない。会えないから、遠ざかったのだった。

フランスは解放され、つい一週間ほど前に、ヒトラーが自殺した。欧州の悪夢は終わろうとしていた。

僕は毎日、カンバスに向かい、絵を描いた。カオルからは遠のいたが、僕の筆先はハワイの自然を忘れることがなかった。望郷の念に支配されながら僕は日々カンバスに向かった。ヴォージュの山中には咲かない草花ばかりを描いた。だから、掃除にやって来たルイーズが面白がった。

「これは何という植物なんですか？　いったい、どこに咲いているんですか？　こんな滝があるんですか？　とっても綺麗な世界」

僕はずっと喋ることの出来ない青年を演じていた。喋ることが出来ないのは都合がよかった。

「ナウパカという植物だ」

僕は心の中で告げた。すると、ルイーズが声に出して、

「へんな花。花びらが半分しかないわ。花占いを途中でやめたみたい」

と告げた。

「半分しか花を咲かせないんだ。半分は忘れられない人への想いさ」

僕は心の中で彼女と会話をした。

「きっと、シリル様の心の中を表しているんですね。この絵は」

僕は絵を覗き込むルイーズを見上げた。ルイーズの視線とぶつかった。東欧の血が混ざった美しい青い瞳が目の前にあった。その瞳に、ふっと、吸い込まれてしまった。そこに誰かがいるような気がした。まるで呼吸をする一つの生き物のような瞳であった。

「どうかしました?」

ルイーズは言った。

「マナ?」

思わず、声が出てしまった。慌てて僕は口を噤《つぐ》んだ。ルイーズが驚いた顔をし、

「今、何かおっしゃいました?」

と訊いてきたので、僕は慌ててかぶりを振らなければならなかった。

ルイーズの瞳の中に僕はマナを見つけたのだった。僕は彼女の額に手を翳してみた。ルイーズは驚き、逃げ出そうとしたが、その腕を摑んで引き寄せた。僕は立ち上がり、もう一度ルイーズに手を翳した。ルイーズは動かなくなった。

僕の指先がルイーズの瞳の中へ引っ張られ、痺《しび》れ始める。目を閉じた。すると不思議なことに、そこに、瞼の裏側に、ルイーズと同じ青い目を持った少女が立っていた。少女は僕のことをじっと見つめている。意味ありげに微笑みながら。誰だ? 僕は問いかけてみた。するとその子が、

『マナ』

と答えた。

僕は目を開き、目の前のルイーズを見つめた。けれども声の主ではなかった。もう一度瞼を閉じた。

『あなたはペレによって特別な力を与えられている。でも、間違ったメッセージを伝えてはいけない。あなたが戦場でやったことは過ちです。人間が誤った方向へ向かわないようなメッセージを描かないとならない。そのためにわたしはあなたの傍に行きます。あなたの人生が間違った方向へと向かわないように、あなたを支えます。わたしはペレから使わされたメッセンジャーです。しかし、ペレもまた愛と暴力の両方を持ち合わせる神です。覚えておいて、そして、わたしにマナと名付けてください。あなたの能力を支え、この星のために生きます』

僕は驚き、再び目を開けると、目の前のルイーズも目を閉じていた。

いったいどういうことだろう。なんともいえない幸福な気持ちに包まれてしまう。長いこと失われていた感情であった。カオルと過ごした学生の頃にあった気持ちの再来のごときものであった。僕はわけも分からず、いやその幸福感から、目を閉じているルイーズの唇に自分の唇を押し当ててしまったのだった。驚き、ルイーズが目を開けた。青い目が僕を見た。僕らは数秒黙ったまま唇を重ね合った。

それから、ルイーズが僕から離れた。深く呼吸を繰り返し、目を大きく見開いたまま、彼女は部屋を飛び出していくのだった。僕はもう一度目を閉じた。けれども、少女はもういなかった。マナ、と僕は心の中で呟いた。神の力を持つメッセンジャーであった。

　翌日から、ルイーズの態度が変わった。僕を遠ざけるようになった。僕も彼女に近づけなくなってしまう。でも、その青い瞳は暗示的であった。けれども、ルイーズはマナではない。ルイーズからマナの力を感じることはなかった。ルイーズにはカオルが持っていたような神秘の力を感じなかった。でも、瞼の裏側に現れた少女はルイーズと同じ色の目を受け継いでいた。あの子にいつか会えるということだろうか？

　僕はこれまでずっと絵の中にマナを描いてきた。ハワイの島々に暮らす先住民たちが信じた民話の世界に登場するマナを……。超自然の存在を……。神の力を、カンバスに描いてきた。直接描かなくても、その作品の中にマナの力を封じ込めてきた。マナとは超自然の力である。神が与えた選ばれた力であった。僕はずっとその力を探して生きてきた。なのに戦争が僕を狂わせてしまう。僕はマナを失ったと思っていた。だからこそ、僕は驚いたのだ。瞼の裏側に現れたマナと名乗る少女のことが頭から離れなくなった。『覚えておいて、そして、わたしにマナと名付けてください。あなたの能力を支え、この星のために生きます』とその子は言った。それはいつのことだろう？　いつ、マナは僕の前に現れるというのであろう。僕はマナを待たなければならなかった。それは予言であった。

54

1945年7月16日

ニック・サトー、21歳

マナが現れてから、二か月ほどの時間が経っていた。不意に、僕の身に、恐ろしいことが起こり始めた。

コンスタンスの屋敷で匿われ、コンスタンスの寵愛《ちょうあい》を受けて、僕は人生をやり直すことに成功したかに思えていたが、一週間ほど前、その異変が起こった。

深夜、トイレに行こうと廊下に出たら、突き当たりに人が立っていた。コンスタンスやルイーズ、アナナイカではない。男性であった。誰だろうと思い、警戒しながら、目を凝らした。俯いていた男がゆっくり顔を上げた。その大きな目が僕を睨んだ。鉄兜と頭部の合間から赤い血が滴《したた》り落ちている。ああ、と思わず声を張り上げてしまった。

廊下の奥の暗闇から、軍靴の音が響いてきた。青年の幽霊の背後に僕が殺害したドイツ兵たちの小隊が並んだ。みんな俯き、恨めしそうに、僕を威嚇した。こんなに恐ろしい光景はかつて見たことがなかった。戦争中はどんな激戦地であろうと恐ろしいと思ったことがなかった。言わば捨て身だったからだ。でも、今はぬくぬくと何も不安のない安定の日々にいる。だから、不意に現れたドイツ兵の亡霊に僕は心底怯えたのかもしれない。ドイツ兵たちが僕目がけて突進してきた。僕は自分が発したとは思えないほどの大声を張り上げ、自分の部屋へと逃げ戻り、ドアを閉めて鍵を掛けてしまう。

軍靴の音が大きくなった。その震動で建物が揺れた。まるで爆撃のようだった。

ドン、ドン、ドン、

ドン、ドン、

と音が近づいてきた。少しすると、今度はドイツ兵たちがドアを叩き始めた。

ドン、ドン、ドン、ドン。

僕は窓辺に退避した。窓の外を見やると、薄暗い中庭にさらに大勢の兵士たちがいる。彼らは行き場を失い、中には立ち竦んでいる者もいる。何人かが行進しようとするけれど、前の兵士にぶつかってしまって進めない。まるでぜんまいで動くブリキの兵隊である。

「シリル！」

声が僕を呼んだ。僕は眉根に力を込めて、失いかけている自分の意識の先っぽを摑もうとした。

ドン、ドン、ドン、ドン……。

「シリル！　どうしたの？　何かあったの？」

コンスタンスの声であった。我に返った僕はドアに駆け寄ると声を潜め、

「そこに幽霊がいる。ドイツ兵の亡霊がいるでしょ？」

と英語で言った。

「いないわよ。馬鹿なこと言わないで！　大丈夫よ、開けなさい！」

鍵を外した。ドアが開かれ、コンスタンスが部屋に飛び込んできた。そして、震える僕を抱きしめた。廊下の先をもう一度確認してみた。ドイツ兵の幽霊はいなかった。代わりに廊下の奥の暗がりからルイーズとアナナイカがこちらを覗き込んでいた。ルイーズと目があった。あの青い瞳であった。それが不意に夜行性の吸血動物のような目へと変化した。

「奴らは僕を恨んでいるんだ。呪い殺しに来た！」

ルイーズとアナナイカは驚いた顔をした。僕が大きな声で英語を喋ったことに驚いているようであった。僕はルイーズを睨んだ。アナナイカがルイーズの肩を抱き寄せた。

コンスタンスが二人に気が付き、

「なんでもないのよ」

と告げ、彼女らを追い返し、ドアを力任せに閉めてしまう。

「シリル、大丈夫よ。私がいるわ」

僕は震えながらコンスタンスの胸に顔を押し付けた。あの若いドイツ兵の亡霊の恨めしそうな目が脳裏から離れなくなる。

大勢のドイツ兵を殺したことを不意に思い出した。どうして、今まで忘れていたのか。僕は戦場で大罪を犯した。何人殺害しただろう。亡霊はその罪を思い出させるためにやって来た。お前だけぬくぬくとベッドで寝やがって！　我々はまだ黄泉《よみ》の国に行けずにいる、あの悲しい冷たい森の泥沼の中にいる、と、彼らの恐ろしい声が聞こえた。

亡霊は次の日もやって来て、ドアを叩き続けた。毎晩のように出現し、僕を眠れなくした。その都度、大声を張り上げるので、三日前から、僕はコンスタンスの部屋で彼女と一緒に寝ることになる。

コンスタンスは喜んだ。彼女は僕を抱きしめた。彼女の手が僕のパジャマの中に忍び込み、背中や腹部に触れた。胸や尻を弄る時もあった。でも、僕は抵抗しなかった。恐ろしさから逃げ出すには彼女にくっつくしかない。トイレに行く時は彼女を起こし、一緒に行ってもらうことにした。ドアを開けたまま、僕は用を足した。その一部始終をコンスタンスが見た。放尿が描く放物線を楽しそうに眺めていることもあった。夜が明けるまで僕は決して一人になることが出来なかった。

「シリル、お前が怖がっているものは、この世界の不条理な一面に過ぎないわ」

そのようなことをコンスタンスが僕の耳元で囁いた。

「私も、本物のシリルの夢をよく見た。胸が張り裂けそうな毎日だった。でも、お前が私の息子になってくれた時から、私は再びよく眠れるようになった。お前を通して失われた我が子と繋がることが出来た。お前には申し訳ないけど、もう離さないよ。ずっと私の傍に置いておく。ここで結婚をし、ここで子供を育てなさい。私はお前が美しく老いていくのを眺めていくわ。それが私に残された幸福なのじゃないかしら？」

僕は黙っていた。コンスタンスの顔に頭をくっつけたまま動かなかった。

「ねぇ、ルイーズのことどう思う？　彼女、お嫁さんに迎えない？　私とお前とルイーズの三人で暮らしましょう。彼女はきっとたくさん元気な子供を産むでしょう。いい母親になると思います。あの子だったら、ＯＫよ。コントロールしやすいし、従順だから、お前にはぴったり。綺麗だし、大人しいし、申し分ないでしょ？　結婚に反対する者はいないし、いろいろなことをうやむやに出来るはず。でしょ？」

僕は逆らうことをしなかった。コンスタンスの言う通りだった。自分を維持するにはそれが一番都合がよい。

そんな僕をルイーズが奇妙な目で見始めた。コンスタンスに支えられながら歩く僕のことをルイーズが怪訝な顔で見送った。そして、今日、食事の後、食器を片づけていたルイーズが不意に僕を振り返り、笑顔で、

「シリル様、お話しになることが出来るんですね。声が戻って来たのですね？」

と言ったのだ。

僕は驚き逃げ出した。シリル様、とルイーズの声が僕を呼び止めた。夕方、中庭のベンチに腰掛け、項垂《うなだ》れていると、ルイーズがやって来て、ごめんなさい、と告げた。

「あなたを傷つけるつもりはありませんでした。余計なことを申し上げたのなら、どうかお許しください」

僕は力なくかぶりを振った。ルイーズと交わした口づけを思い出した。目の前にある彼女の唇を見つめていると、ルイーズが顔を赤らめ、シリル様、と告げた。僕は立ち上がり、ルイーズの目を覗き込んだ。吸い込まれていく。そこに、マナがいた。何本もの青い線が一点に向かって集まって美しい瞳を形成していた。太陽の光りがその湖の底を照らした。マナ……。

すると、コンスタンスがやって来て、ルイーズの背後に立ち、

「二人はお似合いね。恋人になればいいじゃない」

と言い放った。コンスタンスはルイーズの若い張りのある顎先を掴み、そのびくびくする顔を物色するような眼差しで、舐《な》めまわすように眺めた。ルイーズは目を大きく見開いたまま、動かなかった。動けなかった。

「ルイーズ。もしかしてお前はシリルのことが好きなの？」

「いいえ、コンスタンス様、私はただお仕えしている身ですから、そのような大それた

ことを考えたことはありません」

「でも、お前はいつもシリルを見ている。知ってるのよ、興味、あるんでしょ？　同世代だもの、意識し合うのは当然よ。二人はお似合いだわ、結婚すればいいじゃない。この子には妻が必要。そして、元気な跡取りが必要。私は孫の顔が見たいし、ちょうどいいわ。ルイーズ、私は最初からお前がいいと思っていたの。適任だと確信していた。そのつもりでお前たち親子にここに来てもらったのよ。ずっと、ここで暮らせばいいじゃない。この子の嫁として……。分かるかい？　昔のような貧しい生活を送る必要はもうないんだよ。シリルも一緒さ。私の庇護《ひご》の下、お前たちはここで幸せになればいい。だろ？」

　テラスにアナナイカが立っていた。僕らが気配に気が付き振り返ると、アナナイカが笑みを浮かべ、コンスタンスに一礼をした。

「なんともったいないお言葉です。でも、それはありがたいこと。ルイーズ、こんなに素晴らしいお話は今後二度とありませんよ。しっかり考えて、よい返事をしなさい」

　コンスタンスがふっと真顔に戻ると、ルイーズを押しやった。それから僕の手を摑み、行くわよ、と言って歩きはじめた。

55

1945年10月22日

ニック・サトー、21歳

アナナイカの姿が見えなくなって二日後、彼女の遺体が屋敷の裏の古井戸の中で見つかった。

発見したのはルイーズである。彼女の半狂乱の叫び声が森に響き渡った。僕は自分の身体にロープを結わえつけ、井戸の中へと下りた。そして、アナナイカの身体に別のロープを縛りつけた。身体はすっかり冷え切り、息はしていない。コンスタンスと三人でロープを引っ張り上げた。アナナイカは死んでいた。血の気の失せたその青い蠟人形《ろうにんぎょう》のような顔から、死んでいることは一目瞭然《いちもくりようぜん》であった。

ルイーズは彼女に抱きつき、錯乱した。コンスタンスが優しくルイーズを慰めた。運命だったのよ、悲しいことだけど、もう彼女は戻って来ない。祈るのよ、一緒に祈りましょう、と宥めた。

僕らは裏庭に深く穴を掘り、アナナイカを埋葬した。その数メートル隣に朽ちた十字架が立っていた。本物のシリルの墓であった。ドイツ軍将校たちが作った墓。僕は木を切り、白いペンキを塗り、アナナイカのために白い十字架を作った。本物のシリルのためにも真新しい同じ十字架をもう一本作った。ルイーズはふさぎ込み、部屋から出なくなった。今日、コンスタンスがドアを叩き、いつまでも泣いていると下の町に戻すわよ、と怒鳴った。

「泣かせてあげてください」

僕はコンスタンスに頼み込んだ。

「いいえ、こういうことは引きずっちゃ駄目なの。忙しくさせて忘れさせるのが一番よ。分かる？」

コンスタンスはドアを叩き続けた。数分後、ドアが内側から開き、青ざめた顔のルイーズが姿を現した。そして、涙を堪えながら、もくもくと働き始めたのである。僕は彼女のことが心配で様子を見ることになる。何かあれば助けなければと思った。愛情からだろうか？　いいや、そうじゃない。分からない。強いて言うならば、僕らは同じような境遇にあった。つまり二人ともこの戦争の犠牲者なのである。

彼女は床を磨き、洗濯をし、溜まった食器を洗った。髪の毛はぼさぼさで、唇は乾き切り、目の下の隈《くま》は黒々としていた。その瞳の青さが薄れないか心配であった。夕食の前、彼女が食堂で準備をしていたので、僕は近づき、

「大丈夫かい。無理をしないで」

とはじめてフランス語で告げた。すると、ルイーズは怖い目をして僕を振り返り、

「ママは殺されたのよ」

と吐き出すように言い返した。

誰に？　とは訊けなかった。分かっていることだったからだ。僕は他にどうしていいのか分からずルイーズを抱きしめた。彼女は僕の胸で泣き続けた。嗚咽《おえつ》のような悲鳴のような泣き声が僕の胸元を濡らし続けた。それは終わることのない悲しみであった。その泣き声が、数え切れない被害者、意味もなく死んでいったこの時代の尊い魂のことを思い出させるのだった。

「僕がいる」

と偽善者の僕はもう一度フランス語で言った。

「誰もいない。もうこれからは一人よ」

正直者のルイーズは言った。

56

1945年12月20日

ニック・サトー、22歳

ブリュイエールの教会で僕とルイーズは結婚をした。立ち会ったのは、コンスタンスがお金で雇った結婚請負人と神父とコンスタンスだけであった。ルイーズは痩せてがりがりになっていた。

アナナイカの死後、みるみる体重が落ち、骨と皮しかない状態であった。げっそりと窶れた顔はもはや人間のものではない。天涯孤独になったルイーズの心理状態を思い、僕は、ある意味仕方なく、しかし、一方で縁も感じて、出来るだけ彼女に寄り添うことにした。精神状態はずっと不安定で、視線は定まらず、どこともつかぬ場所をいつも彷徨っていた。泣いているのか、笑っているのか分からない不思議な表情をするようになった。仕事が終わると、ぼんやりとあらぬ方向を見つめていた。そして細い身体はいつも小刻みに震えていた。

結婚を承諾したのではなく、拒否しなかったので、コンスタンスの一存で僕らは夫婦となった。

　ルイーズが言った「ママは殺されたのよ」という言葉が耳から離れなかった。それは真実であろう、と僕も確信しはじめていた。アナナイカの死をもっとも喜んでいるのがコンスタンスであった。僕らの結婚を一番祝福しているのもコンスタンスだった。彼女だけが終始笑みを絶やさなかった。

「幸せになって、子供をたくさん産むのよ。あの家に再び笑い声を取り戻すのよ」

　式の後、コンスタンスが僕らに向かって宣告した。僕もルイーズも黙っていた。僕らの気持ちにお構いなしに、コンスタンスは晴れやかな顔をしていた。

　教会を出ると、かつての激戦の町、ブリュイエールがひっそりと待ち受けていた。相変わらず空はどんよりと曇っている。僕らは神父と結婚請負人に挨拶をし、そそくさと教会を後にした。

　車を待たせているスタニスラス広場まで三人で歩いた。脳裏にあの日が蘇る。あの日、僕らは死闘を繰り広げた。多くのドイツ兵、アメリカ兵が死んだ。この町に戻って来たのは実に一年二か月ぶりということになる。その間に戦争は終わり、欧州は長い悪夢から目覚めた。

　ブリュイエールの町の至る所に弾痕が残っていた。ドイツ兵、アメリカ兵双方が撃ちまくった弾痕である。その銃弾に倒れた多くの兵士たちは今どこで眠っているのであろう。とくにドイツ兵の死体の行き先が気になった。通りのそこかしこに転がっていた兵隊の屍が頭の中に蘇る。僕はこの交差点や路地を、小銃を握りしめ駆け抜けた。ドイツ軍の自動小銃の炸裂音が聞こえてきた。迫撃砲の爆発音が続いた。誰かの悲鳴、叫び声、カニンガム少尉の怒鳴り声が聞こえた、気がした。でも、全ては幻聴なのである。

ブリュイエールはクリスマスに向け、彩りを取り戻しつつあるようだ。小さな商店のウインドーの中にクリスマスツリーが飾られてあった。一本の美しく装飾されたモミの木に人々は大きな希望を込めていた。目抜き通りのそこかしこにクリスマスのささやかな飾り付けが施されていた。

僕らは一列になって、結婚をしたというのに喜びの言葉もなく、スタニスラス広場を目指し、歩いた。三人はそれぞれ別々の方向を見つめていた。僕は遠くハワイを見ていた。ルイーズはきっと親の故郷を見ている。コンスタンスだけが未来を見ていた。

戦後まもない町はいまだ荒廃の中にあった。その復興へと向かうどさくさの中、僕はフランス人、シリル・ブリュナーになった。フランス語は片言だった。僕の素性をルイーズは怪しんでいた。僕がフランス人でないことはバレている。でも、それを口にすることはなかった。彼女もまた移民の子。しかも、天涯孤独、身よりのない子だった。コンスタンスの屋敷を追い出されれば再びこのブリュイエールで乞食同然の生活を送らないとならない。あの貧しい日々へ戻ることは出来ないだろう。

ルイーズは周囲を見ることなく、俯くようにして歩いた。その路地で母と娘二人、物乞いをしていたのである。コンスタンスは僕とルイーズを結婚させ、自分の一族の後継者とした。コンスタンスはいまだ病んでいた。でも、病んでいることがこの世界では普通でもあった。ブリュイエールの人々の多くが戦争に巻き込まれ、多くの若者が戦争で死に、家族の大部分を失っている。病んでいない者などどこにもいなかった。病んでいたからこそ、僕らのような偽物の家族が存在出来たのである。

スタニスラス広場に差し掛かった時、僕は一人の男とすれ違った。その男はまるで亡霊でも見るような目で僕のことを見ていた。記憶が蘇る。それはG中隊のガイドを務めたレジスタンスのギヨームであった。一瞬のことだったが、僕が驚いた顔をしたのを彼は見逃さなかった。そして、広場の中ほどまで追いかけて来て、

「おい！」

と声を張り上げた。

僕は俯いたまま動かず、運転手が車のドアを開けるのを待った。

「おい、待って。ちょっと待ってくれ！」

ギヨームが叫んだ。コンスタンスがギヨームに気が付き振り返る。ルイーズが僕の顔を覗き込んできた。僕は息を殺し、自分の足元を見つめた。ギヨームが僕を覗き込もうとしたので、コンスタンスがそれを遮った。ルイーズも協力した。ギヨームの前に半身

を出し、視線を遮った。ギヨームがそのルイーズを押しのけ、強引に回り込もうとしたので、コンスタンスが大声で、

「失礼なことをしないように！」

と厳しい口調で告げた。運転手が走ってやって来て、古い型のシトロエンの後部ドアを開けた。ルイーズを先に乗せ、僕も続いた。おい、君、とギヨームがもう一度呼んだ。

「その男は、知り合いのアメリカ兵じゃないかと思う……」

ギヨームがコンスタンスに言った。

「失礼な。私の息子です。さ、車を出して！」

そう告げると、コンスタンスは僕の隣に乗り込むなり、ドアを叩きつけるようにして閉めてしまう。ギヨームが窓に顔を押し付け、僕を覗き込む。僕は視線を逸らし、反対側の窓の外を見た。ルイーズが黙って耳を澄ましている。

「ニック！　そうだ、ニックという名前だった！」

隣のルイーズと目があった。青い目が僕の瞳を覗き込む。僕らは見つめあった。その瞳の中にマナはいなかった。

「君は四四二部隊G中隊のニックだ。僕だよ、ギヨームだ。レジスタンスのギヨーム！分かるか？」

「何をしてるの？　早く出しなさい。みんな頭がおかしくなったのよ、この戦争で！」

とコンスタンスが叫んだ。運転手がハンドブレーキを外した。ニック！　男は走り出した車に向かって叫び続ける。追いかけて来て、窓をしつこく叩きながら、

「おい、僕だ。ギヨームだ」

と続けた。

「知らないわよ。あっちに行きなさい！」

コンスタンスが叫んだ。車はスタニスラス広場から目抜き通りへと入り速度を上げた。

「ニック！」

ギヨームの声が通りに響き渡った。僕は目を閉じた。頭が痛み出す。頭の奥がチクチクと痛み、光りが明滅を繰り返した。

57

2012年8月16日

マナ・サカウエ、27歳

朝が来るまでわたしは何度も祖父の日記を読み返した。

自分のよく知る祖父ではない。別のニック・サトーがそこにいた。人間が持つあらゆ

る悪意を抱える、あまりに不完全で壊れ切った人間であった。一通り読み終わったのが夜中で、それからもう一度頭から読み返した。明け方、睡魔に襲われ一度眠ったが、朝、ケインに電話で起こされた。

「まだ寝てる？　チェックアウトする前にみんなでギヨームに会いに行こうということになったけど、どうする？　来る？」

「え？　行くよ。今、何時？」

「九時半だ。ぼくらは朝食を食べ終わったところ。君が起きて来ないからさ、悪いとは思ったけど、電話した」

「日記を読んでいたの。そしたら、遅くなって。明け方、寝てしまったのよ」

「ああ、分かる。ぼくは一睡もしてない。何回か読んだ。驚くべき内容だった。でも、ギヨームの居場所は分かってる。パリに戻る前に彼に会っておく必要があるんじゃないか？」

「わたしもそう思ってた。待ってて、すぐに下りていく」

わたしたち四人はスタニスラス広場へと向かった。カフェのテラス席に何人か座り珈琲を飲んでいたが、ギヨームの姿は見えなかった。彼が来るのを待つことにした。ギヨームが座っていた奥のテーブル席に陣取った。

「もう、来ると思いますよ」

ギャルソンに訊ねるとそのような返事であった。

四人はテーブルを囲み、読んだ日記の内容について意見を交わした。アナナイカの死について、憶測が飛び交ったが、それ以上のことは分からない。ニックの精神不安定は文章から十分伝わってくる。ルイーズが強いられた孤独や精神的暴力を思うと胸が潰れそうになった。わたしたちは感想をそれぞれ口にしたが、そのやり取りは深い議論にまで発展することはなかった。どこまで語っていいものか分からず、四人とも言葉を選び過ぎて、結局黙ることになる。

十時過ぎ、ギヨームが現れた。わたしたちは一斉に立ち上がり、ギヨームに挨拶をした。

「ああ、君たちか、覚えてるよ。一昨日かな、ここで会った。ハワイから来た方々だ」

「ええ、ギヨーム。わたしたちは今日、パリに戻ります。でも、その前にあなたにもう少しお話を聞きたくてやって来ました。よろしいですか？」

ギヨームが頷いた。わたしたちはギヨームを囲んで座り直した。わたしたちの視線は暫《しばら》くの間、テーブルの上を彷徨った。そこは一九四四年のブリュイエールでもあった。

「唐突ですが、戦争が終わった後、ここでニックと会った時のことを覚えていますか？」

「ニック？」

「ええ、ニックです。ニック・サトー」

ギヨームは一同の顔を順繰りに見つめた後、かぶりを振った。

「会ってないね」

「いいえ、会ってるはずです。長い年月が経ってるので忘れているだけです」

わたしは前にヘンリーに見せた祖父の写真を取り出した。一番若い頃の写真は彼が二十代後半のものであった。

「少し時間が経っています。二世部隊にいた時は二十歳でした。この写真はニックが二十八歳くらいの時のもの。思い出せませんか？」

ギヨームは写真を受け取り、覗き込んだ。暫く見つめていたが、うーん、と唸《うな》って考え込んでしまった。

「記憶にないな……」

ギヨームが言った。

「そんなはずはないです。ブリュイエールが解放された翌年、一九四五年のことですが、このスタニスラス広場であなたはニックを目撃しています。年配の婦人と若い女性と彼は一緒でした。車に乗って、ここから去った。あなたは彼に気が付き、ニック、と叫んだはずです。そして、追いかけた。覚えていませんか？」

ギヨームの灰色の目が左右に細かく揺れた。時間を遡っていく。一九四五年のことか、と呟いた。それから、ちょっとして、パチパチと火花が散るように、何か記憶が繋がったようであった。ああ、と不意にうめき声を上げ、ニックのモノクロ写真を再び摑むと、覗き込んだ。

「思い出した。ああ、ここですれ違った。戦後すぐのことだ。私は彼の名前を呼んだが、反応がなかった。彼の横にいた女性が、人違いだ、と否定した。あの人は、ロレーヌの領主だった人の末裔《まつえい》で、時々、この町にやって来ていた。でも、なぜ、そんな昔のことを、誰も覚えていないようなことを、君らは知ってるんだね？」

わたしはイリアナの顔を見た。イリアナは黙ってじっとギヨームの顔を見ている。ジャン＝フィリップの手がイリアナの手を握りしめていた。ケインもイリアナを振り返った。イリアナは黙ったまま、瞬きも出来ない様子である。ジャン＝フィリップがイリアナのこめかみにキスをした。ママの目から涙が一粒溢れ出し頰を伝った。

「ニックは私の父です」

イリアナがフランス語で言った。

「父？　君はフランス語が上手だね」

「ええ。ニックはフランス人と結婚をしました」

「あれはやはりニックだったのか？　みんな、四四二部隊の連中はもちろん、私も、ニックは死んだと思ってた」

「生きていました。数奇な運命を背負って生き抜きました。でも、二年前に他界しています」

ギヨームは小さく頷いた。彼の目にも涙が滲み始める。

「そうか、なるほど。しかし、そういう運命を我々は背負った。誰一人、まともで幸福な人生を送った者などいない。戦争というものは残酷なものだ。私はたまたま生き残った。私の仲間たちもほとんどが戦時中に銃弾に倒れた。しかし、私は四四二部隊の勇気を忘れることはない。彼らじゃなければブリュイエールは解放出来なかったかもしれない。私は最初、敵国の血を受け継いだ日系人なんかに何が出来る、と思ってた。とんだ連中がやって来たものだ、アメリカ軍め、と怒りさえ感じていた。でも、二世兵士はまるで忍者のように八面六臂《はちめんろっぴ》飛び回り、ブリュイエールを囲む堅固なドイツ軍の堡塁を次々陥落させていく。私はびっくりした。彼らはいつも、Go for Broke と叫んでいた。向こう見ずなサムライたちだった。そして、彼らは勝利した。どんな苦しい場面でも彼らは弱音を吐かず、いつもガッツで戦い抜いた。素晴らしい兵隊たちだった」

わたしたちは黙った。これ以上の言葉は必要なかった。イリアナが大きなため息をつき、それから声を上げて泣き出してしまった。この涙の意味をギヨームは知らない。わたしはギヨームに背中を向けてしまう。

「君たちは四四二部隊の記念碑にはもう行ったのかね？」

ギヨーム・パルマンティエが言った。

「まだです。そこは遠いですか？」

ギヨームが遠方を指差し、

「車で、そうだな、十分もあれば着くところだよ。よければ案内しようか？」

とギヨームは言った。

「いいんですか？」とジャン＝フィリップ。

「もちろんだよ」

ギヨームは口元を緩めて告げた。

ヴォージュ山脈の麓へと向かう入り口に、百メートルほどの長さの四四二部隊通りと名付けられた路地があった。

そこから、山の中へ続く道へと入る。針葉樹が覆う薄暗い山道を車で登った。途中から砂利道となった。地元民でさえ滅多に訪れないという山奥に小さな記念碑があった。人里離れた場所にひっそりと佇む、あまりに小さな記念碑であった。その薄暗い場所のせいで、わたしたちは少し悲しい気持ちになった。ブリュイエールの人たちは四四二部隊に感謝しつつも、彼らのことをあまり思い出したくないのかもしれない、と想像した。供えられた花は造花であった。ギヨームが記念碑の前で頭を下げ、祈りを捧げた。わたしたちは彼の後ろに続き、手を合わせた。

「四四二部隊と最初に面会したのはちょうどこの辺だった」

　ギヨームが呟いた。

「ここら辺が、部隊の集結場所の一つだった。この山を越えて、斜面を下り、ブリュイエールへと進軍した。ここに記念碑が出来たのはそういう理由からだろう。我々は道なき道を歩み、この山の斜面を下り、先ほどの四四二部隊通りから市内へと入った。私はここでヘンリーに会った。ロバートや、テッドや、バーニーに。そして、ニックとも会った。次第に思い出して来たよ。ずっと自分の中に封印していた遠い記憶を掬《すく》い出すことが出来た。ありがとう。君たちに会えて失われていた記憶が蘇った。昨日を失《な》くさずに済んだ」

　ギヨームが振り返った。彼は大粒の涙を流していた。この人の心の中で四四二部隊は生きている、と思った。

　ギヨーム・パルマンティエをスタニスラス広場のカフェに送ってからホテルに戻ると、小さなフロントの前でルイーズが待っていた。彼女は背の高い少年と一緒だった。

「また暫く会えなくなるでしょ。最後にお別れに来たの。私ももう歳《とし》だから、次があるかどうか分からないし」

　ルイーズは隣に立つ少年の肩を抱き寄せて紹介した。

「孫のエドワルド＝エンゾーよ」

少年が、ボンジュール、とロレーヌ訛りのフランス語で言った。

「十二歳なの。私のことが心配だから、ついてきたの。優しい子でしょ?」

イリアナが少年に近づき、その仄かに赤く染まる頰にビズをした。

「これからパリに?」とルイーズ。

「ええ、チェックアウトしたら出発します」

とジャン゠フィリップが告げた。

「そうそう、思い出したことがあってね、伝えなくちゃと思って」

「何を?」とイリアナ。

「七〇年代、頻繁にシリルの元にやって来たのは、名前は思い出せないけど、シリルの実の弟でした」

「弟?」

「ええ。彼がシリルに絵を描かせた。ペレの民の後継者と名乗っていた」

なんで? とわたし。思わず声を張り上げてしまった。ケインが、わたしの服を引っ張った。

「ペレの民? どうして、なんで! え? そこに繫がるの?」

わたしが訳し終わる前にケインが大きな声を上げた。ペレの民とニック・サトーが繫がり、驚いてしまった。

「知ってるの？」とルイーズ。

「ええ。少しだけ……、驚いた」とわたし。

「特にシリルの弟はストラスブールに毎月のようにやって来た。彼らは、ハワイに農園を持っている、と言ってたわ。シリルの影響で、弟さんは農園で暮らす人々のことをペレの民と呼ぶようになった。シリルの考え方に弟さんは感化されていった。人間が堕落したからこんな世界になった、と低い声で告げたのが印象的だった。自分たちにはシリルが必要なんだって。シリルの絵は自分たちの守り神だと言っていたわ。だから、よく、一緒にハワイに来る気はないか、と問いかけられた。もちろん、私は断った。そう言えば、シリルもはっきりと断っていた」

「どうしておじいちゃんは断ったの？」とわたし。

ルイーズは肩を竦めてみせてから、

「自分はもうハワイの土は二度と踏めない、と……」

そう言うと、ルイーズは娘のイリアナにキスをした。それから孫のわたし、続いて、ケイン、ジャン＝フィリップの順でビズをした。それから、少年の手を握ると、

「エドワー、帰りましょう」

と言った。

「待って！」

呼び止めた。ルイーズがゆっくりと振り返る。

「おばあちゃん、一つ訊きたいことがある。どうして、おじいちゃんはわたしにマナという名前を付けたの？」

ルイーズの眉間にぎゅっと縦皺が集まった。それから、一度、イリアナの顔を振り返った。イリアナは自分の母親の顔を悲しい目で見つめていた。

「いつも、あの人はマナという名の予言者の出現を作品の中に描き続けていた。マナが現れ、自分の意志を継いでこの世界を変える、と信じ込んでいたのよ」

「自分の意志？　それはなに？」とわたしは食い下がった。

ルイーズがかぶりを振った。

「それは分からない。私には何も話してくれなかった。だから、夫婦とは名ばかり、会話もなかったし、結局、彼には私が見えていたのかしら。あの人は昔一度本気で好きになった人がいたんでしょ？　その人のこと、いつまでも、忘れられなかったみたい」

ルイーズは、私は何度か好きになろうと努力したのだけど、と呟き、悲しそうに微笑んでみせるのだった。

「この世界を救う小さな神が出現する、って、まるでうなされるように、毎日言ってた。私の耳にこびり付いて離れなくなるほどに。妄想の中で彼は生きていた。その思いによって描いたのがあの消えた巨大絵でした」

「その絵は、彼の弟が運んだんですよね？　違いますか？」

ジャン＝フィリップが口を挟んだ。ルイーズはジャン＝フィリップの目を覗き込み、

「ええ、そうよ。記憶が正しければ、ハワイの農園に運んだと思います」

と告げた。ルイーズが強張っているわたしの頬に優しく手を触れ、

「気にしないでね。いずれにしても、マナという名前は素敵な名前だわ。あなたはあなたらしく生きるのよ。マナ」

と言った。

「じゃあ、また会いましょう。私は行きます」

ルイーズはエドワルド＝エンゾーの手を引いて歩き出した。その後ろ姿を見送っていると、鞄の中で小さな振動が起きた。携帯の着信合図である。わたしはルイーズを見送りながら、鞄の中から急いで携帯を取り出した。ルイーズと少年が目抜き通りの光りの中へと消えた。液晶画面に、kiyoharu の文字が灯《とも》っている。急いでみんなから離れ、携帯を耳に押し付け、

「もしもし」

と声を潜めて言った。返事はなく、静寂が広がっていた。

「清春さん？　どこ？」

遠くにあの音、強い風が吹き荒れる、ゴーという低い音がした。まるで遠い星からの

電話のよう。清春さんに違いないと強く確信を持った。清春さん、とわたしはもう一度彼の名を呼ぶ。

「切らないで。もう責めないし、理解出来ると思う。清春さんの好きなようにしていい。でも、出来れば一度会いたい」

鼻をすする音が聞こえた。わたしは耳を澄まし、意識を集中させた。

「わたしは今、フランスにいるのよ。ブリュイエールという、パリから車で四時間以上もかかる田舎町。ニック・サトーというわたしの祖父の元妻だった人に会っていた。わたしのおばあちゃんよ。彼女からニックのことを聞いた。そして、ペレの民のことも少し……」

ため息が聞こえた。躊躇っているのが伝わってくる。もう一押しだと思った。

「ハワイ島の農園にいるの？　ペレの民の農園でしょ？　東京でミニーと会ったのよ。分かる？　ペレの民のミニー。彼女がハワイ島に来ないかとわたしを誘ってくれた。でも、彼女とは行きたくなかった。清春さんが迎えに行くことも出来るというようなことを彼女は言っていたわ。あなたが迎えに来てくれるなら、わたし、行きます。ハワイ島まで……」

「ああ……」

不意に清春さんの声がした。でも、聞き間違いかもしれない。話したいことがたくさんあります、と急いで告げた。

「……分かってる。すまない」

清春さんが言った。懐かしい声を確認した瞬間、一瞬、心臓が止まりそうになった。思わずわたしは取り乱した。抑えきれない感情が身体の中心から迫《せ》りあがってくる。じっとしていられず、思わず振り返ってしまった。すると、目の前にケインが立っていた。視線がぶつかる。わたしは目のやり場に困った。突き刺さるような強い視線。ケインが心配している。

「会いに行っていいですか？」

「わざわざここまで来てくれるの？」

「ええ。もちろん。すぐに行きます。元気なの？」

「……なんとか」

「明日パリを発つ予定だから、日本を経由してそこまで行きます。この番号に連絡すればいい？」

「便が決まったらＳＭＳで連絡して。空港のゲートを出たところで待ってるよ」

「ほんとうに？」

その時、わたしの腕をケインが摑んだ。痛いほどに。険しい目でケインがわたしのことを睨みつけていた。腕を摑む彼の手に力がいっそう籠る。ケインはわたしを自分の方へと引き寄せた。

「行きます！　すぐに」

わたしはケインに背中を向け、強く主張した。

「おいで」

清春さんが言った。

「駄目だ！」

力強いケインの声が割り込んできた。わたしは思わず振り返る。

「ん？　誰か傍にいるの？」と清春さん。

「なんでもないの。友達がいるだけ。ふざけてるのよ。気にしないで」

「駄目だ、マナ。行かせない」

わたしは思わず、携帯のマイクを手で塞いだ。

「ケイン、邪魔しないで。今、大事な話をしてる。君には関係ないでしょ？　……悪いけど、あっちに行って。お願いよ、お願い」

最後は力を弱め、優しく告げた。ケインは唇を噛みしめた後、踵を返して歩き出してしまった。

「もしもし！」

電話は切れていた。慌てて掛け直したが、清春さんは出なかった。すると次の瞬間、清春さんからのSMSが入った。
『ヒロ空港まで迎えに行くよ。飛行機の便名と到着時間をSMSで送ってください』
わたしは携帯を思わず抱きしめてしまった。

58

2012年8月16日

ケイン・オザキ、29歳

とにかく、マナを繋ぎとめたかった。元恋人の出現で、マナの態度が一変した。パリに戻る車の中でも突然よそよそしくなった。ロバートに口説かれ心移りしたカオルに、ニックは同じようにやきもきしたのであろう。後藤清春の出現によって、ぼくの未来は不意に暗澹《あんたん》たるものになった。まるで昨日の世界から亡霊がやって来たかのような……。

ジャン＝フィリップはぼくとマナをサン＝ジェルマン＝デ＝プレのホテルの前で降ろした。イリアナはもう一週間パリに残ることになっていた。ぼくらは明日、同じ便で戻る予定であった。マナは東京に、ぼくは乗り継いでホノルルに。マナは間違いなくハワイ島まで行くだろう。ホテルの部屋に戻り次第、旅行代理店に連絡を入れるに違いない。

どうしたらいいか分からず、ぼくは地団太を踏んだ。

「今夜、夕食どうする？」

ホテルのフロントで別れ際に訊ねた。

「なんでもいいよ。長旅で疲れたし、もう遅いし、適当にする？」

「適当？　いや、最後だから、一緒に食事をしたい。パリだし」

「パリに拘《こだわ》る必要ないでしょ？　別にバラバラでもいいと思うけど」

マナはくすっと微笑んでみせ、はぐらかした。

「なんだよ、水臭いな。夕食くらい一緒に食べたいよ。ここまで一緒に行動してきたのに、清春さんが現れたら、もうぼくは必要ないのか？」

「違う！」

「じゃあ、レストランを予約するから。二十時に下りてきて」

マナは嘆息を零した後、低い声で告げた。

「OK、いいわ。さくっと食べて休みましょうね」

マナの頭の中は不意に出現した後藤清春のことでいっぱいの様子であった。じゃあ、後で、と告げると階段を駆け上がって行った。フロントに残されたぼくは眩暈を覚えた。コンシェルジュにレストランの予約をお願いし、一度部屋に戻った。隣がマナの部屋であった。壁に耳を押し付けてみる。話し声が聞こえた。さっそく飛行機の手配をしているのに違いなかった。心ここに在らず、という感じ。ぼくはベッドに寝転がり、大の字になると、どうやったら彼女の心を繋ぎとめることが出来るであろう、と必死で思案した。

ニックはカオルを追いかけ回し、食い下がった。でも、カオルの気持ちは変わらなかった。マナの性格をぼくは知り尽くしている。追いかけ回したら逆効果なのも分かっていた。ニックのような直截な行動は出来ない。待つしかないのかもしれない。

「そんなの嫌だよ」

思わず言葉がぼくの喉元から勝手に飛び出してしまった。上体を起こした。待つことなんか出来るわけがない。Go for Broke! すると、思わず口元が緩んだ。

「そうだ！ Go for Broke!」

二世兵士の心意気がぼくの背中を静かに力強く押す。どんな時にも撤退はありえない。

夜。サン＝ジェルマン＝デ＝プレ駅からほど近い、ジャズの流れる歴史あるレストランの一番奥のテーブル席にぼくらは陣取った。ぼくは何から、どのように切り出せばいいのか分からなかった。でも、当たって砕けるしかない。

「航空券の手配は？」

「完了した」

「一人で行くの？」

「当然」

給仕がやって来たので、スパークリングワインを注文した。

「いつ?」

「東京でトランジットしてそのままホノルルに入り、諸島間便に乗り換える」

「そのまま行くの?」

「東京までは君と一緒の便、パリを明日の二十一時五十五分に出て、成田に明後日の十六時三十分に着くでしょ。その日の十八時五十五分発のホノルル行きに乗り継いで、日付変更線を越えるから、同じ日の朝、七時二十分に到着する」

「時間得した気分だね」

「ええ、明日の夜にパリを出るのに明後日の朝七時半ごろにはホノルル。奇妙よね」

マナが笑った。ぼくも一緒に微笑んだ。

「パリと東京の飛行時間は十一時間三十五分、今のフランスと日本の時差は七時間。東京からホノルルへの飛行時間は七時間二十五分、日本とハワイの時差は十九時間。成田出発時間の十八時五十五分は十九時間の時差だからホノルル時間の前日二十三時五十五分。そこに七時間二十五分を足すと翌日の午前七時二十分ということになる。分かった?」

ぼくは頭を抱えた。

「分からない。君、そんなこと考えて飛行機に乗るわけ？」

「理解したいじゃない。地球が抱える時差のこと、地球の大きさのこと。それが清春さんと繋がるため、理解するために必要だと思った」

ぼくは顔が引き攣った。緩んでいた口元が引き締まる。

「じゃあ、ぼくも付き合う」

ぼくは力強く提案した。

「絶対に駄目だからね、ケイン」

マナはぼくを指差し、拒絶した。給仕がスパークリングワインを持ってきて、グラスに注いだ。ぼくらはグラスを掲げ、軽く乾杯をした。グラスを重ね合わせた後、何に乾杯なの、とぼくは訊いた。するとマナが口元を緩め、この不安が解消されるように、と言った。

「不安なの？」

「もちろん。清春さんと会って、何もかもが解決するとは思えないから。彼が生きていたのが分かって安心はした。でも、今、清春さんがどのような精神状態にあるのか、あの電話からでは分からない。わたしたちの間には、想像以上の時差が出来ている。そこを縮めたいの。彼を理解するために、わたしたちの間の日付変更線を越えて」

マナが一呼吸置き、唇を噛みしめた。

「分かるでしょ？　わたしは彼と会って、もっといろいろなことをはっきりさせたいのよ。たとえば、わたしと彼の失われた未来のことなんかを」

「君は、どうしたいの？」

給仕がやって来て、注文を訊いた。ぼくらは一番手軽なコース料理を注文した。

「まず、彼がどこで何をしているのか知りたい。すべてはそこからじゃない？　もう大学の教授じゃないし、警察にも報告しないとならない。でも、その前に彼がペレの民の集落で何をしているのか知りたい。奇《く》しくもペレの民は祖父、ニック・サトーとも関係があることが分かった。これは偶然なの？　あれからよく考えたのだけど、偶然じゃない気がするの。こんなに点と点が繋がるなんてことある？　細かいところは分からないけど、何か大きな運命による策略を感じる。わたしと君がホノルルで出会った日のこと、覚えてる？」

真剣な目でマナが言った。

「ああ、覚えてるよ」

「あれは偶然だった。そうでしょ？」

「もちろん。君が計画したのでなければ」

マナが笑った。

「じゃあ、偶然よ。そして、わたしが会いたいと願ったヘンリー・サカモト上院議員と君は、まるで血が繋がっているほどに親しかった。これも偶然よね？」

「ああ、それは偶然だよ」

「わたしは祖父の遺言に従ってホノルルに散骨に行った。君は祖父が最期の最期まで忘れられなかった初恋の相手の孫だった。これも偶然」

「ああ」

ぼくはまっすぐにマナの目を見つめた。この偶然の先にあるものは幸福なのか、それとも……。

「清春さんは失踪した。彼が影響を受けたペレの民という自給自足して生きる人々にニックの思想が強い影響を及ぼしている。後継者であったニックの弟は、農場で生活する人々のことを、ペレの民、と呼んだ。これも偶然？」

ぼくはため息を漏らした。分からない……。

「マナ、いいかい？　こんなに偶然が続くわけがない。きっとこれらは仕組まれているよ」

「でしょ？　誰かが仕組んでる。もちろん、偶然も重なってる。わたしと君の出会いは偶然だった。でも、清春さんと祖父へと繋がるこの怪しい流れには人の意志、計画性を感じるわ」

「どういうこと？」

「うまく説明できないけど、そのことを知ってるのは誰？　清春さんじゃない？」

「ああ、確かに」

「だから、わたしは彼と向き合わなきゃ。そして、この偶然を装った運命の嘘を見破ってみせる」

「じゃあ、ぼくも一緒に行く」

　マナが笑った。

「悪いけど、それは駄目。やっと心を開いた貝が再び閉じてしまうわ」

「しかし」

「あくまでも、清春さんとの関係はわたしの個人的な問題だから、ついてきてほしくないの」

「マナ、ぼくは君のことを愛してる」

　ぼくは真剣に言った。でも、マナはそれを軽く笑って一蹴《いっしゅう》した。

「ありがとう。わたしは分からない。愛という言葉は苦手なの。わたしの名前はマナ。漢字で書くと愛だからね」

「だから愛だよ」

「いやよ。君のそういう直球なところ、マジ、苦手だわ」

「苦手でも本気なんだから、しょうがないだろ」

「怒らないで。本当に君は子供なのか大人なのか分からなくなる」

給仕が前菜を持ってやって来て、ぼくらの前に置いた。

「食べましょうよ」

マナはナイフとフォークを摑んで食べ始めた。

「美味しい。ほら、食べて、早く帰って寝よう」

「いやだ。君が愛を受け入れてくれるまで食べない」

「なに言ってるの？　ハンガーストライキでもするつもり？　馬鹿な人、呆れる！　なら、わたしが食べてやる」

マナはそう言うと、フォークでぼくのサーモンの切り身を突き刺し、食べてしまった。ぼくは自分のフォークを摑むと、マナの皿のサーモンをつつき返し、食べた。マナが笑った。

「なに？　それ、仕返し？　ほんとに君って子供」

ぼくもおかしくなり、笑ってしまう。笑顔のマナが大好きだった。この人に第一の読者になってもらいたい。ぼくは絶対、小説家になってみせる。そして、この人と幸福な家庭を築いて、ホノルルでささやかに生きるのだ。

レストランの端っこの小さなステージにミュージシャンたちがやって来て、ジャズの演奏を始めた。マナはぼくから視線を逸らし、ミュージシャンたちの演奏を見つめた。

マナは楽しそうにリズムをとっていた。ぼくはじっとその横顔を見つめた。ぼくが生まれてはじめて彼女を見たのもこの横顔であった。レナードの会社前の歩道の街路樹傍に立ち、ヘンリー・サカモトの事務所をじっと見ていたのだった。意志の強そうな人だと思った。あれから、時が流れた。これは運命なのだろうか。いいや、まだ分からない。運命にするためになんとかしなければならなかった。ぼくは悶々《もんもん》とした。食後、ぼくらは歩いてホテルへ戻った。ところが、ホテルのエントランス前で急にマナが、

「セーヌ川を見たい」

と言い出した。

ぼくらは河畔を並んで歩くことになる。

心地よい夏の風が二人の間を抜けた。ぼくの中に風が潜り込み、シャツを膨らませた。そっと彼女の腰に手を回す。一瞬、マナがぼくを振り返り、微笑んだ。ワイキキビーチでぼくらはキスをした。あの時、彼女はぼくの何を受け入れたというのだろう？　もう一度キスを求めたら彼女はどう対応するだろう？　拒否する？　今は間違いなく拒否されると思った。

セーヌの河畔には多くの観光客がいた。そして、岸辺に腰をおろし、対岸を見つめていた。ぼくらも空いている場所に並んで座ることにした。言葉はなかった。何も言えずにいた。言葉が必要だとは思わなかった。今はこのまま黙って横にいることで十分。こ

の瞬間のこの気持ちを言葉にする必要などあるだろうか、とぼくは思った。彼女を信じること、それがぼくの愛だと思った。

「どうしたの？　無口になったね」

遊覧船がぼくらの前を通り過ぎた後、マナが、小さな声で言った。

「何を言っても、きっと嘘になるから」とぼく。

くすっとマナが微笑んだ。

「なに？　急に大人しくなるんだね」

「自信がある」

「そうなんだ。じゃあ、それでいいじゃない」とマナ。

「待ってる。ホノルルで。帰りに立ち寄ってくれないか？」

「帰らないでハワイ島に残ったら？」

ぼくは嘆息を零した。ぼくは彼女の足元を見た。いつものブーツだった。

「君はいつもどんな時もブーツを履いているね。出会った時から今日までずっとブーツだ。ハワイでも、東京でも、パリでも」

「ええ、そうよ。わたしは何もかも一途《いちず》なの。ひとつのことをずっと好きでい続ける、決して、浮気をしない人なの」

「ぼくは、君のブーツのような存在になりたい」

「…………」

マナは立ち上がった。

「帰ろうかな」

ぼくも立ち上がった。それから、歩き出そうとするマナの肩を摑んだ。目があった。微笑もうとしたので、ぼくはそのまま引き寄せてしまった。そして、唇を重ねた。繫がった。再び、ぼくらは繫がった。マナは驚き、目を開いたままであった。でも、予想に反して、拒否はしなかった。ぼくは彼女をぎゅっと抱き寄せた。彼女の心臓が前の時と同じように、飛び出しそうになって、ぼくの胸を激しく、殴りつけるように、叩いてきた。激しい鼓動。ドク、ドクッと彼女の鼓動がぼくの身体を打ち続けた。数十秒後、マナはぼくの胸をぽんと押し返し、口を開いて呼吸を荒々しく繰り返し、踵を返すとそのまま走り出してしまった。あの瞳がぼくに何かを訴えた。その残像をぼくは大切に心の中へと仕舞いこむのだった。

59

2012年8月19日

ケイン・オザキ、29歳

ぼくはマナから遅れること一日、この一日の時差がどのような意味を齎《もたら》すのか分からないけれど、ヒロ空港に辿りついた。

同行を拒否されたので、ぼくは一度、自宅に戻った。けれども、悶々とした気持ちに背中を押された。朝まで悩み、目が覚めたら決意していた。

レナードに電話をし、もう一週間の休暇を申請した。レナードがたぶんぼくの行き過ぎた行動を諌めるために休暇の延長を認めてくれなかったので、ぼくは退職することを伝えた。冷静になるんだ、と驚いたレナードが繰り返した。しかし、冷静でいられるはずがなかった。自分の一生の問題がそこにあった。レナードに謝った。ハワイ島から戻ったら説明しに行きます、と伝え電話を切った。

何はさておき、今の自分にとって、マナ以外のものは眼中になかった。とても心配だった。不吉な予感がする。どうしても、ほうっておくことが出来なかった。カナカナマイカラニに電話をし、ハワイ島のガイドを依頼した。

「だいたい、自給自足の農場の場所の目星はつけてありまさァ。でも、そこに行かないことにはなんとも分からんです」

カナカナマイカラニは言った。

「とにかく、行きます。行かなきゃならないんです。お願いします」

ぼくは空港に向かい、諸島間便に飛び乗った。

ヒロ空港を出ると、カナカナマイカラニが待っていた。

彼のワゴン車に挨拶もそこそこに飛び乗った。突き動かされるこの気持ちはいったい何だろう。どこからくるのだろう。とにかく、マナを守りたかった。傍にいたかった。彼女が何か見えない運命の轍《わだち》に足を掬われる前に、助けなければ……。運命という言葉にぼくは支配されたくなかった。それが運命なら、自分でよい方向へ変えてみせたい。

カナカナマイカラニが運転するワゴン車は海岸沿いの十九号線を走った。海岸沿いだが、海が見えるのは一瞬だけ、あとは背丈の高い草木の中を車は進んだ。青い空以外、海も山も見えなかった。

「だいたい目星はついてるんでさ。マウナ・ケアの中腹ということでしたが、実際は海側にあります。山まではかなり離れた場所でさァ。地図で見ると近くに見えるんですが、ハワイ島の北東側になりまさ。もっとも行ったことない場所なんで、探しながらになりますがね」

ハワイ・ベルトロードを、ぼくらを乗せたワゴン車は突っ走った。窓から吹き込んでくる海風が心地よかった。五十キロほど走ったところで車は十九号線から側道へと入った。曲がりくねる細い道が続く。

「迷わず着けるか分からないけど、ここから一時間ほど内陸に入ったところでさ」

ところが道は不意に行き止まりになった。小さな広場に突き当たる。道はそこまでだった。周りをヤシの木が囲んでいる。Uターンする場所のようである。

「くそ、ここじゃなかったみたいでさァ。おかしいな、この道だと思ったんだが、すまねぇす。一度戻りまさァ」

車は細い道を戻り始めた。途中の民家の入り口に老人が立っていたので、カナカナマイカラニが訊ねた。この辺に『ペレの民』と呼ばれる人々が暮らす農場はあるかね、と。老人は力なくかぶりを振り、背中を向けてしまう。ペレの民という言葉に即座に反応をし、背中を向けたようにぼくには感じられた。関わりたくない、というような態度にも見えた。

「やれやれ。少しぐるぐる回ることになるかもしれねぇす」

それからワゴン車は海沿いの丘を行ったり来たりした。昼に空港に着いたのに、気が付くと三時を過ぎていた。

「この辺りで間違いないんでさァ。けど分からないね」

「目印のようなものはあるんですか？」

「目印はとくにねぇでさ。丘の中腹に農場があると言ってました」

「集落を見た者はいないんですか？　あなたにそこの場所を教えた漁師はどうやって農場のことを知ったんです？」

「さっき、曲がったところ、看板が出てたでしょ？　自然公園の。そこで集落の者がいつも待っていて、魚を受け取るんでさ。その道がさっき逸れた細い側道なんだがね。そこから、どのくらい山の方へ登るのか分からない。もう一度、誰かに訊いてみやしょう」

　カナカナマイカラニは十九号線まで戻り、一度車を停めた。それから、近くの民家を一軒一軒訪ね歩いた。ぼくは車の中から見守った。カナカナマイカラニは海沿いの民家の住人と話し込んでいた。五分ほどが過ぎた。相手が笑顔になった。カナカナマイカラニが手を振り上げ、そこから戻って来た。

「分かったです」

　車に乗り込むなり、カナカナマイカラニが言った。

「やっぱり、ほら、最初の広場、あそこで正しかったんでさァ。そこから私有地になる。私有地だから、本当は入れないんですが、どうしやしょう？」

「あなたに迷惑はかけられないから、ぼくはそこから歩きます」

「しかし、どのくらい先に農場があるか分からないでさ。歩いたら何時間もかかるかもしれねぇさ。あるいは一日かかっても到達出来ねぇかもしれねぇ。マウナ・ケアまでは相当な距離だ」

「でも、道があるんだから、辿りつけるでしょう?」

「まあ、そうですね。電気は必要だろうから、電線を頼りに行けば、ぜったいに辿りつきまさァ」

「電線か、いいですね」

ぼくは笑った。

「迎えに来てもらいたい時に電話します。待機しておいてもらえないでしょうか?」

分かりました、とカナカナマイカラニは言って、ハンドブレーキを戻した。車は走り出し再び側道へと入った。舗装道路は途中で終わった。行き止まりの広場に出た。最初に来た場所であった。ヤシの木立ちが前方を隠している。

「ほら、あれだ。見てごらんなせぇ。ヤシの木の下に、木で出来た柵《さく》のようなものがある。あの奥からが私道でさ。うまくカモフラージュされているけど、ほら、あそこが門にあたるんでさ」

ぼくは車を降り、運転席の横へと回り込んだ。一度携帯を取り出し、電波が届いていることを確認した。

「じゃあ、後で連絡します。今日中かもしれないし、明日になるかもしれません。でも、必ず戻ります。もし、連絡がなかったら」

ぼくはそこで言葉を探した。

「連絡がないなんてことがあるんすかね？」

カナカナマイカラニが言った。

「そんなことはないと思いますが、連絡がない場合は警察に知らせてください」

カナカナマイカラニの顔が不意に曇った。怪訝な顔で、ほんとうに？　と言った。ぼくは微笑み、はい、と言い残し歩き出した。

「オザキさん！」

呼び止められた。振り返るとカナカナマイカラニが手を振っていた。ぼくも振りかえした。そして、木の柵の向こう側の世界へと足を踏み入れた。

朽ちかけた柵を動かし、隙間から中へと入った。ヤシの木立ちの下に小さな祠《ほこら》があった。まるで何かを見張っているような佇まいである。後藤清春がマナに告げた言葉を思い出した。『集落の入り口に祠がある』。これのことだ、と思った。マウナ・ケアの山頂で見たハワイアンの祠とは異なっていた。きちんと作られた日本式の祠である。中を覗いた。小さな石が祀《まつ》られてあった。ぼくは拝むでもなく、睨むでもなく、触れてはならないものから遠ざかるように、そこから素早く離れた。そして、昨日の世界へと足を踏み入れるのだった。

道は細く、車がやっと一台通ることが出来る程度の幅しかなかった。それでも道を辿れば目的地に着くという安心感があった。ぼくは傾斜のある坂道を歩いて登った。太陽が西側の空のまだ高い場所にあった。汗がシャツを濡らす。水も食糧も何も持ってこなかった。

二時間歩いたが道の先まで丘が続いている。遥《はる》か遠くに見えるのがマウナ・ケア山かもしれないが、分からなかった。振り返ると青い海が見えた。道は次第に細くなるが、木の電信柱はまっすぐに傾斜地の上へと続いた。そこに『ペレの民』の本拠地があるのだろう。頭の中にブリュイエールの町が、そして、針葉樹で覆われたヴォージュ山脈の光景が蘇った。

不意に野砲の炸裂する音が脳裏に響き渡る。木々の合間で爆発する砲弾。機関銃の音が響き渡った。思わず瞬きをした。瞼が閉じるその僅かな瞬間、見たわけではないのに、苛烈な戦場で戦う若き日のロバート・オザキの姿が脳裏を過った。ぼくに日本語の大切さを熱く説き続けた祖父である。その横に祖父の盟友、ヘンリー・サカモトの姿があった。彼らは歯を食いしばり、目をひん剝いて、暗黒に向かって小銃を撃ちまくっていた。少し離れたぬかるみに蹲るニック・サトーがいた。すぐ間近で再び迫撃砲弾が炸裂し、その閃光《せんこう》によって、彼らのシルエットがぼくの心の網膜に、永遠に焼き付くかのような勢いで浮かび上がった。今の自分の年齢よりももっと若くずっと幼い青年たちであった。いったいこのような運命を誰が用意したというのであろう。なぜこのような過酷な試練に満ちた人生を彼らは生きなければならなかったというのか。これが運命というものであった。それが彼らの運命であった。

ぼくは立ち止まり周囲を見回した。すると今度は丘の向こう側から羽音が聞こえてきた。かと思うと、黒々とした戦闘機の群れが現れ、ぼくの頭上を掠めて海へ向かって突っ込んで行った。続いて、ドーン、と大きな破裂音が聞こえた気がした。戦闘機が次々姿を現し、ぼくの頭上を掠めて行く。そして、何かに飲み込まれるようにして、光りの彼方へ消えて行った。静寂が戻る。ぼくは周囲を振り返る。光り溢れる高原が広がる。心地よい南国の海風がぼくの頬を撫でていった。喉が渇いた。汗を拭い、ぼくは再び歩き出した。登っていく丘の先には何もなかった。この道でいいのだろうかと心細くなる。いったい何キロ歩けば農場に着くというのか。とにかく、電信柱だけが頼りであった。

夕刻、太陽が海の彼方に沈み込もうとしている。西の空は真っ赤であった。暗くなったら歩けなくなると思い小走りで進んだが、日が暮れる前に農場に辿りつくことは出来そうになかった。真っ暗になると月光しか頼るものがなくなった。足元はなんとか見えたので、歩き続けることにした。野宿も考えたが、蛇が怖かった。途中、道端で何度も干からびた蛇の死骸《しがい》を目撃したからである。月の淡い光りを頼りに、夢の中を歩いているような奇妙な錯覚に捉われながら、一歩一歩地面を確かめ進んだ。

日が暮れて、さらに三時間ほどすると朦朧としてきて、睡魔との闘いとなった。携帯を取り出し計算をした。カナカナマイカラニと別れてから、六時間は歩いている計算である。踵《かかと》が痛い。靴擦れになり、思うように歩けなくなった。

困ったな、と悩み始めた頃、何かが見えた。曲がり道の路肩の、少し奥まった場所に、大きな岩がぽんと置かれていた。人間がそこまで運んできたとしか思えない、この場所に相応《ふさわ》しくない巨大な溶岩石であった。尖った形をしており、そのてっぺんにしめ縄が回されてあった。

その巨大岩の後ろにリヤカーが放置されてあった。干し草が少し残っている。農園が近いのであろう。リヤカーに腰をおろし、大の字になり、身体を伸ばした。目の前に満天の星空が広がる。その星がマナの顔を形作った。彼女のことを思いながら、眠りに落ちた。誰もいなかった。自分の周囲にこんなに人がいないのは生まれて初めての経験ではないか……。

ぼくは自然の中でひとりぼっちとなった。

60

2012年8月19日

マナ・サカウエ、27歳

昨日、ヒロ空港に降り立つとゲートを出たところに清春さんがいた。わたしを見つけるなり、清春さんは何事もなかったかのような顔で、悪びれることもなしに、手を振り、微笑んでみせた。そして、近づいてくるとわたしのトランクを掴んで、

「すぐそこに車、停めてある」

と言った。

彼は笑顔であったが、こんなに心配をさせたというのに、わたしを抱きしめるでもなく、さっとトランクに手を伸ばしたことがショックでもあった。ほんの一瞬、ケインとの口づけを思い出した。何かが違う、とその時、わたしは気が付いてしまった。

いろいろと訊きたいことがあったが、普通な態度に拍子抜けし、何も言い出せず、すたすたと歩き出した清春さんの後に従った。失踪して、警察が捜索し、あれだけ世間を

騒がせたというのに、車？　免許証は？　日本の？　アメリカの？　パスポートは？　清春さんの右肩の下がった背中を眺めながら、わたしはひたすら混乱した。

空港を出たところに白いワンボックスカーが停まっていて、中からサングラスを掛けた派手なアロハシャツの男性たちが出て来た。一人に見覚えがあった。いや、見覚えというほどはっきりとしたものではなかったけれど、たぶん、ミニーと一緒にいた男じゃないか、と思った。わたしのトランクを清春さんから受け取ると、男たちが荷室に積み込んだ。一人は運転席に、もう一人は助手席に座った。清春さんは後部ドアを開け、

「さ、乗って」

と促した。わたしの隣に清春さんが座った。前の二人に日本語は通じないようであった。清春さんは彼らに英語で、じゃあ、出発しよう。車を出して、と指示した。そのニュアンスから、今の彼の立場をわたしは想像した。清春さんの指示にサングラスの男たちが従った、ということから、これから行く場所での清春さんの立場を理解することが出来た。

「殺されなかったのね」

わたしは清春さんの横顔に向かってそっと日本語で告げた。清春さんはわたしを振り返り、

「ごめんね。心配かけて」

と言った。

心から言ったような感じじゃなかった。その場凌ぎの言葉に聞こえた。

「心配したよ。当然じゃない。あんな電話よこして、突然いなくなって、連絡とれなくなって。……わたし、警察に届けたのよ。ハワイ大学の人たちが清春さんの捜索願を出したし、こっちの警察が捜索した」

「知ってる……」

「なのに、どうして、そんな風にのうのうとしていられるの？」

清春さんの顔つきが変化している。日に焼けたせいかもしれない。浅黒く健康的になっている。Tシャツからつきだした腕には筋肉がついて逞《たくま》しくなっている。精悍《せいかん》な感じ。わたしが知ってる清春さんは青白く、いかにも学者という感じであった。今は、サーフィンをやっている人の風貌である。横顔の顎の筋肉を見つめた。こんなところに筋肉があったかしら。どんなに歯を食いしばってきたというのであろう……。

「なに？」

「いや、なんか、その、感じが変わったから」

「うん、中身も変化したよ。……ある意味、別人になった」

「ほんと？　でも、自分で言うくらいだから、実際は何も変わってないんじゃないですか？」

清春さんは笑った。

「むしろ、自分で言えるくらい変化したんだよ」

健康的な白い歯が眩しかった。こんな笑顔が出来る人じゃなかった。何だろう。何かしっくりこない。それに、わたしはどこへ連れて行かれるのだろう？　窓の外を見た。背の高い南国の草木が視界を遮っている。どこを走っているのか見当もつかない。マウナ・ケアの山も、太平洋も見えない。前の席の男たちはまるでロボットのようにしか動かないし、喋らない。冷房が効いていて、寒いくらいであった。

「とにかく心配しないで。……大丈夫だから。君のことを待っている人たちのところに行くんだ。故郷に帰るような気持ちで行けばいいよ」

清春さんはぼそぼそとそのようなことを言った。そうだ、この人はいつもぼそぼそと語る人だった。もしかすると外見は変化したけど、内面は変わっていないのかもしれない。いずれにしてもすぐに分かるはず、と思った。

「じゃあ、なんていうところ？」

「万物院生源《ばんぶついんしょうげん》の集会という」

わたしは思わず、え、と声を張り上げてしまった。どういうこと？　慌てて清春さんの顔を覗き込んだ。清春さんは何を見ているのだろう。まっすぐ車の進行方向を見ていたが、それは、わたしではない。彼に見えているものが分からない。わたしに見えているものは、人の抜け殻のような元恋人であった。恋人同士だったのかしら、わたしたち、と思わず考えてしまった。

「三鷹《みたか》にあるでしょ？　万物院生源の何か関連の施設が。平屋建ての古い家だった。そこに老人がいた。偶然かどうか分からないけど、この前、ちょっとした縁があって、そこに立ち寄ったばかり……」

清春さんがわたしを見た。怪訝な目付きで。わたしたちは数秒お互いの顔を覗きあった。

「ミニーに連れられて？」

「いいえ、そうじゃない。うまく説明出来ないけど、縁なの」

縁か、と清春さんは口にし、笑った。

「縁はおおいにある。ものすごい縁が君の周囲を、君自身を、そして僕をも動かしている。でも、実は複雑な話じゃない」

「複雑だよ。わたし、分からない」

「整理する必要はあるだろうけど、しかし、難しい話じゃないんだ。まず、僕は最初に君に謝らないとならない」

「また？　ねぇ、また謝るの？」

「うん。そうだね。また、謝ることになる……」

清春さんは少しの間黙った。言葉を探している。数分、間があき、言葉がぽそぽそと、彼の口からゆっくりと流れ始めた。

「真実もある。二年前、僕は殺されるかもしれないと思った。それは事実で、だから、僕は君に危険が及ばないように、ちょっと大げさな表現だけど、でも、君に何か迷惑がかかるといけないと思って、とりあえず、君の傍から離れることにした……」

「万物院生源があなたを殺そうとしたということ？　あの老人が？」

「いや、ちょっと待って。そうじゃない。そういう極端な話じゃないよ。それに、先生のせいじゃない。彼は病気なんだ。ともかく、二年前、僕はなんとなく身の危険を感じて逃げた。でも、何から逃げようとしているのか、そのうち、分からなくなってしまう。逃げなきゃと思うんだけど、気持ちはどこか戻ろうとしているというか……。ハワイ島を彷徨った。でも、彼らに追いつかれた。行く先々に彼らの気配があった。そして、逃げ切れないと思った。あの時の僕には死ぬか、戻るかしか選択の余地はなかった。死ぬ。……たとえば、火山に飛び込んでね……。でも、死ねなかった。むしろキラウエアの火山は生き抜く力を与えてくれたよ。これは説明が難しい」

カナカナマイカラニの言葉を思い出した。火山には生命力があるという言葉……。

「なぜ、殺されそうになったの？」

「チームリーダーの意向に背いた。チームリーダーはマナを当初、我々の新たなシンボル、後継者として迎えなければ、と考えた。だから、信頼されていた僕が選ばれ、派遣されたのだけど、その、つまり、ミイラ取りがミイラになったわけだ。僕は君がニック・サトーの血を受け継ぎ、万物院生源の後継者になることを知らせる役割を担っていたというのに、君のことを一人の女性として、その自分の立場を逸脱して、君に好意を持ってしまった」

清春さんの横顔から目が離せなかった。彼は小さくため息を漏らしてから、続けた。

「二年もの歳月が過ぎてしまった。チームリーダーは痺れを切らした。何度も呼び出され、いったいどうなっているのか、と問い詰められた。万物院生源先生が摩訶不思議《まかふしぎ》な病にかかって現実を見極めきれない状態が続いていた。ペレの民を束ねるためにも、後継者は必要。生源先生は『今日』を失う前のこと、『二十一世紀、真の後継者が我々を導く』と言った。正確には彼の兄であるニック・サトーの予言だったのだけど……」

「ちょっと待って。おじいちゃんの弟って、あのご老人なの？　万物院生源という人が？　ルイーズが言ってた、七〇年代頻繁にストラスブールにやって来ていたあの弟？」

わたしは驚き、清春さんの目の中をぎゅっと覗き込んでしまった。

「ルイーズ？」

「ニックの奥さんだった人よ」

「その人のことは知らない。でも、ニックと生源先生は血が繋がってた」

「分からない。どうして、そこに繋がるのか。名前も生きた場所も違うじゃない」

わたしは混乱し、次の言葉を継げずにいた。すると清春さんが、

「君はニック・サトーが予言した後継者であり、万物院生源先生とも血が繋がっている。これは覆すことの出来ない事実なんだよ」

と宣言するように告げた。

「ちょっと待って……説明してもらえますか？」

「だから、そのことを君に伝え、君にその意志を目覚めさせる教育係のようなことを僕が担うはずだった。なのに、二年もの間僕は何も出来なかった。何度も言い出そうとしたんだけど、言えなかった。僕は君のことを調べ、君の前に立った。そして、声を掛けた」

「ええ、あんなに大勢の人がいる街角で、みんなそれぞれの目的に向かって先を急いでいたのに、あなたはわたしを見ていた」

「ずっと見てたよ。君が気が付くまでこうしていようと思って、出来るかぎり君と行動を共にしていた。そのうち速度があってきた。そしてある日、君は目の前の僕に気が付いた。渋谷の街角だった」

「ええ、清春さんは微笑んだ。なぜ警戒しなかったのか、自分でも理由は思い出せない。

でも、みんなが急いで動きまわっているというのに、あなただけ、そこに止まっていた。周囲が高速で動いているのに、あなただけが停止していた。そして、わたしに向かって微笑んでいた。びっくりして、目が留まったわ。あれは偶然じゃないのね？」

「ある意味、偶然じゃない。あの瞬間を生み出すまでに二か月ほどの時間を費やしている。君と一緒に歩いていた。でも、尾行するのとは違う。同じように考え、世界を眺め、まるで恋人のように寄り添っていた。二か月後、君が僕を振り返ったんだ。でも、その時、僕は、『マナ、振り返って僕を見てごらんよ。僕はここにいる』と心の中で呟いていた。目があった時、やった、と思った。通じたと思った。だから、僕は嬉しくなって、つい、微笑んでしまったんだ。自然な笑みだった。そしたら、君も微笑んでくれた。言葉は必要なかった」

わたしは思い出した。四年と少し前のことだった。わたしたちは代々木《よよぎ》公園まで行き、青空を一緒に眺めた。清春さんが、すぐそこにびっくりするくらい綺麗な青空がありますよ、と言ったから。目があったその次の瞬間に。あれは、偶然ではなかったんだ……。

「君と知り合い、触れ合ううち、君には君の人生がある。この世界に巻き込んではならない、と思うようになった。チームリーダーがどういう性格の人間か、僕は誰よりも知っていた。君が彼女に利用されるのもよくない。僕は逡巡した。時間ばかりが流れて行った。愛《いと》おしい時間だったし、苦しい時間でもあった。ぐずぐずしていることに業を煮やしたチームリーダーはある日僕を捕まえ、保護房に入れた。そして、僕はつまるところ逆らうことの出来ない人間になってしまう」

「意味が分かりません」

「君のことを好きになり過ぎたということだ」

「ええ、わたしも清春さんのことが好きだった。でも、荒唐無稽《こうとうむけい》な話です。なぜ、ニックとあの三鷹の老人が繋がるの？　そして、どうしてわたしが後継者にならなければならないの？」

「だから、僕は個人的意見として、そのことをチームリーダーに伝えた。そしたら、一笑に付されてしまう。『何をいまさら子供みたいなことを言うの？　あなたの個人的な意見を聞くために二年も待ったというの？』と言われた。保護房で僕は再教育と呼ばれるカリキュラムを受けた。チームリーダー自ら、僕を再教育した」

「チームリーダーって、どんな人？　そんなに怖いの？」

清春さんは目を閉じ、唇を真一文字に強く結んでしまう。言葉を飲み込んでいる。

「でも、結局、わたしはそこに連れて行かれるのでしょ？　その閉鎖的な集落に」

清春さんが頷いた。

「謝るしかない。結局、僕にはどうすることも出来なかった。この四年間、僕はチームリーダーと議論を繰り返してきた。そして、僕は僕なりに一つの結論に辿りついた。ともかく、一度、君をチームリーダーに会わせるべきじゃないか、と。佐藤家の血を引く君はその信奉者であるペレの民に会うべきじゃないか、と。ペレの民の名付け親は君の祖父、ニック・サトー。ペレの民、つまり万物院生源の集会は君のおじいさんの精神世界を尊んでいる。万物院生源先生はニック・サトーの創作世界から多くのインスピレーションを得た。二人は言葉を超えたところで繋がった。これは凄いことだと思う。僕は生源先生の本を何冊も読んで強い影響を受けてきた。そして、ニック・サトーの絵も見る機会があった。それはまさに神の域の創造と言える。この二人は、兄弟だから当然なのだろうけど、響きあう時代的感性を共有していた。そこから生まれたのがこれから行く自給自足の集落、万物院生源の集会なんだ。しかし、生源先生は記憶の病に陥った。我々には先生の意志と精神と血を受け継ぐ正統な後継者が必要となった」

わたしは嘆息を零し、かぶりを振った。

「待って。ニックは病んでいた。戦争のせいもあって計り知れないトラウマを抱えていた。その祖父の一面だけを見つめて、彼を神格化するのはやめてほしい。ニックはわたしにはとっても優しい祖父でしかなかった。それで十分だったの。誰かを導くことなど彼は望んでいなかったはず。宗教の教祖にはならない」

「違う。宗教じゃない。いや、宗教のようなものかもしれないが、でも、いわゆる一神教ではない。アニミズムだ」

「そんなの一緒です」

わたしは強い語気で清春さんの発言を遮った。

「八百万《やおよろず》の神々に感謝をしながら自給自足の生活をしているに過ぎない。山や川や海や岩や木々の中に神を見つめて我々は生きている。自然を崇拝しているだけだ。近代宗教とは異なる。神というものは、いるけど、いない。偶像は存在しない」

わたしの口から、大きなため息が出た。

「君が僕らと一緒に行動してくれるなら有難い。それで僕の役目も終わる」

「役目が終わる？　本当に分からない。わたしを拉致《らち》する気？」

「万物院生源の集会はニック・サトーの母親、佐藤十充恵《じゅうじえ》が創始者で、終戦後ハワイ島のプランテーションを彼女が買い取り、興した『二世ファーム』がその前身になる。最初の頃は戦争で傷ついた日系人に生活の場を与えることが目的だった。けれども、その後継者であるニック・サトーの弟、万物院生源が仕切り出してから、単なる自給自足の農園ではなくなる。神道思想が強くなる。ニックの父親はホノルルにあった神社の宮司だった。妻の十充恵の旧姓が万物院。生源はもともとハワイで生まれた。真珠湾攻撃の少し前に東京の神社に修行のため預けられる。万物院家が先祖代々宮司を務める神社に……。万物院家には跡取りがいなくてね、将来的には生源が受け継ぐことになっていた。そして長男であるニックがホノルルの神社を受け継ぐはずだった。生源の英語名はショー。ショー・サトーがハワイ時代の名前だった。ところが、彼は東京滞在中に肺病を患い、帰国が延びていたところに、真珠湾の奇襲攻撃が起こり日米は開戦、彼はハワイに戻ることが出来なくなる。そしてある日、不条理なことに、彼のもとにも赤紙、召集令状が届く。陸軍の兵役につくことになった。終戦後、彼は万物院家の跡取りとして宮司になるが、七〇年代に神社本庁と揉めて、宮司を辞めさせられている。彼は神道の変革を模索した。神道を全世界に通じる一大信仰に拡大させようと企《たくら》んだ。ハワイの日系人と二世ファームがその窓口となる。神仏混淆《こんこう》があるのだから、キリスト教や他の宗教との習合も可能じゃないか、と言い出した。十充恵は戦後すぐ、ニックが残した三枚の巨大画をオアフからハワイ島へと持ち出し、二世ファームのシンボルとした。禅の哲学とアニミズム信仰を合体させた思想基盤を二世ファームは持ち、最終的には日系人だけではなく、全世界から賛同者が集まるようになる。その頃はまだ信仰集団ではなかった。禅の修行道場のような場所であった。当時はヒッピーが若者文化の中心的存在だったので、反戦を唱えるヒッピー崩れの若者たちの逃げ場所ともなった。話は少し遡るが、六〇年代、死んだと思われていたニック・サトーから生源が宮司を務めていた東京の神社に連絡が入る。ニックはホノルルにあった父親の神社が戦争中、アメリカによって解体されたことを知っていた。そこで東京の万物院家に連絡をし、生源や十充恵の行方を探ろうとした。ここで、ニックと生源が繋がる。七〇年代以降の生源の過激な神道闘争のバックボーンにニックが与えた影響は絶大だった。生源はすぐにフランスに飛んだ。生源はニックと語り続けた。そして、ニックが持っていた反人間的破壊思想の影響を受ける」

「それは間違い。おじいちゃんは反人間的じゃない。破壊思想なんか持ってない。たしかに一時的に戦争によって心を歪めたけど、最後はしっかりとしていた」

清春さんがかぶりを振った。

「ともかく、ニックと生源は武力闘争こそが人類を救う唯一の道と当時信じた。そして、ニックが生源に神道イズムの拡大を命じたんだ。ニックはそのために四枚目の『冬』という作品を描き始める。哲学者でもあった生源は神道を世界的信仰にしようと画策する。いや実際には、神道を利用した別の思想というべきだろう。これまでの神道じゃない。まったく作り変えられた新しい教え。新しい神道。生源は自分が宮司を務める神社でそれを実践し始めた。さらに経典の存在しない神道を哲学的に体系づけようとした。『神道一』以下『二』『三』という三冊の経典を執筆した。これらのことが神道を束ねる神社本庁の怒りを買った。『神道こそが世界を救う』と生源は言い出した。七〇年代、生源は数々の論争を巻き起こし、神道界で異端とされ、メディアに登場するたび物議を醸し、右翼に脅され、左翼に殺されそうになり、結局、宮司を辞めざるを得なくなる。神社の宮司を辞めた後、生源は母、十充恵や彼を信奉する学者などの応援を得て、東京とホノルルに『万物院生源の集会』という新しい神道団体を立ち上げた。彼は仏教だけではなく、キリスト教やイスラム教さえも取り込んでいこうとした。神道では八百万の神が崇拝の対象となるのだから、門戸は全ての信仰に対して開かれている、というのが持論であった。ニックと生源の過激思想に影響を受けた若者たちがそれを盛り上げた。その受け皿になったのが今向かっている、十充恵が興した二世ファーム、つまり、万物院生源の集会、ということになる」

清春さんは呪文でも唱えるかのように語った。

「しかし、十年ほど前、思想的シンボルだった生源が不思議な病を患った。今日を失ってしまう病だ。昨日の世界で生源は生きるようになる。ハワイ島を離れ、三鷹にある東京道場で静養に入った。生源には妻と息子がいるが、彼らは後継者になれるほどのカリスマ性を持っていなかった。そればかりか、生源が神社本庁の意に背いて活動を活発化させ右翼や左翼に攻撃されるようになると、身の危険を感じて集会の運営から手を引いてしまう。先生は病気になる前、宗教学者の後藤景都《けいと》をチームリーダーに指名した。自分に何かあり、新しい後継者がまだ出現していなければ、お前がペレの民を纏めなさい、と生源先生は景都に言った。公式発言ではないが、後藤景都はこれを既成事実として、万物院生源の集会を実効支配している」

「え？　後藤？　どういう繋がり？」

「僕の妻だ。結局、君は一度も会わなかった。ニアミスは何度かある。四年前、僕らは東京に部屋を持っていた。僕が君と会っていることを当然景都も知っていた。彼女の差し金だったのだから……」

次々に登場人物が繋がっていき、新たな世界が出来上がろうとしていた。清春さんが頷いた。

「景都は生源の下で修行をした数少ない愛弟子《まなでし》の一人。生源は彼の考える新しい神道イズムを長い年月を費やし景都に植え込んだ。僕は妻である景都によってこの団体の存在を知るようになり、火山の研究のためにハワイ島に来るたび『万物院生源の集会』に顔を出すようになった。最初はオブザーバーのような感じで……。生源先生がおかしくなる前、僕も彼の思想に直《じか》に触れたことがあった。彼は厳格な生活を唱えていた。戒律は性生活にまで及んだが、少なくとも十年前は、今よりももっと穏やかで開放的な団体だった」

わたしは瞬きさえ出来なかった。一呼吸おいて、清春さんは続けた。わたしはバッグの中に手を入れ、携帯のパネルを操作し、ケインに電話をかけた。繋がれば、こちらの声が聞こえるはず。受話音量を下げた。通話中という表示になった。わたしは携帯をこっそり取り出し、バッグとわたしの身体の間に隠した。

「神は本来見えないもの。だから、大昔、神の形は作られなかった。現存する日本の神像彫刻はすべて平安時代以降のものばかりだ。大昔は社殿がなくても神社とした。形が重要なキリスト教や仏教とは異なる。神聖な山、滝、岩、森、木などに神が宿るとされていた。いや、神道は仏教も、キリスト教も、イスラム教も、結局はあらゆる宗教を取り込む懐《ふところ》の深さを持っている。神仏混淆どころではない、あらゆる宗教の特徴を先生は取り込み始めた。八百万の神の中に、釈迦《しやか》もイエスも含まれるという見解だ。それが新しい神道イズムなのだ、と先生は主張した。現在の神社は道祖神《どうそじん》的な神々が祀られた祭殿に過ぎない。我々も神殿を持っているが、そこに祀られているものは三種《さんしゆ》の神器《じんぎ》というようなものではない。我々にとって特別な神器というものがある。一つはニックが描いた絵、そして、もう一つは殺傷兵器、拳銃だよ。ニックも先生も殺生《せつしよう》こそが神の宿る儀式だと信じている。集落で生きる者たちは来《きた》るべき裁きの日のために軍事訓練もやる。子供の頃から拳銃と共に生きてきた。女も子供もみんな拳銃の撃ち方をマスターしている。生きているものを銃で殺すことが、この集団の大きな特徴と言える」

「軍事訓練？　殺す？　そんな……。間違っている。おじいちゃんはそんなこと、わたしには教えなかった」

「いや、でも、彼は口では言わなかったかもしれないが、作品の中に描き残している。生涯を掛けて描いた大作四枚のうち、七〇年代に完成させた『冬』という作品のモチーフは戦争だ」

「それは第二次世界大戦の時に受けた彼の心の傷が描かせたもの。おじいちゃんはおかしくなっていたのよ。いろいろなことがあって。それをあなたたちは勝手に曲解して利用しているに過ぎない。だいたい、誰と戦争をするというの？　アメリカと？　日本と？　勝てるわけないでしょ？」

「勝つためじゃない。そこが間違っている。ニックが描いた絵は死ぬための戦いだ」

「死ぬための戦い……」

ニックは『死ぬために戦場にやって来た』とヘンリーに語った。自殺出来ない彼は死ぬために戦場に赴き、逆に人を殺し、生き延びてしまったのだった。

「先生が唱えた思想は、イスラム教の殉教とは少し違うけど、死ぬための闘争で、勝つことを目指していない。自然、つまり神を守るために死ぬ。死ぬために生きる。死ぬために軍事訓練をする。その来るべき日がいつかを後継者が決めることになっている」

清春さんがわたしを振り返った。

「マナ。その後継者が君だ」

わたしは返す言葉が見つからなかった。怒りさえ覚えた。

「ニックは自分の作品の中にずっとマナを描いてきた。彼は君にマナと名付けた。君は生まれた時からその宿命を背負って存在してきた、ということになる。みんな君に期待をしている」

「馬鹿げている」

「僕は君が誰か、最初から知っていて近づいたということになる。つまり、確信犯だった。そのことを謝らないとならない。僕は偶然を装って君の前に立った。君がニック・サトーの孫であることを最初から知っていた。新しい後継者であることを知っていた。でも、誤解しないでほしい。僕は君と出会った後、君に好意を持った。人間として好きになった。そのことを妻にも話した。それで僕は二年前殺されそうになった」

「清春さん……」

「僕はチームリーダーの指示で捕らえられ、この二年間、一時期は保護房に監禁され、監視され続けてきた。今の僕は君が知っている頃の僕とは違う。僕はチームリーダーの強い影響下に入った。彼女は前にもまして絶対的な存在となった。……申し訳ないが、今の僕は自分の意志で動くことが難しい。君を助けることが出来ない。君をペレの民の集落に連れて行くことが今の僕の重要な仕事なんだ。あとはチームリーダーが君と話をする。チームリーダーの管轄になる」

「清春さん、車を停めて。わたしはそういう変な場所には行かない。ここで降ります。降ろして！」

「無理だ」

「無理じゃないでしょ？　わたしはわたしの意志でそこには行かないよ。わたしは後継者でもなんでもないし、祖父はあなたたちのような頭のおかしい人々を応援するために絵を描いたとは思えない。関わりたくないの。降ろしてください！」

「一度、チームリーダーに会ってもらいたい。その、……君がみんなを救えるかもしれない。それ以上は言えないけど」

「嫌です。そんな馬鹿なことに付き合えない。降ろして！」

わたしは運転手に向かって英語で、停めて、と叫んだ。すると助手席に座る男がゆっくりとわたしを振り返り、拳銃を突きつけた。生まれてはじめて見る本物の拳銃であった。不意に、恐ろしいことになった、と事態を理解することになる。清春さんは黙った。彼を振り返ったが、目を瞑っていた。

車が農場らしき場所に到着した後、わたしは一軒のバンガローのような場所で降ろされた。男たちが荷物を運び込み、清春さんがわたしの背中に軽く手を添えながら、

「ここで、今日は休んで。いろいろと疲れただろうから。お風呂《ふろ》にでも浸《つ》かってのんびりするといい。天窓がついてる。星がよく見えるよ。……後でチームリーダーが来て君と話をする。いいかい？　彼らが外で見張っているので、外出は出来ないからね。連中は知っての通り武器を持っている」

と言った。

「それから携帯を預からせてもらうけど」

取ってしまった。

「お断りします」

清春さんはわたしのバッグを持っていた。勝手にバッグの中に手を入れ、携帯を抜き取ってしまった。

「犯罪じゃないですか？　あなたがやってること」

「すまない。でも、君に怪我をしてもらいたくない。やむを得ない行為だと理解してほしい。時間をかけて、君にはいろいろなことを理解してもらわないとならない。僕が双方の間に入ってうまく仲介をする。君の先祖たちが君に期待したことを学んでもらう必要がある。君がおとなしく従ってくれるなら、我々は大歓迎なんだ。でも、そのためには勉強が必要。万物院生源の集会についての」

「断ります！」

ドアが閉まった後、わたしは泣いた。恐ろしくて、惨《みじ》めで、呆れ果てて、涙が流れた。けれども、その夜、チームリーダーがやって来ることはなかった。そして、今朝、見覚えのある若い白人の女が朝食を運んできた。

「マナ。久しぶり」

すぐには気が付かなかったが、あの女だった。

「ミニーよ」

ポニーテールの女はそう告げると屈託なく笑った。

「思い出した？　元気そうね」

朝食の載ったプレートをテーブルの上に置き、それから南側のカーテンを開けた。光りが室内に降り注いだ。ミニーは窓を少し開けて、

「ちょっと空気を入れ換えた方がいいかもね」

と言った。

「それにしても、また会えて嬉しいな。あたし、絶対、また会えるって信じてた。畏《おそ》れ多いことだけど、友達になれるって直観したのよ。あ、なんか困ったことはない？」

前の時と同じようにミニーはチューイングガムを噛みながら、馴《な》れ馴《な》れしく言うのだった。

「恐れないで。ここはあなたが想像するような怖い場所じゃないわ。みんな優しいし、自然を愛している。ここでの生活に慣れれば、ものごとの考え方が変化する。それにあなたは特別な存在なんだから、心配しないで」

ミニーは不意にわたしに抱きつき、頬にキスをした。

「じゃあ、また来る」

そう言い残して出て行った。

わたしは食事に手を付けることなく、ずっとベッドに寝転がり考えていた。いったい自分に何が起こったのか？　ここはどういう場所なのだろう？　いったい自分はこれか

らどうなってしまうんだろう？　と部屋の中を何度も行ったり来たりしながら考えていた。

昼頃、再び、ミニーが食事を運んできた。朝食に手が付けられていないのを見て、

「心配」と口にした。

「食べなきゃだめよ。マナ、病気になっちゃうよ。お願い、食べて。あなたに何かあったら、あたしの責任になる。ほら、見て。お昼ご飯はあたしが作ったの。食べ物はここで暮らす者全員で力を合わせて作ってる。畑もあるし、農場もある。自給自足って分かる？　ここで全部まかなえるの。お魚だけは週に一度地元の漁師たちから購入しているけど、あとは全部自前よ。あたしは果物を育てている。このパイナップルはあたしが作ったんだよ。とっても美味しいから食べてみて」

ミニーは帰る時、わたしのおでこにキスをして出て行った。

「怖がらないで、すぐに慣れるから」

と言い残して。

わたしはパイナップルを食べた。甘くて美味しかった。でも、食欲は起きなかった。清春さんに裏切られたという失望のせいで、力が出なかった。その上、まだ、自分に降りかかっていることの意味がよく分からずにいた。恐怖はあったが、直接に暴力を受けたわけではないので、実感もなかった。ただ、疲労困憊し、動けなかった。

午後、何かが炸裂する乾いた音が聞こえた。バンガローの裏手からであった。隣室に行き、耳を澄ましていると、パン、パン、と銃声のような音が続いた。カーテンを少し開け、恐る恐る外を眺めてみる。がらんとした草むらで射撃訓練のようなものが行われていた。

広場の真ん中にベニヤ板で出来た標的が置かれ、離れた場所から幼い子供たち、十一、二歳くらいの子供がその標的目がけて銃を撃っていた。大人が子供たちに拳銃の撃ち方を教えている。子供たちは笑いながら拳銃を撃っていた。標的に命中すると歓声が起こった。清春さんが言った軍事訓練なのだろうか？

教えている男性も一緒になって騒いでいる。普通の小学校で見かける光景となんら変わらない。ただ子供たちは野球のボールを投げ合う代わりに、防音のためのイヤープロテクターをつけ、拳銃を撃っていた。少女もいた。標的は熊やライオンの形をしたベニヤ板。その中に銃を装備した兵隊を象《かたど》ったものもあった。

一人の少年が兵隊の標的を撃った。バンという激しい破裂音が響き渡った直後、標的の頭部が吹っ飛んだ。少年たちの奇声が沸き起こる。教官が少年の頭を撫でた。風が吹き抜けた。風の移動とともに、草むらが揺れた。雲の中から太陽が出たり入ったりを繰り返す。そのたびに、広場が明るくなったり暗くなったりした。まるでキャッチボールでもするような感じで、子供たちは拳銃を撃ちまくった。なのに恐ろしいほど長閑な光景であった。

わたしはカーテンを閉め、ベッドの中へと潜り込んだ。銃声は鳴りやまなかった。チームリーダーはやって来なかった。清春さんも来なかった。ただ、夜に、ミニーが夕食を持ってやって来た。

「お腹空《なかす》かないの？　ちょっとしか食べてないじゃない」

と心配そうに言った。

「夕ご飯はあたしのママが作ったの。和食よ。頑張ってあなたのためにおにぎりを握った。シャケの塩焼きもある。美味しいよ。夜ご飯くらいちゃんと食べなきゃね。あなたが困惑しているのは理解出来る。でも、悪い人間はここにはいない。マナがあたしたちの仲間になるまで、あたしがずっとあなたの世話をする。何か言いたいことがあればあたしに言って。人を信じるのは難しいと思う。こういう環境ではなおさらのこと。でも、そこは信じてくれて大丈夫よ」

「じゃあ、今すぐにわたしを解放して。これは犯罪だよ。監禁でしょ？」

とわたしが言うと、ミニーは悲しそうな顔をして、

「監禁のように思うのはしょうがない。でも、そうじゃない。全然違うわ。あなた、あたしたちにとっては国賓なんだから。いい？」

と言って、わたしの前に跪《ひざまず》いた。

「マナ。あなたは自分がどういう存在かまだ分かってない。あたしたち全員、長いことあなたのことを待っていた。あなたは後継者。あなたがここに一日も早く慣れ、あたしたちを受け入れる日を待つわ。時間はかかるかもしれない。でも、楽しくやりましょう。素晴らしい人材が揃っている。科学者もいる。農業の専門家、建築家も。全体で数百人、多い時は千人近い人が暮らしている。世界一小さな国家だと思って。アメリカ合衆国の中にあるけど、ほら、モナコみたいなところ？　行ったことないけど、モナコ。フランスの南の方にある。そして、ここのみんな、とっても優しい人たちなんだよ」

ミニーは笑った。

「外に拳銃を持った連中が見張ってる。あの人たちも優しいの？」

「今はしょうがないのよ。だって、力が必要な時がある。何も知らないあなたはあたしたちに不信感を抱いてる。いずれ、正しいことが分かり、あたしたちに感謝をする。ドアを開けっぱなしにしたら、絶対逃げ出す。でしょ？　仕方ないよね、文明と呼ばれる耐え難い暴力に洗脳されてきたマナだから。ここで見るもの感じるものを否定したがっても無理はない。ここに慣れるまでに二、三年は時間が必要だと思う」

「ちょっと待ってよ。二、三年もここから出られないの？　いい加減にしてくれない？　わたしには関係ないわ。あなたたちが何をやろうと、わたしにはわたしの生活や人生があるんだから、わたしの世界に戻して！」

ミニーは立ち上がると、ドアのところまでそそくさと戻った。そして、ドアを軽くノックした。ドアが外から開き、サングラスの男がこちらを覗き込んだ。

「じゃ、また明日、朝食を届けます。言いたいことは全部あたしにぶつけてね。何も心配する必要はないから。すぐに慣れるわ。ここでの生活に」

ミニーは出て行ってしまった。そしてドアが閉まり、わたしは一人に戻った。

61

2012年8月20日

ケイン・オザキ、29歳

明るい朝の太陽の光りによって瞼をこじ開けられてしまう。携帯の留守番電話に何かメッセージが入っている。スピーカーでそれを聞いた。マナからのようであった。ガサガサと響くノイズに続いて、まず男の声が流れ始めた。ぼそぼそと聞きづらい声である。耳を近づけ集中して聞いた。後藤清春とマナとのやり取りのようであった。何か危険を感じてマナはこれをぼくに聞かせようとし、電話を掛けたのであろう。車を停めて、とマナが叫んだところで留守電は終わっていた。着信の履歴を確認してみる。昨日の昼であった。

ぼくは頭からもう一度聞き直した。状況を理解した後、一度マナの携帯に電話を掛けてみたが、電源が切れているようで、留守番電話のアナウンスになった。携帯の充電が残り少ない。胸騒ぎがしたので、誰かに伝達しておく方がよいと判断し、ヘンリーの携帯に留守電メッセージを残した。

「……という状況です。その農場の入り口はハワイ島の海岸線沿い、十九号線からマウナ・ケアに向かう途中にあります。地元のガイド、カナカナマイカラニがぼくをこの近くまで送り届けてくれました。自称『ペレの民』と呼んでいる農場の人々は日々軍事訓練に明け暮れているようです。マナの身が心配です。ぼくはこれから彼女を探しにその集落へと向かいます。グーグルマップでここの位置が分かるので、この後、カナカナマイカラニの連絡先と一緒に、まとめてメールで送ります。その後ぼくから連絡がない場合、なんらかの手を差し伸べてください」

位置情報と連絡先をメールでヘンリーの携帯に送った後、ぼくは再び歩きはじめた。

三十分ほど歩くと小高い丘の麓に出た。細い道が二手に分かれる。一方の道の先に建造物が見えた。何かの施設のようだ。もう片方の道はパイナップル畑へと通じている。身を隠せるパイナップル畑の方に回り込むことにした。

パイナップル畑を過ぎると、ソテツの木立ちが広がっていた。箱舟のような黒っぽい建造物がその木々の奥まった場所にある。腰を低く屈めながら前進した。原っぱを抜けると何棟もの平屋建ての家や倉庫などが建っていた。遥か彼方、麓の先に海が見えた。反対側がマウナ・ケアのはずだが、丘陵地帯が邪魔をして山は見えなかった。

隠れる場所はこの木立ち以外にない。住人らしき人々の姿がちらほらと見える。長閑な光景である。集落は別荘地のような佇まいだが、手入れのされていない低草がところ一面生えていた。中には伸び放題の草地もあった。トラクターやジープが道端に放置されていた。鍵はつけっぱなしで、誰かが乗って来たジープを別の誰かが使えるようにしているのだろうか。

ぼくは木の陰に隠れ、しばらく状況を把握することに努めた。迂闊《うかつ》に飛び出せば、捕まってしまう。いざとなれば、迷い込んだふりをするしかない。清春という人間とは面識もない。他にぼくのことを知る人間はいない。

お腹が空いた。近くに小川が流れていたので、手で水を掬って飲むことにした。鞄に入っていたチョコレートを摘まみ、飢えを凌いだ。午後、数人の若者たちがやって来て、草むらの中でじゃれあった。驚いたことに、彼らは突然着ていた服を脱ぎ捨て、次々裸になった。そして、そのまま交接を始めてしまう。まだ十六、七歳くらいの若者である。白人の子、アジア人の子、肌の黒い先住民の子らが炎天下交わり合った。

そのうち、中の一人が立ち上がって、半裸の恰好で、不意にどこからか拳銃を取り出し構えた。そして、何かを撃った。パン、と大きな音が一帯に響き渡った。ものすごい音である。草むらに潜んでいた鳥たちが一斉に羽ばたいた。

今度はその拳銃を裸の少女が笑いながら奪い、撃った。茂みの中から豚が飛び出してきた。撃たれて傷ついているようである。少女が近づき、躊躇うこともなく、豚の頭を撃ち抜いてしまった。少年たちが豚の足を摑み、持ち上げると、彼らは笑いながら集落の方へと歩きはじめた。

ぼくは自分があの豚と重なってしまう。救援を呼んだ方がよさそうだ、と考えた。携帯を取り出し、電源を入れた。カナカナマイカラニの番号を呼び出そうとした直後、着信が入ってしまう。音を切るのを忘れていたので、間抜けな着信音楽が流れてしまった。

一度脱ぎ捨てた服を着ながら遠ざかろうとしていた少年の一人が立ち止まり、こちらを振り返った。ぼくは通話を諦め、カナカナマイカラニに『ＳＯＳ』とショートメッセージを送った。

「誰かいるのか？」

ぼくは携帯をポケットにしまった。

「おい、誰かいるのか？」

半裸の少年たちが戻って来た。一人が拳銃を持っている。逃げるのはまずい、と思い、木立ちから顔を出した。拳銃を持っていた少年がそれを背中に隠した。ぼくは笑顔で、

「どうも道に迷ったみたいなんだ。その、火山に行きたいのだけど、道を教えてもらえないかな？　どっち？」

と芝居を打った。少年たちはもう笑ってはいなかった。一番年長と思われる少年がぼくの方にやって来て、

「どこから来た？」

と訊いた。

「麓の方から、登って来た。マウナ・ケアに登ろうと思って」

少女が少年に耳打ちした。年長の少年が拳銃を持っている少年の背中を押し、先に帰した。それからぼくに近づいてきて、

「道に迷うって、ここまでどうやって来たの？」

ともう一度質問をした。

「歩いて」

「歩く？　何時間歩いた？」

「ええと。ずいぶんと歩いたな。ぼくは蝶の研究者で、この辺の昆虫の生態を調べてた。そしたら道に迷ってしまった。車は麓に置いてきた」

咄嗟に、でまかせを言ってはぐらかした。少年たちは目配せをしあい、年長の少年が、

「とにかく、ぼくらじゃ分からないから、上の者に相談してみる。ついて来て」

と言って歩きはじめた。

少女がぼくの顔を覗き込んできた。じろじろと覗かれてしまう。ぼくは従うしかなかった。

集落へと続く細い道に家畜が寝ていた。少年たちはその家畜を次々跨《また》いだ。洗濯をしている女や、荷物を運んでいる男らが見かけない顔のぼくを振り返り、怪訝な表情を浮かべた。まるでエイリアンでも見るような目。何しに来た、と脅されているような威圧感を覚えた。

集落は不気味なほど静まりかえっていた。納屋の傍に牧草が積み上げられ、家々の軒先に食べ物が干してあった。文明の匂いはしない。まるで十九世紀の西部開拓民の生活を覗いているようだ。女たちは長いスカートを腰に巻き、男たちはオーバーオール姿に土で汚れた長靴を履いていた。ぼくは辺りを記憶するように眺め、逃げる時のことを考えながら歩いた。

左手に大きな平屋建ての家があり、テラスに体軀《たいく》ががっしりとした二人の男が立っていた。少年の一人が彼らの元へ走り、一人に耳打ちした。ぼくの視線が男の背後のバンガローの窓辺で留まる。光りを受けて反射するガラス窓の向こう側に見覚えのある顔があった。マナだ。向こうもぼくを見つけ、驚いている。首を左右に小さく振って、誤魔化すように、と合図を送った。サングラスの男の片方が下りてきて、ぼくの前に立ちはだかった。ぼくはマナから視線を逸らし、男と向き合う。

「迷い込んだって？　どこから来た？　ここは私有地だぞ」

「蝶の研究者でマウナ・ケア周辺の蝶の生態を研究しています。日本から来た学者です」

「一人か？」

一人だと言うと、ここから出してもらえないような気がした。

「別の研究者が周辺を調査していますが、道に迷い合流出来なくなりました。きっと心配してると思うので、早く戻らないと」

するとそこに一人の女性がやって来た。一同が彼女のために道をあけた。年長の少年が女に素早く耳打ちした。射撃を目撃された、と話しているのかもしれない。女はぼくの前までやって来ると、検査するような感じで全身を上から下まで眺めた後、

「ここからすぐに帰すわけにはいかないわ。ここは私有地。あなたは無断で侵入した。つまり泥棒です。警察に突きださないとならない。あなたの身元がちゃんと分かるまで、ここに留まってもらいます。いいわね？」

と言った。

「じゃあ、警察に今すぐ連絡してもらえませんか？　すぐに身の潔白は証明出来ます」

「それはこちらが判断することです」

そう言うと、女はサングラスの男に向かって、

「保護房に入れて見張りなさい。所持品は全部没収するように」

と告げた。ここは逆らわない方がいい。しかし、身分証明書を取られたら、嘘をついたとばれてしまう。どちらにしても、ここから出るのは難しそうであった。

保護房と言われる薄暗い小屋に入れられた。携帯も財布も取り上げられてしまった。鉄格子があり保安官事務所の留置場のような場所であった。問題を起こした人間を入れておく特別な場所なのであろう。鉄格子の向こうに見張りが付いた。先住民の末裔のような皮膚の色をしている。男は時々ぼくを振り返り見た。

「腹が減ったか？」

男が言った。待ってろ、何か食べるものを持ってきてやる、と言い残し男は外へと出て行った。薄明かりの中、ぼくは壁に背中をついたまま、じっと自分の足元を見つめながら、見張りが戻って来るのを待った。けれども男はなかなか戻って来なかった。小一時間ほどした頃、誰かが入って来た。先の見張りであったが、後ろにもう一人別の人物がくっついている。

「おい、食べ物を持ってきた」

見張りは入り口付近でそう告げた。彼の背後にいた人物が何か食べ物らしきものを運んできていて、保護房の鉄格子の前にプレートを置いた。ぼくは思わず声を張り上げそ

うになった。ママだった。ぼくと視線があうと、ママは目で合図を送って来た。黙って、気づかれないように、と日本語で小さく告げた。

「その人は日本語が出来る。君に少し訊きたいことがあるようだ」

見張りの男が告げた。ママは見張りの男を意識しながら声を押し殺し、大丈夫？　と日本語で訊いてきた。ぼくは小さく首を縦に振り、サエ・オザキに近づいた。

「大丈夫。な、なんでここに？」

見張りは窓の外を見て、口笛を吹いている。

「私がお世話をしていた先生がここの創設者の息子なの。創設者は佐藤十充恵、そしてその息子が万物院生源先生。あなたが三鷹で会った人物。ほら、私が介護をしている」

「ああ」

と思わず声が飛び出してしまう。

「ここの人々はペレの民と呼ばれている」

「ペレの民……」

「さっき、先生と一緒に、ハワイ島に着いたところ。新しい後継者がまもなくハワイ島に現れると連絡があって、とるものもとりあえず日本から飛んできたの。そしたら、その次の後継者というのがケインに紹介された友達のあの子、マナさんだった」

ぼくは自分の頭の中を見つめるような感じで、暗がりを凝視した。点と点がそこで繋がり始める。それはまもなく線になり、昨日と明日とを繋ぎ始めた。ぼくは日付変更線の上にいた。

「マナさんは生源先生の兄、ニック・サトーの孫にあたる。ニック・サトーはとっても重要な人物。精神的指導者ということも出来る。七〇年代、生源先生は死んだと思っていた兄のニックと再会を果たし、彼から多くの霊的な刺激を受けた。生源先生はニックを予言者と呼んだ。自分を後継者と位置付けた。予言者であるニックはマナを次の後継者に指名して、この世を去った。『万物院生源の集会』にとって、マナの登場は言わば、神の降臨を意味する。ペレの民にとっては大きな出来事なの……」

ママは一度背後の見張りを振り返った。男は相変わらず口笛を吹きながら、外の景色を眺めている。

「でも、今ここの実権を握っているのは生源先生ではない。先生は十年ほど前に記憶の病に陥った。彼の一番弟子であった宗教学者の後藤景都という日本人が実権を掌握している」

「後藤景都？　後藤清春と関係あるの？」

「妻よ。でも、彼女は生源先生の一番弟子でもある。後藤景都は『チームリーダー』としてここを仕切り始めた。この人は過激思想の持ち主でね、自然崇拝よりも、破壊崇拝の方を尊重し、より過激な思想へと傾倒していくことになる。その過程で、先生の哲学は曲解され、利用された。全員が軍事訓練に勤しむようになり、そして、『来る日』を計画している」

「来る日とは?」

「殉教の日と呼ばれる、この集団の予言的な最終日のことよ。ニック・サトーが戦争中に考え出したとされる終末思想、つまり、人間は信仰のために自らの死を最終的に選ばなければならない、とした。死をもってゴールとするという考え方。でも、これは生源先生によって、長年『人間の偉大な死』とポジティブに解釈されてきた。人間は自然の中で精一杯生きることで偉大な死を迎えることが出来る、それが予言者の教えだ、という思想なの。アニミズム思想に通じる分かり易い考え方だった。ところが、後藤景都は昨今、これを拡大解釈して、ゴールであるべき死は信仰への絶対的な忠誠の結果生まれる殉教、とした。集団自殺やテロリズムさえも肯定したの。ニックの予言によると、その死の最終的判断はマナが行うとされてきた。ニックの言葉が録音され残っているので、さすがに景都も無視は出来ない。ペレの民は全員、マナの出現を待っていた。マナが殉教の方法をここにいる者たちに告げる。そのお告げをみんな待ちながらここで共同生活を続けてきたの。そして、予言通り、マナが出現した」

「そんな……。そんなの予言でもなんでもないじゃないか。マナは後継者ではないし、人々の人生を左右したりはしない」

「ええ、そうよ。分かってる。私が先生に師事した時代、ここはとっても宇宙的友愛に満ちた場所だった。軍事訓練と呼ばれる暴力教育もなかった。景都がすべてを変えたの。でも、私は今ちょっとした希望を持っている。あなたが連れてきたマナという子、あの子は正しい意志とメッセージを持っている。さすがにあの兄弟の血を受け継ぐ者だと私は思いました。同時に、ここを仕切る後藤景都にとってマナは、或いは出現してもらいたくなかった厄介な存在。だから、景都は、まだ一度もマナの前に顔を出していない。どう出ていいのか、実は、考えあぐねている。そうこうしているうちに生源先生がハワイ島入りした。今後、後藤景都がマナと会わず、彼女を力で排除するということも考えられる」

「どういうこと？」

「邪魔だから……」

「馬鹿馬鹿しい。おかしいよ。不条理過ぎる」

「生源先生はこのところ精神状態が安定している。だから、もしかしたら、後藤景都の暴走を止めることが出来るかもしれない。元々の創設者、佐藤十充恵が作った純粋な自然崇拝のユートピア、自給自足の集落、ヒッピーの楽園に戻すことが出来るかもしれない。私も九〇年代、パパから離れた直後のことだけど、先生の弟子になった。後藤景都のような優等生ではなかったけどね、でも、ずっと先生にお仕えしてきた身、先生と力を合わせ、後藤景都の暴走を食い止めてみせます。そして、マナさんとお前を救出する」

「おい、あんた！」

見張りの声が保護房の中で弾けた。

「何をそんなに親密に話し込んでる？　こいつスパイかもしれないんだぞ」

ママは立ち上がり、ぼくに背中を向けた。

「この青年がスパイかどうか、見極めていたのよ。これは生源先生のご指示です」

と母は英語で告げた。

「先生の？　ああ、そうか、後継者の指示なら。でも、そろそろここを閉めないとならない。チームリーダーに怒られてしまう」

「分かったわ。じゃあ、行きましょう」

サエ・オザキは素早く振り返ると、必ず助け出します、と力強く日本語で言い残し出て行くのだった。

62

2012年8月21日

マナ・サカウエ、27歳

ケインのことが心配で熟睡出来ないまま朝を迎えてしまう。

今、ケインはどこにいるのだろう。男たちに連れて行かれたケインはどのような場所でどのような扱いを受けているのだろう？　拷問にあったりしていないだろうか？　ケインはわたしのことが心配できっとカナカナマイカラニに相談し、ここまでやって来たに違いない。そして私有地に忍び込み捕まった。子供たちが標的目がけて射撃訓練をしていた。ここはとても普通の場所じゃない。彼らにとって邪魔な存在は殺される。わたしはケインのことを心底心配した。彼を巻き込んでしまったことを後悔した。でも、どうすることも出来なかった。誰も訪ねて来なかった。ここに監禁されて三日になるが、なぜか、ミニー以外の人間がやって来ることはなかった。そして今朝また彼女がやって来た。

「マナ！　今日は、あたしが作ったベリージャムを持ってきた。自家製のパンに塗って食べると美味しいよ」

ミニーは朝食の載ったプレートを窓際のテーブルの上に置き、屈託のない微笑みを拵えてみせた。チューイングガムを嚙んでいる。

「ねぇ、ミニー。ちょっと訊いてもいい？」

ミニーはわたしを振り返り、笑顔で、数度、コクコクと無邪気に頷いてみせた。

「どうして誰もわたしに会いに来ないの？　わたしは後継者なんでしょ？　ならば責任者が挨拶に来るのが礼儀じゃない？　チームリーダーだっけ？　そういう人がいるなら挨拶に来るべきじゃないの？」

一計を案じて行動に出た。ミニーの顔が不意に強張る。チューイングガムを嚙んでいた顎先が急に動かなくなった。

「わたしはニックの孫のマナ。だからここに招かれたんじゃないの？　あなたたちはわたしをここの後継者にしたいんじゃないの？　違う？」

ケインを助けなければ、と必死だった。一刻も早く救出しないと殺されてしまうかもしれない。少年たちの射撃訓練の光景が頭の中で蘇る。ミニーが背筋を伸ばした。その時が来れば、チームリーダーはやって来ます、とだけ言った。わたしは間髪を容れず、

「チームリーダーに話があります」

と強い口調で告げた。まっすぐにミニーの目を覗き込んで……。

「いますぐ呼んできて」

語尾に力を込め、命令した。ミニーの顔が引き攣り、はい、と言い残すと出て行った。

外の男たちがドアを閉めた。窓ガラスの向こうで、ミニーが男たちと話し込んでいる。サングラスの男が窓越しにわたしを振り返った。わたしはそいつを睨みつけてやった。

もしも、彼らが本気でわたしを後継者として迎え入れるつもりなら、その立場を利用すべき。下手《したて》に出る必要はない。清春さんが説明した通り、ニックとその弟がこの団体のシンボルであるなら、わたしはその血を受け継ぎ、マナの名を持つ唯一の者。真の後継者ということになる。わたしの言うことに従うはず。そのためにわたしはここに連れてこられた。ここの実権を握ることが出来ればケインを救出することも出来るし、この危険な思想を持つ集団を解体させることも可能かもしれない。しかし、果たしてそのようなことが出来るだろうか？

一《いち》か八《ばち》かやってみるしかない。彼らがわたしを恐れるのかどうか、試す必要があった。向こうが会いに来ないのなら、こちらから出て行くまでだ。わたしは先手を打ってドアを開けた。

テラスにいる二人の男が立ち上がり、わたしの行く手を塞いだ。

「退《ど》いて」

わたしは低い声を男たちに浴びせた。男たちが動揺した。

「わたしの命令が聞けないの？　わたしは後継者。わたしの祖父はニック・サトー。わたしの大叔父《おおおじ》は万物院生源」

　男たちは動かなかった。動じてはならない、とわたしは自分に言い聞かせる。顎を突き出し、睨みをきかせ、強引に、男たちの間を割って振り切ろうとした。片方の男がわたしの腕を摑んだ。

「邪魔よ」

　わたしはその手を振り払い、彼らの顔を睨みつけて、強い口調で命じた。男たちが一瞬怯《ひる》んだ。わたしは右側の背の高い方の男の胸を手で押した。二人が左右に退く。道が出来た。一か八か、成り切るしかなかった。

「後藤景都はどこにいるの？　話があります」

　と彼らに訊ねた。男たちはお互いの顔を覗き込み、躊躇いを露《あら》わにした。それから背の低い方のサングラスの男が、

「この時間は、神殿にいると思います」

　と告げ、広場の先の黒い社殿を指差した。目を凝らした。南国の木立ちの間に、掘立柱を使った、地面から高く持ち上げられた和風建築物が聳えていた。そこだけ周囲の長閑な風景とは異質な気配が漂っている。

「案内しなさい」

わたしはそう告げて、二人の間を抜け、階段を下りた。男たちが小走りで追いかけてくる。作業をする住人たちがわたしを見つけるなり、小さく頭を下げた。どうやらわたしについての情報を共有しているようである。うまく立ち回ることが出来れば、或いは、ここから脱出出来るかもしれない。

この場所に似つかわしくない、威圧感のある神明造り《しんめいづく》の神殿であった。外壁は黒く炭色であった。尖った三角の茅葺《かやぶ》きの屋根が空に向かって聳えている。正面に開き戸があった。神殿の周りを石の玉垣が囲んでいる。玉垣の中に入り、木の階段を上ろうとすると、男たちが再び引き留めた。

「中に入ることは出来ません。神霊を宿した御神体を安置する社殿です」

「構いません。わたしは後継者なのだから」

制止する男を力任せに振り払い、わたしは木の階段を上って、開き戸を開けてしまう。神殿の中には誰もいなかった。用心しながら踏み入った。清澄《せいちょう》な空気が室内を支配していた。

天井に採光用と思われる窓があり、外に向かって開かれていた。そこから零れる僅かな光りが神殿内部を柔らかく浮かび上がらせている。わたしは思わず息を飲んだ。正面に二枚、左右に一枚ずつ、縦三メートル、横五メートルはあろうかという巨大な絵が壁に掲げられてある。祖父が戦前に描いたとされる三枚の絵、そして戦後にストラスブールで描き上げたに違いない一枚の絵。

右から、『春』、『夏』、『秋』、そして左手に『冬』が並んだ。全体で『一年』という作品であった。これが御神体なのか。がらんとした部屋に四枚の絵が掛かっている。『春』という作品にはハワイ島の自然が余すところなく描かれてあった。山、海、滝、森、川、岩など、神が宿るとされる神域全体が細かく精確に、しかし活き活きと描写されている。長い冬が終わり、色づく美しい春の訪れが見事に表現されていた。ダイナミックな自然の力を感じる作品でありながら、なぜか、切なく美しい万物への『愛』が端々から溢れ出ていた。その遠方に泰然と聳えるのがマウナ・ケア山であろう。

正面右手の『夏』という作品はキラウエア火山の溶岩流を描いたもの。流出する溶岩のうねりが、また、そのひび割れの一つ一つまでもが見事に描写されていた。中心から赤く燃えたぎる溶岩が噴き出し、絵の四隅に向かって流れ出ては固まっていく。遠くに社殿のような建物が見える。神社の神殿であった。おそらくこの集落の神殿はこの絵に描かれた神殿を模して設計されたものであろう。

正面左手の『秋』という作品には何十万匹もの蝶が描かれてあった。その羽ばたく蝶の羽根の模様の細部までもが、気が遠くなるほどの集中力で微細に描かれていた。少し離れるとその絵が全体で一人の女性の顔となった。自分に似ていると思った。祖父がイメージし続けたマナかもしれない。

左手の壁には戦後に描かれた大作『冬』が鎮座していた。この巨大な絵の前に、よく見ると、白木で出来た小さな台が置かれてある。恐る恐る近づいてその台の上のガラスケースを覗くと、黄金の拳銃が安置してあった。少年たちの軍事訓練を思い出してしまった。わたしは目元に力を込め、目の前の壁に掲げられた巨大絵を睨みつけた。兵士の屍で埋め尽くされた大地、岩場も山も川も死体で溢れていた。その屍の上で戦争が繰り広げられている。唯一人間が描かれているのがこの作品であった。兵士たちから流れ出た血が海を赤く染めている。山から噴き出す溶岩も血の赤であった。赤と黒が印象的な、人間の悪意を描いた作品である。

この四枚の絵の中に立つと、悍《おぞ》ましさに眩暈を覚えずにはおれない。まっすぐに立ってはいられない畏怖の磁力を感じた。わたしは目を閉じ、一度、心の中に祖父の顔を思い浮かべてみた。それから、安置してある黄金の拳銃をガラスケースから取り出し、握りしめて、神殿を後にした。

「ここにはいない。後藤景都はどこにいますか？」

わたしは外で待つ男たちに問いかけた。男たちはわたしが握りしめる御神体の拳銃に驚いていた。わたしは踵を返し広場の反対側へと向かった。そこに幾つかの平屋建ての建造物があった。庁舎のように規則正しく並んでいる。この集落の本部のようなものかもしれない。

一度広場の中央に立ち、辺りを見回した。住人らしき人々がわたしを遠巻きに取り囲み始めた。わたしは一人ひとりの顔を見つめた。素朴な目をした住人である。彼らこそペレの民であろう。睨みつけると住人らは顔を逸らし俯いた。

不思議な気持ちになる。祖父がわたしのすぐ傍にいるような気がした。彼の霊魂をわたしは間近に感じた。おじいちゃん、わたしを守って、と心の中でそっと唱えた。わたしは祖父の骨を海に撒いた。祖父の遺言を実行した人間だった。祖父はわたしにマナと名付けた。わたしに出来ることはただ一つ、この人たちを救うこと。この捻《ね》じ曲げられた信仰を柔らかく解体させることだ、と思った。

おじいちゃんに殺されるなら、本望だった。でも、ケインを死なせることは出来ない。清春さんの裏切りを知った。わたしはケインを救わなければならない。彼を巻き込んでしまった自分の責任を感じた。

広場の端の草地に少年たちが屯《たむろ》していた。きっとケインをここに連れてきた連中である。わたしはその連中の前に立ち、

「昨日の男はどこにいる？」

と質問した。

「誰のこと？」

年長の少年が言った。サングラスの男たちは少し離れたところで、様子を窺っている。

ミニーが走って来て、男たちに何か耳打ちをし、再び走って離れて行った。

「若い男だよ」

少年たちが立ち上がった。そして、わたしを取り囲んだ。その中の一人が拳銃を取り出した。十五、六歳の若い少年であった。微笑んでいる。

「撃ってみなさい」

わたしは挑発した。すると少年は躊躇うことなく引き金を引いた。パン、という激しい音がして、その衝撃でわたしは倒れてしまった。弾は逸れた。威嚇射撃であった。少年たちが笑い出した。サングラスの男たちが走って来て、少年から拳銃を取り上げ、殴りつけた。

動揺してはならない。地面に倒れたまま、大の字になり、数秒青空を見つめ、心が落ち着くのを待った。それから、ゆっくりと立ち上がる。自分が握りしめていた拳銃を少年に突き付けた。弾が入っているのかどうかも分からなかった。御神体である黄金の拳銃を突き付けられ、少年たちが動揺した。サングラスの男たちも数歩下がった。

わたしも迷うことなく引き金を引いた。パン、と乾いた音が一帯に響き渡った。弾が装塡されてあった。ものすごい振動がわたしの腕から肩、そして頭部へと駆け上がった。わたしの撃った弾が地面にめり込んだ。思ったよりも少年のすぐ足元に着弾した。ほんとうにぎりぎりの場所であった。今度はその少年が驚き、避けようとして倒れてしまった。わたしは少年に近づき、再び銃口をその鼻先に向ける。少年は、ひっと声をあげ、頭を両手で抱えると身体を丸めてしまった。もう一発足元に向けて撃った。少年が悲鳴をあげた。今度は拳銃をサングラスの男に向けた。男たちが後ずさりする。

「昨日、お前たちがここに連れてきた男はどこにいる？」

わたしが訊くと、少女が広場の脇の小さなバンガローを指差した。迷わず、わたしはそこを目指して歩き出した。少年たちとサングラスの男たち、それから広場に集まっていた住民らがわたしについてきた。

わたしは階段をとんとんと駆け上がり、ドアを押し開けた。中に、見張りの男がいた。拳銃を握りしめるわたしを見ると、黙って道をあけた。牢屋のような場所にケインがいた。ケインは拳銃を持つわたしに驚いた。

「マナ！　大丈夫かい？」

ケインは日本語で告げた。

「ええ、大丈夫。いま、助けるね」

見張りの男に拳銃を突き付け、

「開けなさい」

と英語で命令した。

「開けるのよ！」

「出来ません。チームリーダーの許可が必要です」

わたしは男の足元を撃った。男が壁にぶら下がっていた鍵を摑み牢屋を開けた。ケインが飛び出してきた。

「みんなわたしのことを後継者だと認めている」

わたしは日本語で告げた。

「だから、成り切ってるの。ここを脱出するにはそれしかない。分かる？」

素早く告げると、ケインは頷いた。拳銃を握りしめ決意すると再び建物の外へと出た。大勢の人が広場に集まっていた。その先頭に見知らぬ女が立っていた。清春さんの妻、後藤景都に違いない。景都の横にミニーが寄り添っていた。わたしは階段をゆっくりと下り、女の前へと向かう。ケインが後ろについてきた。

「あなたがチームリーダーね」

わたしは黄金の拳銃をまっすぐ女の方に向けた。女はじっとわたしを見つめている。

ミニーが後藤景都から離れた。狙いを定めた。

「ええ、わたしがチームリーダーです。どうされましたか？」

女は動じず淡々とした日本語で告げた。ひょろっと痩せた背の高い短髪の女である。病的なほど痩せているせいで、大きな目が際立った。怯むわけにはいかなかった。いつでも引き金を引ける状態にした。全員にメッセージを届ける必要がある。だから、わたしは英語で告げた。

「道をあけなさい。さもないと撃ちます」

わたしは女の額に銃口を合わせたまま言った。

「出来ません」

後藤景都は日本語に拘った。

「お前はチームリーダーなんかじゃない。わたしの祖父の教えを利用して、ここにいる人たちに間違った思想を植え付けた。わたしの祖父の理念を間違った方向へと向けた。許すことが出来ないわ。今日からわたしがここの後継者になります。何か問題がありますか？」

英語できっぱりと宣言した。後藤景都はわたしを睨みつけてきた。

「あなたは万物院生源の哲学を学んでいない。ここのリーダーになるにはその哲学を学ぶ必要があります。わたしは先生の思想を学んだ。そして受け継いできました。先生はわたしをここのリーダーに指名した。何よりもわたしはペレの民の絶大な信頼を受けています。申し訳ありませんが、マナ様の言う通りには出来ません」

後藤景都がやっと英語に切り替えた。

「それはあなたの考えに過ぎない。ルールはわたしが作ります」

「ならば、わたしを今ここで殺してください。わたしを殺せば、あなたのことをみんな信じるでしょう。そういう教えですから。さあ、どうぞ。あなたに殺されることで殉教出来ます。死ぬ覚悟はみんな持っているのですから。さあ」

と後藤景都は迫った。

わたしは引き金に指を掛けた。撃つしかない。威嚇するしかなかった。奥歯を噛みしめ、引き金を引いた。パンという音が一帯に響き渡って、弾が飛び出した。撃つ瞬間、銃口は空を向いてしまう。数秒、静寂が広場を包み込んだ。

後藤景都は逃げ出すこともしなかった。瞬きさえしなかった。恐れることなく、堂々と、わたしを睨みつけている。

「人を殺せない者が拳銃を持っていても意味はない」

後藤景都がつかつかと歩いてきた。わたしは彼女の足元を撃った。だが、景都は怯まず、やって来て、揉みあいとなった。そして後藤景都はわたしから黄金の拳銃を力ずくで奪い取ってしまう。その反動でわたしは地面に倒れ込んでしまった。ケインが駆け寄り、わたしを背後から抱き上げる。

「この二人を保護房に入れなさい」

後藤景都が言うと、サングラスの男たちが走って来て、わたしたちの腕を摑んだ。わたしはその手を力任せに振り払い、ケインの腕を摑むと、自力ですばやく階段を上った。負けるわけにはいかなかった。祖父や大叔父の名を利用しているこの女への憎悪が湧き起こった。なんとしても、この集団を解体させないとならない。

わたしにとってニック・サトーは優しいおじいちゃんだった。どのような誤解があっても、彼を人殺し集団のシンボルにしてはならなかった。この女がニックや生源の思想を利用しているのは疑いの余地もなかった。

わたしはテラスの上に立つと、広場を振り返った。サングラスの男たちが上って来たが、わたしは手を広げそれを制した。そして、集まった者たちに大きな声で告げた。後藤景都を指差して叫んだ。

「わたしはニック・サトーの意志を唯一受け継ぐ者。この女に洗脳されたあなたたちを救うためにここに来ました。これ以上、祖父の名を利用させることは出来ません。わたしはマナ。あなたたちの魂を解放するためにやって来た。わたしたちに指一本でも触れることは許されない。分かったね！」

すると、後藤景都が、サングラスの男たちに命令した。

「この二人を今すぐ殺しなさい」

ペレの民がざわめきたった。サングラスの男たちも困惑を隠せないようだった。人垣の中から清春さんが出て来て人々の輪の中心に立った。

「いくらチームリーダーの命令でも、マナを殺すことは出来ない。彼女はニック・サトーが名指しし、生源先生が認めた後継者だ」

清春さんが大きな声で告げた。

「後継者でもわたしたちに間違ったメッセージを与える者は受け入れることは出来ない」

清春さんが階段の中ほどまで先回りし、わたしの前に立った。

「景都、やめなさい。後継者が死ねと言えば死ぬのが先生の教えじゃないのか？」

「撃ちなさい。勇気のある者は、まずこの男を」

サングラスの男ではなく、少年の一人が拳銃を取り出し、つかつかと近づいてくると、銃を構えるまでもなく、容赦なく清春さんを撃った。一瞬の出来事で、誰も止めることが出来なかった。清春さんが階段から転げ落ちた。わたしは驚き、階段を駆け下りると、清春さんを守るように立ちはだかった。

ケインも駆け下りて来て、清春さんを背後から抱きかかえた。腹部から血が溢れている。わたしは撃った少年を睨んだ。

「わたしが後継者です」

少年が笑いながらわたしに近づいてきた。そして、睨みつけるわたしの額に拳銃の狙いを定めた。少年は一同を振り返って、

「こんなの、後継者なんかじゃない」

と吐き捨てた。

「俺は勇敢なチームリーダーを支持する。この世界に裁きを！」

サングラスの男たちも周囲の住人たちもどうしていいのか分からない様子で、困惑したまま立ち竦んでいる。血気盛んな少年たちが後藤景都を取り囲んだ。

「殉教しろと教えられた。それが後継者の真の教えだったはずだ」

その中の一人が大きな声で叫んだ。

「よし。よく言った。お前たち、こいつらを殺しなさい。万物院生源先生の教えに従って、殺しなさい」

少年が頷き、微笑みながら拳銃をわたしの額にぐいと押し付けた。その瞬間、

「待って！」

と太い女の声が空気を震わせた。住人たちが道をあける。少し離れた場所から姿を現したのは驚いたことにケインの母親、サエであった。彼女が押す車椅子に万物院生源が座している。生源は顎を突き出し、奥歯を噛みしめ、じっと、わたしを見つめていた。

「先生が、お話があるそうです」

住民たちがケインの母親、サエを振り返る。

「先生が、もう、やめるように、と言ってます」

そして、後藤景都に向かって告げた。

「チームリーダー、あなたは今、解任されました」

「嘘だ！」

後藤景都が叫び声をあげた。

「嘘じゃありません。マナは正統な後継者だ、と言っています。後藤景都をチームリーダーから降ろす、と先生は言いました」

後藤景都は万物院生源の前に進み出て、本当ですか先生、と問い質《ただ》した。万物院生源はわたしから視線を逸らさず、

「君がマナか」

と言った。わたしは微笑みを口元に浮かべてから頷いてみせた。ならば、マナ、君が後継者になりなさい、と告げた。

「昨日、私はお前の言葉を待っていた。それが兄との昨日の約束だった」

わたしは頷いた。

「お前の言葉を昨日もずっと待っていた」

老人の目に今日、この瞬間の光りが宿るのが見えた。後藤景都が黄金に輝く拳銃を老人に突き付けた。

「あなたは耄碌《もうろく》した。先生、あなたはもはや指導出来る立場にはない。昨日までの努力や訓練を無駄にすることは出来ない。わたしたちは暴力でこの世界を目覚めさせないとならない。先生は死んでください。先生の教えの通り、あなたは死をもって責任をとる

べきです。耄碌したあなたにも責任があります。そして、わたしが万物院生源の集会をここまで大きくしてきました。今日からわたしがあなたの意志を受け継ぎ、ここを率いていきます」

後藤景都が拳銃の引き金に指を掛けたその時、銃声が響き渡る。乾いた空気を切り裂く弾薬の弾ける音。そして、景都が崩れ落ちた。清春さんが発砲したのだった。彼の手に拳銃が握りしめられている。そして、遠くから、警察車両のサイレンが聞こえてきた。少年たちが一度サイレンのする方向を確認した後、

「殉教を！」

「殉教を！」

と口ぐちに告げ、拳銃を構え、車椅子に座る万物院生源の方へと銃口を向けた。サングラスの男たちが素早く老人を囲んだ。どっちが先に引き金を引いたのか分からない。続けざまに、低く重い銃声が一帯に響き渡った。火薬の匂いが立ち込めた。住人たちの間から声が起こった。一人の少年の撃った弾が万物院生源に命中し、老人が車椅子から転がり落ちた。ケインの母親は腰を抜かし、地面に座り込んでしまう。パン、パン、パンと乾いた銃声が長閑な広場に響き渡った。目の前で撃ち合いが始まった。住民たちが一斉に逃げ出した。太陽が雲の隙間から顔を出した。ミニーがわたしの手を引っ張った。逃げて、と彼女が叫んだ。陽光に目を射抜かれた。

「殉教を！」

サイレンがすぐ近くまで迫って来た。サングラスの男たちも被弾し、倒れたが、倒れてもなお、血が飛び散ってもなお、銃を撃ち続けていた。若い少女が逃げ出した。残った少年たちもその後を追いかけた。警察の車両が広場に突っ込んできた。砂埃《すなぼこり》と光りが広場で攪拌《かくはん》された。銃声が耳にいつまでも残り離れなかった。撃たれた者たちが茶色い地面に『冬』の絵さながら転がっていた。

63

2015年8月14日

ケイン・オザキ、32歳

その溢れんばかりの光りの只中《ただなか》にぼくらはいた。

パンチボウル、国立太平洋記念墓地の青々とした芝生の上で光りの天使たちが踊っている。美しく舞う光りの天使を摑まえようと、トムが手を振り回しながらやっきになって追いかけ走り回っている。でも、思うように走ることが出来ず、地面に足を取られ、ついにはママの目の前でよろよろと転んでしまった。

「トム、よしよし、ほら、おっきして」

駆け寄ったマナがトムを抱きかかえ、空中ブランコよろしく、ぐるりと一回転させた。トムの笑い声が弾ける。広々とした緑地に幼い子供の甲高い声が響き渡る。マナがトムを地面に下ろすと、今度はぼくに向かって突進してきた。ぼくは両手を広げてトムを受けとめ、そのまま、おでこにキスをする。

「トム、いい子だね。いい子だ！」

トムが再び無邪気に笑った。

この子は幼いくせに滅多に泣かない。好奇心が強く、どんどん前へ前へと突き進んでいく。倒れても起き上がり、突進してくる。生まれながらの、Go for Broke なのだ。

「トム！　高い高い！」

ぼくはトムを追いかけ、摑まえると空に持ち上げた。きゃっきゃと大騒ぎしながら無邪気に笑った。甲高い笑い声が弾けた。まるで巨大なスタジアムのようなパンチボウルの真ん中で、トムが大笑いをしている。

スタンド席を埋める満員の観客は二世兵士の霊魂たちである。彼らは全員、微笑みながらステージ中央のトムを見つめていた。太陽が眩しく、ぼくは思わず目を閉じる。瞼をぎゅっと押してくる光りの力強さに目の芯が痺れた。超自然の力を感じた。マナの力……。

「ねぇ、ケイン。どこだったたっけ？　どこ？　この辺りよね？」

マナが辺りを見回しながら、大きな声で告げる。

「え？　もう忘れたの？　去年も来たじゃない」

「あっち？」

「いや、マナ、こっちだよ」

ぼくは女神像が聳えるパンチボウルの正面方向を指差した。すると、トムがそっちへ向かって全速力で走り出してしまった。待って、とマナが叫んで追いかける。ぼくも続いた。

「トム！」

「トム！　待ちなさい」

トムは転んで倒れてしまう。ぼくが先に追いつき、抱きかかえた。笑い声が弾ける。そのまま、走って来たマナの腕の中へとトムを手渡した。マナがトムを抱きしめる。ぎゅっと愛おしく、強く、抱きしめるのだった。ぼくは立ち尽くし、愛する妻と息子の柔らかい顔を眺める。そこに幸福の光りが降り注いでいた。長い年月をかけてようやく完成した一枚の名画のような永遠がそこにあった。

「どこかしら？」

マナがぼくに言った。ぼくは周囲を見回した。石のプレートを一つひとつ確かめていく。

「あった。ここだ」

マナがトムを抱きかかえたままやって来て、ぼくの足元を見下ろした。トムが足をゆすって、下りたい、下ろして、とせがんだ。マナが騒ぐトムを、ゆっくり地面へと下ろした。トムはその場にしゃがみ込んだ。そして、ハイハイをしながらぼくの足元のプレートまでやって来た。

小さな手を伸ばし、光りが反射するヘンリー・サカモトの墓石に触れた。幼いわが子の手がヘンリーの身体を摩っているように見えた。まるでヘンリー・サカモトがそこに寝転がっているような気になる。ヘンリーは目を閉じ、天を仰いでいる。トムの手がヘンリーの目元に触れた。無限の光りが彼らを包み込んだ。多くの人たちの運命が今この瞬間というものを紡《つむ》いでいる。そう思うと、ぼくの精神の内側から熱い感情が迫り上がり、それは一気に背骨を駆け上がって、ぼくの大脳でスパークした。

そして、その思いがやがて一粒の涙の結晶となり、ぼくの頬を流れ落ちてしまう。ぼくは空を見上げ、深呼吸をした。この宇宙のエネルギーがぼくの開いた口の中へと吸い込まれていく。

「ケイン……」

振り返ると目の前にマナがいた。口元が緩む。目元にも光りの雫《しずく》が溜まった。

「ケイン、大丈夫？」

「ああ、マナ、ほら、見てごらん」

ぼくはプレートを指差す。マナの口元から笑みが消え、視線が静かに地面を移動し、一か所で停止した。

HENRY SAKAMOTO
MEDAL OF HONOR
CAPT 442 INF REGT WW II
JUL 5 1923 DEC 12 2012
SON OF HAWAII

長方形の石のプレートに文字が彫られている。トムがその彫り込まれた文字を一つ一つ小さな指先でなぞるように摩った。その指先にも光りの雫があった。きらきらと、眩く、輝いている。

ヘンリーは三年前の二〇一二年十二月、ペンタゴンで体調不良を訴え、ワシントンDC郊外のジョージ・ワシントン大学付属病院に担ぎ込まれた。酸素吸入などの治療を受けていたが、そのまま快復することなく、息を引き取った。不意のことで、ぼくらは駆

けつけることさえ出来なかった。彼の最期の言葉は、

「アロハ」

であったという。

アロハ……。

結局、ぼくが書きあげた小説のタイトルは『アロハ』となった。一昨年の八月に完成し、あちこちの出版社に送ったところ、*THE LITERARY REVIEW* という雑誌に一部が掲載されることになった。その後、カリフォルニアの小さな出版社から出版の話があり、それが今年印刷されて書店に並んだ。好意的な書評もあったし、そうじゃないものもあった。でも、ホノルルの書店で生まれて初めてサイン会をやることも出来た。そのサインを待つ列の一番先頭に立ったのがぼくの妻、マナであった。

あの日、ヘンリーは留守番電話のメッセージを確認すると、ハワイ島の警察署の署長にすぐ連絡を入れた。彼は権限を最大限利用し、カナカナマイカラニを同行させ、警察部隊を農場へと派遣した。しかし、警察車両が駆け付けた時には銃声は鳴りやんでいた。人々は逃げ出し、がらんとした広場の中心に数人が倒れ込んでいた。

後藤清春と景都、万物院生源、そして撃ち合いになって倒れたサングラスの男たちと少年数人が病院に搬送された。同日中に後藤景都の死亡が確認された。逃げた少年たちは数日後、警察によって保護されている。

その後、アメリカの弁護士団体が『万物院生源の集会』被害者の会を立ち上げ、彼らの要請で、マナは元参加者の心のケアと再出発のために協力することになった。洗脳下にあった者たちの前に彼女は自ら赴き、長い時間をかけて、その心の呪縛《じゅばく》を払うため惜しみない努力をすることになる。ぼくはもちろんマナをサポートした。マナに寄り添った。二人で出かけて行き、元参加者一人一人と向き合った。その中にミニーもいた。

まだすべては終わっていなかった。いろいろなことがそこから始まった。ここにも終わらない昨日、戦後と戦争の爪痕《つめあと》があった。

後藤清春は銃弾を受けた後遺症で、歩行が難しくなったが、一命は取り留めることが出来た。三人で一度会ったことがあった。何が起こったのか、自分と向き合うために、この出来事を本にする、と彼は言った。もしかすると、彼が一番の被害者だったのかもしれない。

ぼくらは事件後、ホノルルに戻ると、ヘンリーに会い、長い時間を費やして、これまでのことを最初から全て事細かに話して聞かせた。ヘンリー・サカモトはぼくらの物語に静かに耳を傾け、時には目に涙を浮かべながら、小さく頷いていた。そして、最後に、

「実に、長い一日だったな」

と簡潔で小さな感想を漏らした。

「驚くほどに長い一日だった」

その言葉の中には真珠湾攻撃に始まった彼らの時代のすべての意味が含まれていた。そして今日は、太平洋戦争が終結してから実に七十年の歳月が流れた、もう一つの意味ある日でもあった。

ぼくらの祖父母が生きた時代、ぼくらの両親が生きた時代、そしてぼくらが生きた時代が、まさにこの七十年の歳月の中に、凝縮され、脈々と横たわっていた。しかし、その血脈はすべてが尊い一日の連続の賜物《たまもの》と言えた。

そして、ヘンリー・サカモトは最後にぼくらにこのようなことを告げ、静かに微笑んでみせたのである。

「私はこの八十九年の人生を一日に譬《たと》えたい。思えば苦しい一日だった。大変な一日であった。悲しい一日だった。けれども、それが私の一日でもあった。その日、私は笑った。その日、私は泣いた。その日、私は怒った。その日、私は感動した。その日、私は絶望した。けれども、その日、あの日、この日、同時に、私は幸福でもあった。あの永遠の一日に感謝をしない日はなかった。私はこのハワイ州とアメリカ合衆国のために、力の限り誠実に努めてきたと思っている。まあまあ出来たかな、と思っているよ。今、こうやって、過去を振り返り、実に素晴らしい一日だったと回想することが出来ているのだから……。それ以上何を欲張ることがあるだろう。そして、今日、君たちと再びこうやって会うことが出来た。君たちが私の魂を受け継ぐ番となった。君たちの次の新しい一日が始まる。永遠の時差を乗り越え、この日付を越えて、私の明日を、今日を生きる君たちに手渡したい、あらゆる昨日の記憶とともに……」

64

2018年5月5日

マナ・サカウエ、33歳

一昨日、キラウエア火山が噴火した。わたしはラジオに釘付《くぎづ》けになり、火山噴火ニュースの続報に耳を傾け続けた。そこにケインがやって来て、「物語の書き方を思い出せない」と言い出した。それは最近の口癖のようなもので、二冊目の『アメリカの憂鬱《ゆううつ》』が出版された後から始まった。

「三冊目はもう無理かもしれない」

「まだ二冊目が出たばかりなのに？」

ケインは苦笑し、わたしの肩を抱き寄せ、そうだな、と呟いた。わたしたちは唇を重ねた。ケインの髭がちくちくして痛い。いつから髭を剃《そ》らなくなったのだろう？　昔よりちょっとぜい肉がついた彼の腰に手を回し、ぎゅっと引き寄せてみる。目を閉じ、彼の胸板に顔を押し付け、その仄かな汗の匂いを嗅《か》いだ。ケインもわたしを抱きしめた。この人がわたしを裏切らないことはわかっている。わたしはこの人に愛されていることを誰よりも知っている。お腹の中には二人目の命が宿っている。何も不満はない。なのに、どこかに説明の出来ない不安が潜んでいて、それが流れる時間のような勢いでわたしの日常を蝕《むしば》んでくる。わたしがケインに抱き着くのは、たぶん、その不安から逃れたいがためであろう。ケインに抱きしめられている間、わたしはささやかながらも安心感を取り戻すことが出来た。それが愛というものかもしれない。そうだ、それが愛に違いない。

「どう？　ハワイ島の様子」

「溶岩流が住宅地へと向かってる」

「ヒロ市内へ？」

「ヒロは大丈夫。でも、大きな地震も起きた。何か不吉な予感がするの」

「君の予言、当たるからな」

ケインが鼻で笑ったので、わたしはしかめ面を戻した。

「不謹慎よ、人が本気で心配しているのに」

「でも、実際、君には予知能力みたいなものがあるじゃないか」

「後継者だから？」

ケインが苦笑しながら肩を竦め、日本語で、

「そんなこと言ってないし」

と言い訳した。

「都合悪くなるとすぐ日本語になる」

わたしはわざとフランス語で返した。

「なに？」

「なんでもない」

「君は都合悪くなるといつもフランス語だ。ぼくが分からないと思って」

わたしたちは笑いあった。

「ケイン、そろそろ、トムを迎えに行かなきゃ」

「ぼくが行くよ」

「一緒に行く。プリスクールに寄った後、買い物もしないとならない」

「マナ」

わたしの腕をケインが摑んだ。そしてわたしたちは見つめあった後、もう一度キスを交わした。髭が嫌なわけじゃないけれど、わたしは積極的になれず、彼の腕の中で戸惑ってしまう。キスの後、ケインはわたしを包み込むようにもう一度優しく深く抱きしめてきた。これが愛なのだろう、と疑うことが出来ない。この人はわたしを決して裏切る

ことがない。そう思うことの出来る自分はきっと幸せなのであろう。もう一度、目を閉じ、悟られないように彼の胸の中でため息を漏らした。

その閉じた瞼の裏側にキラウエア火山の岩肌から溢れ出る溶岩流の映像が広がった。荒涼とした世界のどこか物悲しいイメージの中に、赤とかオレンジの噴出する溶岩の絵が浮かんでは消えていく。実際に見ているわけではないのに、はっきりと見えてしまう。その溶岩の流出はニュースでやっているものよりも大きい。そして、それはこの先恐ろしいほどに大きな噴火へと繋がっていく気がしてならない。わたしは怖くなって思わず目を開いてしまった。

「東京に行くつもりだ。君次第だけど、家族で行く？」

運転をしながらケインが提案した。

「次の小説、現代の東京を舞台にしたいんだよね。どう思う？」

「それはいいアイデアかも」

正直、わたしはケインの小説がなぜ受けるのか分からない。処女作『アロハ』はハワイの二世部隊の物語だったこともあり、ある程度、興味深く読むことが出来たが、二作目の『アメリカの憂鬱』はアジア系の大統領が誕生しアメリカの再建に奔走するという、大ぶろしきを広げた、同時にありきたりの文明批判に満ちた、どこか低俗な読み物で、何より退屈であった。ケインが保守的な人間であることがよく分かる勧善懲悪な内容で、だから受けたのか、わたしが想像するよりもずっと多くの人にその本は読まれ、ハリウッドによる映画化の話までが舞い込んできた。それだけ今のアメリカが抱える憂鬱が大きいということなのかもしれない。そもそも物語はアメリカが日本を見捨て、中国やロシアと新しい軍事同盟を結ぶことから始まる。わたしが読みたいのは決して勇敢ではなく、どこか心細い今のアメリカ人一人一人の中に横たわる物憂げな不安についての内相的な物語だったりする。

交差点を曲がろうとした時、スケボーに乗った青年が不意に飛び出してきて、ケインが慌ててブレーキを踏み込んだ。車は急停車し、一瞬、わたしの身体が浮かんで前のめりになった。膨らんできたお腹を守るために慌てて左手をダッシュボードについた。後続の車も急ブレーキをかけたようで、耳をつんざく嫌な音が響き渡り、あわや追突事故になりかけた。ケインは逃げ去った青年に、気を付けろ、と叫んだ。バックミラーには後続の黒い大型のピックアップトラックのバンパーが見えた。運転手の判断が遅かったら大惨事になっていたかもしれない。わたしは自分のお腹を摩って、おどかしちゃって、ごめんね、と謝った。

「マナ、大丈夫だった？」

「ええ、ケイン、大丈夫。でも、もっと気を付けなきゃ」

「気を付けても防ぐことが出来ないこともある」

信号が変わり、再び車は動き出した。プリスクールまでの通いなれたいつもの決まった道だった。ケインが運転をしながら、わたしの手を上からそっと摑んだ。カーラジオから火山噴火に関する続報が流れてきた。地震が数百回に及んでいること、流れ出た溶岩流が住宅に被害を及ぼし始めていること、住民たちが避難を開始したことなどが伝えられた。でも、このニュースがこの程度で収まらず、何か不吉な長い影を引きずってくることを、わたしは予言することが出来る。わたしの心の中に暗い闇《やみ》が膨らんでいく。もっと大きな災害が押し寄せてくる気がしてならない。それは何年か先のことかもしれないし、数か月後のことかもしれない。

「東京行き、今は無理ね。このお腹じゃ。行くならケイン一人で行ってきて」

「やっぱりそうだよね」

「ねぇ、どこに泊まるの？　お母さんのところ？」

「母さんは新しいパートナーと一緒だからやめとく。一人だったらどこか民泊とかにしようかな」

「うちでもいいよ。わたしの部屋があいてるし。ママに頼んでみようか？」

「それはありがたい。代官山だし、とっても便利だからね」

ケインは笑った。わたしはこの人のどこを愛しているのだろう、と疑問を持った。でも、どこだか分からないけれど、一緒にいて安心出来るのだから、それでいいのかもしれない。彼の小説があまり好きではなくても、家族のために頑張ってくれる夫を応援したかったし、彼は本当に頼りになった。作品の好き嫌い出来不出来は別に、もっと成功してほしいと純粋に思う。トムのためにも、そして生まれてくる新しい子のためにも……。

プリスクールに着くと、珍しく担任がトムの背中に押し、校舎から待ちわびていたかのような勢いで出て来た。わたしが車から出るとトムが走ってやって来たので手を広げて抱き留めた。

「楽しかった？」

「あのね、今日、変な人に声かけられたんだよ」

トムが膨らんだわたしのお腹に耳を押し付けながら呟いた。

「変な人？」

担任がやって来て、外で遊んでいる時に柵《さく》の向こう側から声をかけられたって言うんです、と説明した。わたしはトムの肩を摑んで、知り合い？　と質問した。知らない人だよ、とトムは小さな声で告げた。

「一応、心配なので警備員に周辺を調べさせたんですけど、怪しい人はいませんでした」

担任が肩を竦めながら告げた。わたしはトムの目の高さにしゃがみこんで、どんな人だったの？　と訊き返す。背の高いおじさんだった。見たことない人だった。

振り返ると、ケインが手を振っている。トムが木漏れ日が揺れる地面を蹴って走り出した。傾き始めた太陽の光りがケインの車のボンネットに反射し、わたしの目を射た。軽い眩暈を覚え、目を細めなければならなかった。

「気を付けるようにします」

担任はそう言い残して戻って行った。トムは助手席のドアをあけて車の中へと入った。スケボー青年とぶつかりそうになって車が急停車した時の衝動が蘇り不意にわたしを緊張させた。こんなに穏やかな南国の島であっても頻繁に事故は起こる。見知らぬ人がトムに声をかければ学校側は警戒する。すぐ隣の島で大規模な噴火が起こっている。でも、大抵はたいしたことにはならず再び気だるい時間が戻って来る。それが日常というものであった。クラクションの音が鳴り響いたのでわたしは我に返る。トムが車窓から半身を乗り出し手を振っている。わたしは口元を緩め、小さく手を振り返した。

トムが眠りにつくまでわたしは毎晩息子の横で寝たふりをする。「横にいないと眠れない」とトムが言うのでこの習慣が始まった。トムの寝息が聞こえてきたら、そっとベッドから抜け出し、トムの額にキスをして、タオルケットを掛け直すと、扉を半分だけ閉めて子供部屋を後にする。ケインが叩くキーボードの音がリズミカルに響き渡り心地よい。わたしはテラスに出て、揺り椅子に腰かける。消し忘れていたラジオから小さく気だるいジャズが流れ出て、テラスの空間でスイングしている。目の前にはささやかな庭が広がり、車寄せには夫のワゴン車が停まっている。右隣の家ではハワイ大学で教《きょう》鞭《べん》をとる先生とその妻が暮らしている。高齢でだいたい一日中家にいる。奥さんは車椅子の生活を余儀なくされているので、ご主人が大学に通っている間はお手伝いさんがやって来る。左側はシンガポール人の起業家の持ち家だが週末の家として使われているようで普段は誰もいない。今日は珍しくキッチンに灯りが点《つ》いているので誰かがいるようだ。どちらの家族ともそれほど親しくはない。顔を合わせれば笑顔で挨拶をする程度の付き合い。去年、ニックが残してくれた遺産でここを買った。ケインは律儀にわたしに家賃を払っている。わたしはそのお金を全てトムの学資保険に回している。遠くに海が見える。水平線を月光が縁取っている。ここを買った一番の理由はヘンリーやロバートやニックの家がこの辺りにあったからだ。日本軍が奇襲作戦を行った時、この真上を日本軍の戦闘機が通過した。あの日、ヘンリーたちがゼロ戦を見上げたであろう坂道をわたしたちは毎日利用している。

「何か飲む？」

振り返るとケインがビールの小瓶を摑んで、戸口から顔を出した。

「今はいいわ」

ケインがわたしの横にやって来て、揺り椅子に肘をつき、遠くの海原を見下ろしながらビールに口を付けた。

「物語の書き方思い出したの？」

「それを思い出すために頑張って書き始めてみた」

わたしは思わずふきだしてしまった。ケインがわたしの額にキスをした。髭の先端がわたしのおでこにあたり、ちくりとした。

「ケイン、わたし、近々ハワイ島に行ってみようって思ってる」

長いこと考えていたことをようやく言葉にすることが出来た。

「何しに？」

「分からないけど、あの後、あそこがどうなったのか見てみたいと思ってるの」

ケインが一瞬眉根に皺を拵えてから鼻で笑った。

「なんで？」

「気になる」

「何が？」

「残してきたものが」

「え？　なんだって？」

小バカにするような笑顔を振りまき、ケインはわたしの前で大げさに肩を竦めてみせた。音楽が止み、ラジオから再びハワイ島の続報が流れだした。二十六軒の住居が溶岩流によって倒壊した。二千人近くの住民が避難を余儀なくされた、と伝えている。

「あそこがあの後、どうなっているのか気になって」

「もう関係ないじゃん」

「でも、あそこに残った人たちがいる」

「警察が監視をしていると聞いたし、本当に自給自足だけを目的とした、それもお年寄りばかりだよ。もう、君には関係の一切ない人たちだ」

「ええ、関係ない。万物院生源も後藤景都もみんな死んで、ニックの影響力は排除された。被害者の会もやるべきことを終えて今年解散をする。だからこそ、一度、あそこへ行き、わたしなりにその後の世界がどうなっているのか確認しておきたいの。そこにはこれまでのことをよく知っている何人かが残ってその後の世界と向き合い生活しているわけだし、その人たちへの責任もあるし」

「責任なんかない。だから君には関係のない人たちだろ？」

ケインが興奮気味に告げたので、わたしはそこへ行かなければならないことを改めて自覚した。この子が生まれたらすぐに行こう。わたしはそう決めたのだ。


その夜、わたしは眠れなくて、ケインの腕を摑んで眠った。ケインもわたしの手を握りしめて眠った。いつもわがままばかり言うわたしをこの人は文句も言わず守ってくれる。でも、わたしは落ち着かない。何かざわざわとする嫌な気持ちがわたしを支配し放さないのだ。頭の中に、噴き出すマグマのようなイメージの断片が現れては明滅し、まもなく真っ黒くなって消えた。

今日、レイラニ・エステーツ地域では一夜のうちに新しい巨大な亀裂が出来、七十メートルを超える噴火が確認された。南東部地区では一九七五年以降最大となるマグニチュード六・九の地震が記録された。けれども、これははじまりに過ぎない。わたしはこの噴火がペレの神の怒りであることを知っている。ペレの神はいったい何に対して怒りを発しているのであろう。それをこの目と耳と全ての感覚で確かめたいと思った。これはペレの神の警告なのだ。

「愛しているよ」

ケインはこの言葉をオウムのように繰り返す。けれども、そこに嘘《うそ》がないことをわたしは誰よりも知っている。こういうことが幸福なのだ、と毎朝、ケインに愛されていることを知るたびに思い、心の中でそっと感謝している。トムを抱きしめ、その生暖かい温もりを感じながら、これも幸福の一つの形なのだ、と自分に言い聞かせている。大きく迫り出した自分の腹部がトムを圧迫する。自分の内側から不気味な熱が吹き出そうとしていることを知っている。それらは幸福と不安が渾然《こんぜん》一体となったマグマでもあった。

「マナ、どうして君は、愛している、と言ってくれないの？」

そして、今朝、ケインが珍しく疑問をぶつけてきた。

「別に言葉がほしいわけじゃないけど、たまに聞けると張り合いがでる」

「何の張り合い？」

「生きる」

わたしたちは口元を同時に緩めた。けれども、ケインの口元はすぐに凍り付き、わたしの口元は再び大きく緩んで笑い声を吐き出してしまった。

「言葉なんて信じてるの？」

「マナ、じゃあ、君はぼくの言葉をどう受け止めているの？」

その素晴らしい返答にわたしは安堵した。わたしは感謝をしている、と答えるに留めた。わたしはいつものようにシャワーを浴び、いつものように食事を作り、トムに服を着せて、いつものように鍵を摑んでバッグに入れ、いつものようにケインにキスをしてから外出した。朝、プリスクールまでトムを送るのがわたしの仕事でもあった。今日はその後、病院で簡単な定期健診がある。家の前にバス停があって、そこからバスにのってプリスクールまで約十五分であった。

「ママ、昨日、へんな夢を見た」

トムがわたしの手をぎゅっと強く握りしめながら言った。

「どんな夢？」

「それがね、ママがハワイ島に行っちゃうんだ。みんなが反対しているのに。で、ぼくはパパとここに残ることになるんだけど、ハワイ島が爆発しちゃうんだよ。行かないでって言ったのに、ぼくのことを聞いてくれないから」

わたしは驚き、思わず立ち止まってしまった。バスが坂道を上ってくるのが見えた。

「で、どうなるの？」

「分からないよ、朝が来たら、その夢はそこで終わっちゃった」

わたしが妊婦であることを知った紳士が席を譲ってくれた。横にトムが割り込んだ。運転席の向こうに輝く海が広がっている。

「で、どうなるのかな、ママ」

恐る恐るもう一度聞いてみた。それはトムに訊ねるというよりも自分自身に言い聞かせるような問いかけでもあった。トムは返事をしなかった。わたしの腕に頭を預け、何かを口ずさんでいる。どこかで聞いたことのあるようなメロディ。少し掠れた心地よい声音であった。ピックアップトラックがものすごいスピードでバスを追い越していった。横断歩道のところに昨日のスケボーの青年が立っていた。山側から海へ向かって、ちょうど、バスの頭上を空軍の飛行機が通過していった。爆音が響き渡ったが、トムは歌うことをやめなかった。わたしはトムの頭に自分の頬を押し当て、彼が繰り返し歌うフレーズに耳を傾けた。聞き覚えがあった。

「ふたりでひとつの、ひとつでふたりのナウパカ……」

一瞬、眩暈がして、記憶が震えた。地震かな、と思ったが、そうではなかった。バスが停車したのだ。

「ママ、着いたよ。降りなきゃ」

トムが立ち上がり、わたしの腕を力強く引っ張った。乗客たちが妊婦のわたしのために道をあけてくれた。眩い太陽がわたしたちを出迎えた。トムがわたしにキスをして校舎の方へと走り出した。同級生たちが集まって来て、トムを囲んだ。教師たちが子供たちを遠巻きに見守っている。陽だまりの中でトムの笑顔が弾けた、そこにはいつもの幸せがあった。トムがわたしを振り返り、大きく手を振る。わたしはいつものように小さく手を振り返してから踵を返した。太陽がすっと雲に隠れ、アスファルトの地面に薄暗い影が伸びた。大通りの反対側に停車していた黒いピックアップトラックから男たちが出てきた。気のせいかもしれないが、その連中がわたしの方へと向かって歩いてくる。不意に太陽の光線がわたしの足元を駆け抜けた。暗い世界と明るい世界を跨ぐデートラインがそこにあった。わたしは思わず立ち止まり、自分のお腹を守るようにしっかりと両手を当てた。

（完）

主要参考資料

ダニエル・K・イノウエ『ダニエル・イノウエ自伝――ワシントンへの道』森田幸夫訳、彩流社、1989年
柳田由紀子『二世兵士　激戦の記録――日系アメリカ人の第二次大戦』新潮新書、2012年
矢野徹『442連隊戦闘団』角川文庫、1979年
Orville C. Shirey, *Americans : The Story of The 442d Combat Team*, Infantry Journal Press, Washington, 1946.
Lighthouse Hawaii, August 16, 2014 No.114, Lighthouse Hawaii.
すずきじゅんいち監督、DVD「442日系部隊――アメリカ史上最強の陸軍」ワック株式会社、2011年
ロバート・ピロッシュ監督、DVD「二世部隊」アイ・ヴィー・シー、2002年

ブリュイエールの役所の方々をはじめ、取材にご協力くださった皆様に御礼申し上げます。

取材協力　大前多恵

解説

SUGIZO

辻さんとの出会いは、芥川賞作品である『海峡の光』を舞台化される時、「音楽を担当してほしい」とのオファーを受けた二〇一二年頃のことだった。最初はヴァイオリン一本だけで、「即興で音楽を付けてほしい」という話だった。イメージとしては、ニール・ヤングが音楽を手掛けた、ジム・ジャームッシュ監督の『デッドマン』的な。面白いことを言う人だな、と思った。僕のヴァイオリンがとても好きだ、とも言ってくれていた。もちろん喜んでお引き受けした。氏は尽きることなくイメージが膨らんでいく人なので、音楽を作り進めていくうちに結果的にはアレンジ的にも音楽的にも規模の大きい作品になっていったのだが。辻さんと僕はその時意気投合し、以来良きクリエイティヴなお付き合いが続いていくことになった。

音楽を手掛けるにあたって『海峡の光』を初めて読み、それ以降何作か辻さんの作品世界に魅せられていった。その言葉の美しさ、ロマンティシズム、優しさ、いい意味でのアーティスティックな我儘……氏のあらゆるパーソナリティーを強く感じ、僕は非常に心揺さぶられた。選ばれるその一言一言が、ロマンと夢と希望と絶望に満ちていた。小説とはその創造主である作家の映し鏡なのだ、と改めて実感し、それまでに文学が自分にもたらした感覚とは全く異なるベクトルの感動、驚異を突き付けられた。「本当にすごい作家だな、この人」。当然なことなんだけれど、そう思った。

これはあくまで僕の感覚だが——とは言え、あながち間違ってもいないとも思うのだが、辻さんは元々〝言葉の人〟なのだろう。氏が世に出て来た頃は、言霊という魂レベルの記号を伝えるために、音楽という〝手段〟を取ったのだろう。そして徐々に音を纏う必要がなくなっていき、作家に転向し、瞬く間に成功を収めていく。僕に言わせれば、辻さんは日本のルー・リード。言葉と音を持った反逆的な芸術家なのだと思っている。

この『日付変更線』という作品には僕自身思い入れが強すぎて、とても一言では語り尽くせない。初版が発売された三年前の夏、あまりにも感動して一気に二回し読んでしまった。二巡目は気に入った膨大な言葉やキーになったセンテンスをメモしながら読んでいった。その尽きぬ魅力はまさに多面体。まずは日系人が主人公で、日本の血や文化を中心に置きながら、ハワイ、アメリカ本土、フランスといったロケーションをまたいでストーリーを繋ぎ、それぞれの国の文化と差別と偏見と、およそ僕らが今抱えている〝人権の問題〟が集約されている作品だ、ということ。

もう一つは、主人公であるケインとマナの、運命と呼ぶにはあまりにも宇宙的過ぎる、先祖から今へと繋がる宿命的な出会いを描いた一大ロマンである、ということ。僕は男性なのでケイン側に感情移入してしまい、「マナが理想のタイプだ」などと妄信しながら（笑）、彼女に恋するようにその世界を〝旅〟していた。第二次大戦の時代と現代と、アニミズムと新興宗教と、テロリズムと……それらすべてを内包するこの複雑で広大な、七十年の時を行き来して描くストーリーの完璧さ。その緻密な構築に心から感動を覚えた。創造主である辻さんは『日付変更線』という世界の神なんだ。こんなにも自分を世界中、時代を超越して羽ばたかせてくれる作品に、僕はかつて出会ったことがない。

さらに、僕自身ハワイをとても愛している、という個人的理由も大きい。煌めく海、輝く太陽、果てしなく流れる長閑な時間。ハワイは自分にとってオアシスのような憩いの場所であり、作品に登場する浜辺やストリートは僕の大好きな場所ばかり。実にリアルに、その世界がすぐ横にあるように感じられる。特に心奪われたのは、ホノルル沖での散骨のシーン。海、波、遠くに蜃気楼の如く映るワイキキの街、そして黄金の黄昏。そのあまりに美しい描写だけで一瞬のうちに愛おしい地にトリップする。ケインとマナが歩くホノルルのビーチもよく知っている場所で、自分があたかもそこにいるようなロマンティックな心地に誘われる。いつも抱いている「あの場所に帰りたい」という渇望を、まるでテレポーテーションのように実現してくれる。

僕がハワイに初めて訪れたのは、奇しくもマナと同じく、二〇一一年。東日本大震災直後、被災地へ赴きボランティア活動に飛び込んだ後、心身共にドロドロになっていた僕は彼の地で身を浄化したかったのかもしれない。そしてまだ一度も訪れたことがないものの最も憧れている場所、ハワイ島は、ある意味この作品の最重要なロケーションであると言える。実はここ十数年、僕は都会が苦手で、文明の中に長く浸かっていると呼吸困難になりそうになる。その感じ方、生き方は、マナの祖父であるニック・サトーと同種のもののように思う。人間はこの星の癌細胞に他ならない、と本気で考えていたし、自然を敬いながらいつかはハワイ島で暮らすのが僕の夢である。あの場所は地球の生命力そのもののようなパワースポット。僕がビッグアイランドで暮らしたいのは、この地球という星のコアなエネルギーを直に受けて生きていきたいからなのだと感じている。

自分をニック・サトーに重ね合わせてしまう理由は無数にある。まずはやはり、ものを作る人であること。そして、表現の根本的な理由が、この地や宇宙と繋がり、自分が真に大切だと確信するメッセージを人々に伝えていくためだという点。信仰心とはまた違った種の、超自然的なエネルギーに対し畏敬の念を抱き、魂レベルでスピリチュアルな生き方を求めているところなど。彼がおそらく強く感じていたであろう、人生を賭けたその使命感に強烈に共感した。また、巨大な絵画でありながら細部は顕微鏡で見なければすべてが認識できないほど精密に描かれている、その異常とも言える表現への執念に、僕の音楽におけるそれを重ねて見てしまう。ニックが描いた春夏秋冬の連作絵画は、幸福も美しさも畏敬の念も、死や残酷な面をも体現していて、それはまさに僕の理想とする作品像、芸術像である。

そして、本作における戦闘の描写はリアルで生々しく、極めて詳細に書き切られている。辻さんはすべての場所へ実際に足を運び、入念に研究したというから驚愕してしまう。日系一世たちが戦時中、「我々は日本人だから日本に帰るべき」と主張し、二世の息子・娘たちは「自分達はアメリカ人だから、アメリカに尽くす」と異を唱える。血が答えなのか、国籍が答えなのか。永遠に解決しない、人間の存在意義を問う問題。それはこの小説の中で結果的には解決されていない。同時に、一読者である僕の捉え方では、答えは実はそれこそニック・サトーの中にあったと思える。ニックはすでに人種や国籍を超えた発想を持ち、森羅万象こそが神である、という観念に基づいて自然との共生を求めた。そこには、人種も国籍も、すべての人智を超えた概念が存在している。それはこの作品の中で最も重要なメッセージと言えるのではないか。

三年前『日付変更線』を読了した直後、僕は四四二部隊について勉強し始め、資料を読み漁った。米国への忠誠心を示そうと志願した若い日系人で組織され、ヨーロッパの最前線へと送り込まれたその部隊の、悲惨な歴史と、栄光……。実は、ＬＡに住む僕の知人が奇遇にも、四四二部隊と、本作の最重要人物の一人であるヘンリー・サカモトのモデルとなったダニエル・K・イノウエのドキュメンタリーフィルムをプロデュースされていて、いくつもの作品をまとめて観ることができた。真珠湾攻撃後、アメリカ本土で日系人が閉じ込められていた強制収容所の生々しい写真や映像が映し出されるそれらの作品から、そこで彼らが受けた非人道的な扱いをナチス・ドイツによるユダヤ人に対する迫害と重ねてしまう。ホロコーストは世界的に有名だが、米国での日系人の悲劇に対する一般的な認知度は決して高いとは言えない。第一次大戦におけるアルメニア人の悲惨な歴史と同様に。我々は過去の真実を今以上に知っていかなければならない。同時にそれらを巧妙に操作し長きに亘って煙に巻き続ける勢力にNOを突きつけなければならない。

こうした学びは僕の表現に大きな影響を与え、二〇一六年に『音』というアルバム(〝怒れる電子音楽〟を標榜した五枚目のオリジナルアルバム)を作る際には、四四二部隊が掲げた「Go For Broke!(当たって砕けろ!)」というモットーがヒントとなった。そのような表現でしか自分たちのアイデンティティーを認めてもらう手段がなかった、という痛ましい事実。それがネガティヴなエネルギーとして『音』に反映されていると認識している。

過去の痛みも怒りも恐怖も、狂気も、そして喜びも、すべてが流れ込み「今」「ここ」に、この幸福な一日に繫がっている。すべてが奇跡の集積。感謝すべきは一瞬一瞬